沈从文

沈从文的湘西故事

萧萧·湘西

沈从文 著　卓雅 摄影

古吴轩出版社

图书在版编目（CIP）数据

萧萧·湘西 / 沈从文著；卓雅摄影. -- 苏州：古吴轩出版社, 2021.5

（沈从文的湘西故事）

ISBN 978-7-5546-1697-0

Ⅰ. ①萧… Ⅱ. ①沈… ②卓… Ⅲ. ①短篇小说—小说集—中国—现代②散文集—中国—现代 Ⅳ. ①I246.7 ②I266

中国版本图书馆CIP数据核字（2020）第267033号

责任编辑：鲁林林
特约编辑：蔡时真
装帧设计：鹏飞艺术　周　丹
责任校对：戴玉婷

书　　名：萧萧·湘西
著　　者：沈从文
摄　　影：卓　雅
出版发行：古吴轩出版社
地址：苏州市八达街118号苏州新闻大厦30F　　邮编：215123
电话：0512-65233679　　传真：0512-65220750
出 版 人：尹剑峰
印　　刷：北京天恒嘉业印刷有限公司
开　　本：640×960　1/16
印　　张：21.5
字　　数：279千字
版　　次：2021年5月第1版　第1次印刷
书　　号：ISBN 978-7-5546-1697-0
定　　价：68.80元

我的写作与水的关系

沈从文

在我一个自传里，我曾经提到过水给我的种种印象。檐溜，小小的河流，汪洋万顷的大海，莫不对于我有过极大的帮助，我学会用小小脑子去思索一切，全亏得是水，我对于宇宙认识得深一点，也亏得是水。

“孤独一点，在你缺少一切的时节，你就会发现原来还有个你自己。”这是一句真话。我有我自己的生活与思想，可以说是皆从孤独得来的。我的教育，也是从孤独中得来的。然而这点孤独，与水不能分开。

年纪六岁七岁时节，私塾在我看来实在是个最无意思的地方。我不能忍受那个逼窄的天地，无论如何总得想出方法到学校以外的日光下去生活。大六月里与一些同街比邻的坏小子，把书篮用草标各做下了一个记号，搁在本街土地堂的木偶身背后，就洒着手与他们到城外去，攒入高可及身的禾林里，捕捉禾穗上的蚱蜢，虽肩背为烈日所烤炙，也毫不在意。耳朵中只听到各处蚱蜢振翅的声音，全个心思只顾去追逐那种绿色黄色跳跃伶便的小生物，到后看看所得来的东西已尽够一顿午餐了，方到河滩边去洗濯，拾些干草枯枝，用野火来烧烤蚱蜢，把这些东西当饭吃。直到这些小生物完全吃尽后，大家于是脱光了身子，用大石压着衣裤，各自从悬崖高处向河水中跃

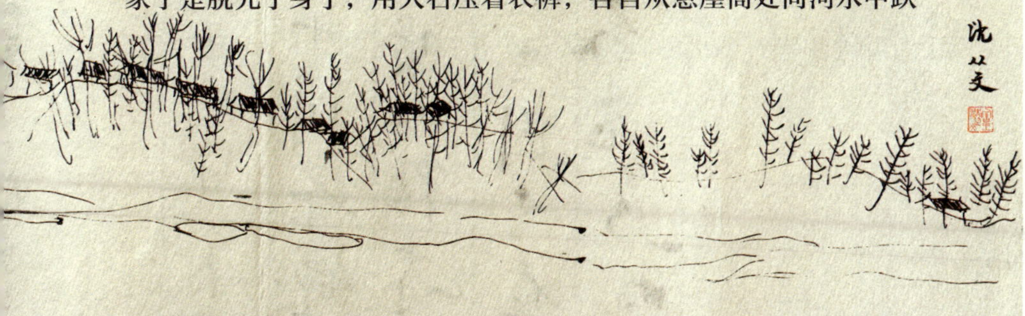

去。就这样泡在河水里，一直到晚方回家去，挨一顿不可避免的痛打。有时正在绿油油禾田中活动，有时正泡在水里，六月里照例的行雨来了，大的雨点夹着吓人的霹雳同时来到，各人匆匆忙忙逃到路坎旁废碾坊下或大树下去躲避，雨落得久一点，一时不能停止，我必一面望着河面的水泡，或树枝上反光的叶片，想起许多事情……所捉的鱼逃了，所有的衣湿了，河面溜走的水蛇，钉固在大腿上的蚂蟥，碾坊里的母黄狗，挂在转动不已大水车上的起花人肠子，因为雨，制止了我身体的活动，心中便把一切看见的经过的皆记忆温习起来了。

也是同样的逃学，有时阴雨天气，不能向河边走去，我便上山或到庙里去，在庙前庙后树林或竹林里，爬上了这一株，到上面玩玩后，又溜下来爬另外一株。若所爬的是竹子，必在上面摇荡一会，爬的是树木，便看看上面有无鸟巢或啄木鸟孵卵的孔穴。雨落大了，再不能做这种游戏时，就坐在楠木树下或庙门前石阶上看雨。既还不是回家的时候，一面看雨一面自然就需要温习那些过去的经验，这个日子方能发遣开去。雨落得越长，人也就越寂寞。在这时节想到一切好处也必想到一切坏处。那么大的雨，回家去说不定还得全身弄湿，不由得有点害怕起来，不敢再想了。我于是走到庙廊下去，为做丝线的人牵丝，为制棕绳的人摇绳车。这些地方每天照例有这种工人做工，而且这种工人照例又还是我很熟习的人。也就因为这种雨，无从掩饰我的劣行，回到家中时，我便更容易被罚跪在仓屋中。在那间空洞寂寞的仓屋里，听着外面檐溜滴沥声，我的想象力却更有了一种很好训练的机会。我得用回想与幻想补充我所缺少的饮食，安慰我所得到的痛苦。我因恐怖得去想一些不使我再恐怖的生活，我因孤寂

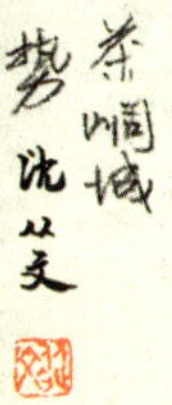

又得去想一些热闹事情方不至于过分孤寂。

到十五岁以后，我的生活同一条辰河无从离开，我在那条河流边住下的日子约五年。这一大堆日子中我差不多无日不与河水发生关系。走长路皆得住宿到桥边与渡头，值得回忆的哀乐人事常是湿的。至少我还有十分之一的时间，是在那条河水正流与支流各样船只上消磨的。从汤汤流水上，我明白了多少人事，学会了多少知识，见过了多少世界！我的想象是在这条河水上扩大的。我把过去生活加以温习，或对未来生活有何安排时，必依赖这一条河水。这条河水有多少次差一点儿把我攫去，又幸亏它的流动，帮助我做着那种横海扬帆的远梦，方使我能够依然好好地在人世中过着日子！

再过五年，我手中的一支笔，居然已能够尽我自由运用了，我虽离开了那条河流，我所写的故事，却多数是水边的故事。故事中我最满意的文章，常用船上水上作为背景，我故事中人物的性格，全为我在水边船上所见到的人物性格。我文字中一点忧郁气氛，便因为被过去十五年前南方的阴雨天气影响而来。我文字风格，假若还有些值得注意处，那只因为我记得水上人的言语太多了。

再过五年后，我的住处已由干燥的北京移到一个明朗华丽的海边。海既那么宽泛无涯无际，我对人生远景凝眸的机会便较多了些。海边既那么寂寞，它培养了我的孤独心情。海放大了我的感情与希望，且放大了我的人格。

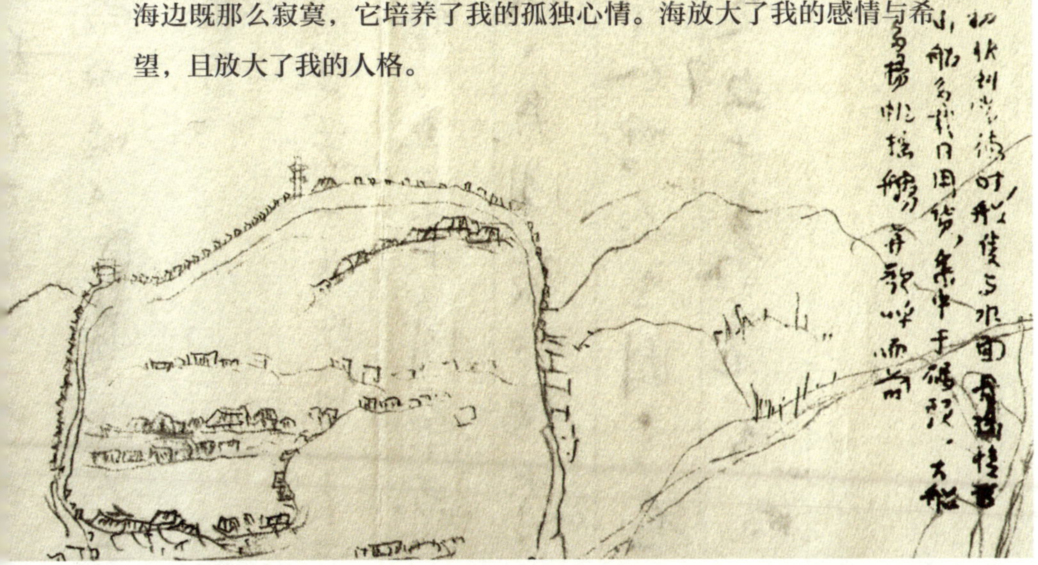

永恒的湘西和沈从文

黄永玉

八十年代表叔住崇文门期间，有一天他病了，我去看他，坐在他的床边，他握着我的手说：“多谢你邀我们回湘西，你看，这下就回不去了！”我说：“病好了，选一个时候，我们要认真回一次湘西，从洞庭湖或是常德、沅陵找两只木船，按你文章写过的老路子，一个码头一个码头再走一遍，写几十年来新旧的变化，我一路给你写生插图，弄它三两个月。”

他眼睛闪着光：“那么哪个弄菜弄饭呢？”我说可以找个厨子大师傅随行。

“把曾祺叫在一起，这方面他是个里手，不要再叫别人了。”

之后，表叔的病情加重，直到逝世；随之曾祺也去世了。

这点想法一直紧缠着我。我告诉过刘一友，也跟卓雅谈过，后来又跟吉首大学的游校长交流更具体的方案和计划，也都是说说而已，“自是人生长恨水长东”矣！

想想看，如果表叔的身体得到复元，三人舟行计划能够实现，可真算得上是最后一个别开生面的“沈从文行为艺术”了。真是可惜！

卓雅重掀波澜的意义就在这里，我希望有心人顺着这个有趣的命题多为永恒的湘西做点文章。

沈从文

2009年9月9日于万荷堂

之後，表叔的病情加重，直到逝世；隨之曾祺也去世了。

這點想法一直緊纏着我。我告訴過劉一友，也跟卓雅談過，後來又跟吉首大學的游校長和州長杜崇烟交流更具體的方案和計劃，也都是說說而已，，自是人生長恨水長東」矣！

想想看，如果表叔的身體回到復元，三人舟行計劃能夠實現，可真算得上是最後一個別開生面的「沈從文行為藝術」了。真是可惜！

卓雅重撿波瀾的意義就在這裡，我希望有心人順着這個有趣的命題多為永恆的湘西做點文章。

二〇〇九年九月九日於萬荷堂

永恆的湘西和沈從文

黃永玉

八十年代表叔住崇文門期間，有一天他病了，我去看他，坐在他的床邊，他捉着我的手說：「多謝你邀我們回湘西，你看，這下就回不去了。」我說：「病好了，選一个時候，我們要認真回一次湘西，從洞庭湖或是常德、沅陵找兩隻木船，按你文章寫過的老路子，一个碼頭一个碼頭再走一遍，寫幾十年來新舊的變化，我一路給你寫生插圖，弄它三兩个月。」

他眼睛閃着光：「那麼哪个弄菜弄飯呢？」我說可以找个廚子大師傅隨行。

「把曾祺叫在一起，這方面他是个裡手，不要再叫別人了。」

目录

湘西

萧萧

我还不曾看过什么“传奇”，比我这一阵子亲身参加的更荒谬更离奇，也想不出还有什么“人生”，比我遇到的更自然更近乎人的本性——一切都若不得已。

在这些小女人心中，做新娘子，从母亲身边离开，且准备做他人的母亲，从此将有许多新事情等待发生。

萧萧

乡下人吹唢呐接媳妇，到了十二月是成天会有的事情。

唢呐后面一顶花轿，四个夫子平平稳稳地抬着。轿中人被铜锁锁在里面，虽穿了平时不上过身的体面红绿衣裳，也仍然得荷荷大哭。在这些小女人心中，做新娘子，从母亲身边离开，且准备做他人的母亲，从此将有许多新事情等待发生。像做梦一样，将同一个陌生男子汉在一个床上睡觉，做着承宗接祖的事情。这些事想起来，当然有些害怕，所以照例觉得要哭哭，于是就哭了。

也有做媳妇不哭的人。萧萧做媳妇就不哭。这小女子没有母亲，从小寄养到伯父种田的庄子上，出嫁只是从这家转到那家。因此到那一天这小女人还只是笑。她又不害羞，又不怕，她是什么事也不知道，就做了人家的媳妇了。

萧萧做媳妇时年纪十二岁，有一个小丈夫，年纪还不到三岁。丈夫比她年少九岁，还不曾断奶。地方规矩如此，过了门，她喊他作弟弟。她每天应做的事是抱弟弟到村前柳树下去玩，到溪边去玩，饿了，喂东西吃，哭了，就哄他，摘南瓜花或狗尾草戴到小丈夫头上，或者亲嘴，一面说："弟弟，哪，啵，再来，啵。"在那肮脏的小脸上亲了又亲，孩子于是便笑了。孩子一欢喜兴奋，行动粗野起来，会用短短的小手乱抓萧萧的头发。那是平时不大能收拾蓬蓬松松在头上的黄发。有时候，垂到脑后那条小辫儿被拉得太久，把红绒线结也弄松了，生气了，就挞那弟弟，弟弟自然哇地哭出声来，萧萧便也装成要哭的样子，用手指着弟弟的哭脸，说："哪，人不讲理，可不行！"

天晴落雨日子混下去，每日抱抱丈夫，也帮家中做点杂事，能动手的就动手。又时常到溪沟里去洗衣，搓尿片，一面还捡拾有花纹的田螺给坐到身边的小丈夫玩。到了夜里睡觉，便常常做这种年龄人所做的梦，梦到后门角落或别的什么地方捡得大把大把铜钱，吃好东西，爬树，自己变成鱼到水中各处溜。或一时仿佛身子很小很轻，飞到天上众星中，没有一个人，只是一片白，一片金光，于是大喊"妈"人就吓醒了。醒来心还只是跳。吵了隔壁的人，不免骂着："疯子，你想什么！白天玩得疯，晚上就做梦！"萧萧听着却不作声，只是咕咕地笑。也有很好很爽快的梦，为丈夫哭醒的事。那丈夫本来晚上在自己母亲身边睡，吃奶方便。有时吃多了奶，或因另外情形，半夜大哭，起来放水拉稀是常有的事。丈夫哭到婆婆无可奈何，于是萧萧轻脚轻手爬起床来，睡眼迷蒙，走到床边，把人抱起，给他看月光，看星光。或者仍然啵啵地亲嘴，互相觑着，孩子气地"嗨嗨，看猫呵"那样喊着哄着，于是丈夫笑了。玩一会会，慢慢地合上眼。人睡定后，放上床，站在床边看着，听远处一传一递的鸡叫，知道天快到什么时候了，于是仍然蜷到小床上睡去。天亮了，虽不做梦，却可以无意中闭眼开眼，看一阵在面前空中变幻无端的黄边紫心葵花，那是一种真正的享受。

萧萧嫁过了门，做了拳头大丈夫的小媳妇，一切并不比先前受苦，这只看她一年来身体发育就可明白。风里雨里过日子，像一株长在园角落不为人注意的蓖麻，大叶大枝，日增茂盛。这小女人简直是全不为丈夫设想那么似的，一天比一天长大起来了。

风里雨里过日子，像一株长在园角落不为人注意的蓖麻，大叶大枝，日增茂盛。

夏夜光景说来如做梦。大家饭后坐到院中心歇凉，挥摇蒲扇，看天上的星同屋角的萤，听南瓜棚上纺织娘子咯咯咯拖长声音纺车，远近声音繁密如落雨，禾花风翛翛吹到脸上，正是让人在各种方便中说笑话的时候。

萧萧好高，一个人常常爬到草料堆上去，抱了已经熟睡的丈夫在怀里，轻轻地轻轻地随意唱着自编的四句头山歌。唱来唱去却把自己也催眠起来，快要睡去了。

在院坝中，公公婆婆、祖父祖母，另外还有帮工汉子两个，散乱地坐在小板凳上，摆龙门阵学古，轮流下去打发上半夜。

祖父身边有个烟包，在黑暗中放光。这用艾蒿做成的烟包，是驱逐长脚蚊得力东西，蜷在祖父脚边，犹如一条乌梢蛇。间或又拿起来晃那么几下。

想起白天场上的事，那祖父开口说话：

“听三金说，前天又有女学生过身。”

大家就哄然笑了起来。

这笑的意义何在？只因为大家印象中，都知道女学生没有辫子，留下个鹌鹑尾巴，像个尼姑，又不完全像。穿的衣服像洋人，又不像洋人，吃的，用的……总而言之事事不同，一想起来就觉得怪可笑！

萧萧不大明白，她不笑。所以老祖父又说话了。他说：

“萧萧，你长大了，将来也会做女学生！”

大家于是更哄然大笑起来。

萧萧为人并不愚蠢，觉得这一定是不利于己的一件事情，所以接口便说：

“爷爷，我不做女学生。”

“你像个女学生，不做可不行。”

“我不做。”

众人有意取笑，异口同声地说：“萧萧，爷爷说得对，你非做女

这笑的意义何在？只因为大家印象中，都知道女学生没有辫子，留下个鹌鹑尾巴，像个尼姑，又不完全像。穿的衣服像洋人，又不像洋人，吃的，用的……

从乡下人眼中看来，这些人都近于另一世界中活下的人，装扮奇奇怪怪，行为更不可思议。这种女学生过身时，使一村人都可以说一整天的笑话。

学生不行！”

萧萧急得无可如何：“做就做，我不怕。”其实做女学生有什么不好，萧萧全不知道。

女学生这东西，在本乡的确永远是奇闻。每年一到六月天，据说放“水假”日子一到，照例便有三三五五女学生，由一个荒谬不经的热闹地方来，到另一个远地方去，取道从本地过身。从乡下人眼中看来，这些人都近于另一世界中活下的人，装扮奇奇怪怪，行为更不可思议。这种女学生过身时，使一村人都可以说一整天的笑话。

祖父是当地一个人物，因为想起所知道的女学生在大城中的生活情形，所以说笑话要萧萧也去做女学生。一面听到这话，就感觉一种打哈哈趣味，一面还有那被说的萧萧感觉一种惶恐，说这话的不为无意义了。

女学生由祖父方面所知道的是这样一种人：她们穿衣服不管天气冷热，吃东西不问饥饱，晚上交到子时才睡觉，白天正经事全不做，只知唱歌打球，读洋书。她们都会花钱，一年用的钱可以买十六只水牛。她们在省里京里想往什么地方去时，不必走路，只要钻进一个大匣子中，那匣子就可以带她到地。城市中还有各种各样的大小不同匣子，都用机器开动。她们在学校，男女在一处上课读书，人熟了，就随意同那男子睡觉，也不要媒人，也不要财礼，名叫“自由”。她们也做州县官，带家眷上任，男子仍然喊作老爷，小孩子叫少爷。她们自己不喂牛，却吃牛奶羊奶，如小牛小羊；买那奶时是用铁罐子盛的。她们无事时到一个唱戏地方去，那地方完全像个大庙，从衣袋中取出一块洋钱来（那洋钱在乡下可买五只母鸡），买了一小方纸片儿，拿了那纸片到里面去，就可以坐下看洋人扮演影子戏。她们被冤了，不赌咒，不哭。她们年纪有老到二十四岁还不肯嫁人的，有老到三十四十还好意思嫁人的。她们不怕男子，男子不能使她们受委屈，一受委屈就上衙门打官司，要官罚男子的款，这笔钱她有时独占自己花用，有时同官平分。她们不洗衣煮饭，也不养猪喂鸡；有了小孩子，也只花五块钱或十块钱一月，雇人专管小孩，自己仍然整天看戏打牌，或者读那些没有用处的闲书……

总而言之，说来事事都稀奇古怪，和庄稼人不同，有的简直还可以说岂有此理。这时经祖父一为说明，听过这话的萧萧，心中却忽然有了一种模模糊糊的愿望，以为倘若她也是个女学生，她是不是照祖父说的女学生一个样子去做那些事？不管好歹，做女学生并不可怕，因此一来，却已为这乡下姑娘初次体念到了。

因为听祖父说起女学生是怎样的人物，到后萧萧独自笑得特别久。笑够了时，她说：

“爷爷，明天有女学生过路，你喊我，我要看看。”“你看，她们捉你去做丫头。”“我不怕她们。”

“爷爷，明天有女学生过路，你喊我，我要看看。”

“你看，她们捉你去做丫头。”

“我不怕她们。”

“她们读洋书念经你也不怕？”

“念观音菩萨消灾经，念紧箍咒，我都不怕。”

“她们咬人，和做官的一样，专吃乡下人，吃人骨头渣渣也不吐，你不怕？”

萧萧肯定地回答说：“也不怕。”

乡下的日子也如世界上一般日子，时时不同。

可是这时节萧萧手上所抱的丈夫，不知为什么，在睡梦中哭了，媳妇于是用作母亲的声势，半哄半吓地说：

“弟弟，弟弟，不许哭，不许哭，女学生咬人来了。”

丈夫还仍然哭着，得抱起各处走走。萧萧抱着丈夫离开了祖父，祖父同人说另外一样古话去了。

萧萧从此以后心中有个“女学生”。做梦也便常常梦到女学生，且梦到同这些人并排走路。仿佛也坐过那种自己会走路的匣子，她又觉得这匣子并不比自己跑路更快。在梦中那匣子的形体同谷仓差不多，里面有小小灰色老鼠，眼珠子红红的，各处乱跑，有时钻到门缝里去，把个小尾巴露在外边。

因为有这样一段经过，祖父从此喊萧萧不喊“小丫头”，不喊“萧萧”，却唤作“女学生”。在不经意中萧萧答应得很好。

乡下的日子也如世界上一般日子，时时不同。世界上人把日子糟蹋，和萧萧一类人家把日子吝惜是同样的，各有所得，各属分定。许多城市中文明人，把一个夏天全消磨到软绸衣服、精美饮料以及种种好事情上面。萧萧的一家，因为一个夏天的劳作，却得了十多斤细麻、二三十担瓜。

做小媳妇的萧萧，一个夏天中，一面照料丈夫，一面还绩了细麻四斤。到秋八月工人摘瓜，在瓜间玩，看硕大如盆、上面满是灰粉的大南瓜，成排成堆摆到地上，很有趣味。时间到摘瓜，秋天真的已来了，院子中各处有从屋后林子里树上吹来的大红大黄木叶。萧萧在瓜旁站定，手拿木叶一束，为丈夫编小小笠帽玩。

工人中有个名叫花狗，年纪二十三岁，抱了萧萧的丈夫到枣树下去打枣子。小小竹竿打在枣树上，落枣满地。

“花狗大，莫打了，太多了吃不完。”

虽听这样喊，还不动身。到后，仿佛完全因为丈夫要枣子，花狗才不听话。萧萧于是又警告她那小丈夫：

“弟弟，弟弟，来，不许捡了。吃多了生东西肚子痛！”

丈夫听话，兜了大堆枣子向萧萧身边走来，请萧萧吃枣子。

“姐姐吃，这是大的。”

“我不吃。”

“要吃一颗！”

她两手哪里有空！木叶帽正在制边，工夫要紧，还正要个人帮忙！

“弟弟，把枣子喂我口里。”

丈夫照她的命令做事，做完了觉得有趣，哈哈大笑。

她要他放下枣子帮忙捏紧帽边，便于添加新木叶。

丈夫照她吩咐做事，但老是顽皮地摇动，口中唱歌。这孩子原来像一只猫，欢喜时就得捣乱。

“弟弟，你唱的是什么？”

“我唱花狗大告我的山歌。”

“好好地唱一个给我听。”

丈夫于是帮忙拉着帽边，一面就唱下去，照所记到的歌唱：

“弟弟，你唱的是什么？”“我唱花狗大告我的山歌。”“好好地唱一个给我听。”

天上起云云起花，
包谷林里种豆荚，
豆荚缠坏包谷树，
娇妹缠坏后生家。

天上起云云重云，
地下埋坟坟重坟，
娇妹洗碗碗重碗，
娇妹床上人重人。

歌中意义丈夫全不明白，唱完了就问好不好。萧萧说好，并且问跟谁学来的。她知道是花狗教的，却故意盘问他。

“花狗大告我，他说还有好多歌，长大了再教我唱。”

听说花狗会唱歌，萧萧说：

“花狗大，花狗大，您唱一个好听的歌我听听。”

那花狗，面如其心，生长得不很正气，知道萧萧要听歌，人也快到听歌的年龄了，就给她唱“十岁娘子一岁夫”。那故事说的是妻年大，可以随便到外面做一点不规矩事情；夫年小，只知道吃奶，让他吃奶。这歌丈夫完全不懂，懂到一点儿的是萧萧。把歌听过后，萧萧装成“我全明白”那种神气，她用生气的样子，对花狗说：

“花狗大，这个不行，这是骂人的歌！”

花狗分辩说：“不是骂人的歌。”

“我明白，是骂人的歌。”

花狗难得说多话，歌已经唱过了，错了赔礼，只有不再唱。他看她已经有点懂事了，怕她回头告祖父，会挨顿臭骂，就把话支吾开，扯到“女学生”上头去。他问萧萧，看不看过女学生习体操唱洋歌的事情。

若不是花狗提起，萧萧几乎已忘却了这事情。这时又提到女学生，她问花狗近来有没有女学生过路，她想看看。

花狗一面把南瓜从棚架边抱到墙角去，告她女学生唱歌的事情，这些事的来源还是萧萧的那个祖父。他在萧萧面前说了点大话，说他曾经到官路上见到四个女学生，她们都拿得有旗子，走长路流汗喘气之中仍然唱歌，同军人所唱的一模一样。不消说，这自然完全是胡诌的笑话。可是那故事把萧萧可乐坏了。因为花狗说这个就叫做“自由”。

花狗是起眼动眉毛、一打两头翘、会说会笑的一个人。听萧萧带着歆羡口气说“花狗大，你膀子真大”，他就说：“我不止膀子大。”

“你身个子也大。”

“我全身无处不大。”

萧萧还不大懂得这个话的意思，只觉得憨而好笑。

到萧萧抱了她的丈夫走去以后，同花狗在一起摘瓜，取名字叫哑巴的，开了平时不常开的口。

“花狗，你少坏点。人家是十三岁黄花女，还要等十年才圆房！”

花狗不作声，打了那伙计一掌，走到枣树下捡落地枣去了。

到摘瓜的秋天，日子计算起来，萧萧过丈夫家有一年了。

几次降霜落雪，几次清明谷雨，一家人都说萧萧是大人了。天保佑，喝冷水，吃粗粝饭，四季无疾病，倒发育得这样快。婆婆虽生来像一把剪子，把凡是给萧萧暴长的机会都剪去了，但乡下的日头同空气都帮助人长大，却不是折磨可以阻拦得住。

萧萧十五岁时高如成人，心却还是一颗糊糊涂涂的心。

人大了一点，家中做的事也多了一点。绩麻、纺车、洗衣、照料丈夫以外，打猪草推磨一些事情也要做，还有浆纱织布。凡事都学，学学就会了。乡下习惯凡是行有余力的都可从劳作中攒点私房，两三年来仅仅萧萧个人份上所聚集的粗细麻和纺就的棉纱，已够萧萧坐到土机上抛三个月的梭子了。

丈夫早断了奶。婆婆有了新儿子，这五岁儿子就像归萧萧独有了。不论做什么，走到什么地方去，丈夫总跟到身边。丈夫有些方面很怕她，当她如母亲，不敢多事。他们俩实在感情不坏。

地方稍稍进步，祖父的笑话转到"萧萧你也把辫子剪去好自由"那一类事上去了。听着这话的萧萧，某个夏天也看过一次女学生，虽不把祖父笑话认真，可是每一次在祖父说过这笑话以后，她到水边去，必用手捏着辫子末梢，设想没有辫子的人那种神气、那点趣味。

左图：

天保佑，喝冷水，吃粗粝饭，四季无疾病，倒发育得这样快。

右图：

凡事都学，学学就会了。乡下习惯凡是行有余力的都可从劳作中攒点私房……

山大人小，到处树木蒙茸……

因为打猪草，带丈夫上螺蛳山的山阴是常有的事。

小孩子不知世故，听别人唱歌也唱歌。一开腔唱歌，就把花狗引来了。

花狗对萧萧生了另外一种心，萧萧有点明白了，常常觉得惶恐不安。但花狗是男子，凡是男子的美德恶德都不缺少，劳动力强，手脚勤快，又会玩会说，所以一面使萧萧的丈夫非常欢喜同他玩，一面一有机会即缠在萧萧身边，且总是想方设法把萧萧那点惶恐减去。

山大人小，到处树木蒙茸，平时不知道萧萧所在，花狗就站在高处唱歌逗萧萧身边的丈夫；丈夫小口一开，花狗穿山越岭就来到萧萧面前了。

见了花狗，小孩子只有欢喜，不知其他。他原要花狗为他编草虫玩，做竹箫哨子玩，花狗想方法支使他到一个远处去找材料，便坐到萧萧身边来，要萧萧听他唱那使人开心红脸的歌。她有时觉得害怕，不许丈夫走开；有时又像有了花狗在身边，打发丈夫走去反倒好一点。终于有一天，萧萧就这样给花狗把心窍子唱开，变成个妇人了。

那时节，丈夫走到山下采刺莓去了，花狗唱了许多歌，到后却向萧萧唱：

娇家门前一重坡，
别人走少郎走多，
铁打草鞋穿烂了，
不是为你为哪个？

末了却向萧萧说："我为你睡不着觉。"他又说他赌咒不把这事情告给人。听了这些话仍然不懂什么的萧萧，眼睛只注意到他那一对粗粗的手膀子，耳朵只注意到他最后一句话。末了花狗大便又唱歌给她听。她心里乱了。她要他当真对天赌咒，赌了咒，一切好像有了保障，她就一切尽他了。到丈夫返身时，手被毛毛虫螫伤，肿了一片，走到萧萧身边。萧萧捏紧这一只小手，且用口去呵它，吮它，想起刚才的糊涂，才仿佛明白自己做了一点不大好的糊涂事。

花狗诱她做坏事情是麦黄四月，到六月，李子熟了，她欢喜吃生李子。她觉得身体有点特别，在山上碰到花狗，就将这事情告给他，问他怎么办。

讨论了多久，花狗全无主意。虽以前自己当天赌得有咒，也仍然无主意。原来这家伙个子大，胆量小。个子大容易做错事，胆量小做了错事就想不出办法。

到后，萧萧捏着自己那条乌梢蛇似的大辫子，想起城里了，她说：

"花狗大，我们到城里去自由，帮帮人过日子，不好么？"

"那怎么行？到城里去做什么？"

"我肚子大了。"

"我们找药去。场上有郎中卖药。"

"你赶快找药来，我想……"

“你想逃到城里去自由，不成的。人生面不熟，讨饭也有规矩，不能随便！”

“你这没有良心的，你害了我，我想死！”

“我赌咒不辜负你。”

“负不负我有什么用？帮我个忙，赶快拿去肚子里这块肉吧。我害怕！”

花狗不再作声，过了一会，便走开了。不久丈夫从他处拿了大把山里红果子回来，见萧萧一个人坐在草地上眼睛红红的，丈夫心中纳罕。看了一会，问萧萧：

“姐姐，为什么哭？”

“不为什么，灰尘落到眼睛窝里，痛。”

“我吹吹吧。”

“不要吹。”

“你瞧我，得这些这些。”

他把手中拿的和从溪中捡来放在衣口袋里的小蚌、小石头全部陈列在萧萧面前，萧萧泪眼婆娑看了一会，勉强笑着说：“弟弟，我们要好，我哭你莫告家中。告家中我可要生气！”到后这事情家中当真就无人知道。

过了半个月，花狗不辞而行，把自己所有的衣裤都拿去了。祖父问同住的长工哑巴：知不知道他为什么走路，走哪儿去？是上山落草，还是作薛仁贵投军？哑巴只是摇头，说花狗还欠了他两百钱，临走时话都不留一句，为人少良心。哑巴说他自己的话，并没有把花狗走的理由说明。因此这一家稀奇一整天，谈论一整天。不过这工人既不偷走物件，又不拐带别的，这事过后不久，自然也就把他忘掉了。

萧萧仍然是往日的萧萧。她能够忘记花狗就好了。但是肚子真有些不同了，肚中东西总在动，使她常常一个人干着急，尽做怪梦。

她脾气坏了一点，这坏处只有丈夫知道，因为她对丈夫似乎严

“花狗大，我们到城里去自由，帮帮人过日子，不好么？”“那怎么行？到城里去做什么？”

“姐姐，为什么哭？”“不为什么，灰尘落到眼睛窝里，痛。”“我吹吹吧。”“不要吹。”

厉苛刻了好些。

仍然每天同丈夫在一处，她的心，想到的事自己也不十分明白。她常想，我现在死了，什么都好了。可是为什么要死？她还很高兴活下去，愿意活下去。

家中人不拘谁在无意中提起关于丈夫弟弟的话，提起小孩子，提起花狗，都像使这话如拳头，在萧萧胸口上重重一击。

到八月，她担心人知道更多了，引丈夫庙里去玩，就私自许愿，吃了一大把香灰。吃香灰被她丈夫见到了，丈夫问这是做什么，萧萧就说肚子痛，应当吃这个。虽说求菩萨许愿，菩萨当然没有如她的希望，肚子中长大的东西仍在慢慢地长大。

她又常常往溪里去喝冷水，给丈夫见到了，丈夫问她，她就说口渴。

一切她所想到的方法都没有能够使她与自己不欢喜的东西分开。大肚子只有丈夫一人知道，他却不敢告这件事给父母晓得。因为时间长久，年龄不同，丈夫有些时候对于萧萧的怕同爱，比对于父母还深切。

她还记得花狗赌咒那一天里的事情，如同记着其他事情一样。到秋天，屋前屋后毛毛虫都结茧，成了各种好看的蝶蛾，丈夫像故意折磨她一样，常常提起几个月前被毛毛虫所螫手的旧话，使萧萧心里难过。她因此极恨毛毛虫，见了那小虫就想用脚去踹。

有一天，又听人说有好些女学生过路，听过这话的萧萧，睁了眼做过一阵梦，愣愣地对日头出处痴了半天。

萧萧步花狗后尘，也想逃走，收拾一点东西预备跟了女学生走的那条路上城去。但没有动身，就被家里人发觉了。这种打算照乡下人说是一件大事，于是把她两手捆了起来，丢在灶屋边，饿了一天。

家中追究这逃走的根源，才明白这个十年后预备给小丈夫生儿子继香火的萧萧肚子已被另一个人抢先下了种。这在一家人生活中真是了不得的一件大事！一家人的平静生活，为这件事全弄乱了。生气的生气，流泪的流泪，骂人的骂人，各按本分乱下去。悬梁、投水、吃毒药，被禁困着的萧萧，诸事漫无边际的全想到了，究竟年纪太小，舍不得死，却不曾做。于是祖父从现实出发，想出了个聪明主意，把萧萧关在房里，派人好好看守着，请萧萧本族的人来说话，照规矩，看是“沉潭”还是“发卖”。萧萧家中人要面子，就沉潭淹死了她；舍不得死就发卖。萧萧只有一个伯父，在近处庄子里为人种田，去请他时先还以为是吃酒，到了才知道是这样丢脸事情，弄得这老实忠厚家长手足无措。

大肚子作证，什么也没有可说。照习惯，沉潭多是读过“子曰”

的族长爱面子才做出的蠢事。伯父不读“子曰”，伯父不忍把萧萧当牺牲，萧萧当然应当嫁人作“二路亲”了。

这也是一种处罚，好像也极其自然，照习惯受损失的是丈夫家里，然而却可以在发卖上收回一笔钱，当作为损失赔偿。那伯父把这事告给了萧萧，就要走路。萧萧拉着伯父衣角不放，只是幽幽地哭。伯父摇了一会头，一句话不说，仍然走了。

一时没有相当的人家来要萧萧，送到远处去也得有人，因此暂时

这件事情既经说明白，照乡下规矩，倒又像不什么要紧，只等待处分，大家反而释然了。

唢呐吹到门前时，新娘在轿中呜呜地哭着，忙坏了那个祖父、曾祖父。

就仍然在丈夫家中住下。这件事情既经说明白，照乡下规矩，倒又像不什么要紧，只等待处分，大家反而释然了。先是小丈夫不能再同萧萧在一处，到后又仍然如月前情形，姐弟一般有说有笑地过日子了。

丈夫知道了萧萧肚子中有儿子的事情，又知道因为这样萧萧才应当嫁到远处去。但是丈夫并不愿意萧萧去，萧萧自己也不愿意去。大家全莫名其妙，只是照规矩像逼到要这样做，不得不做。究竟是谁定的规矩，是周公还是周婆，也没有人说得清楚。

在等候主顾来看人，等到十二月，还没有人来，萧萧只好在这人家过年。

萧萧次年二月间，十月满足，坐草生了一个儿子，团头大眼，声响洪壮。大家把母子二人照料得好好的，照规矩吃蒸鸡同江米酒补血，烧纸谢神。一家人都欢喜那儿子。

生下的既是儿子，萧萧不嫁别处了。

到萧萧正式同丈夫拜堂圆房时，儿子已经年纪十岁，有了半劳动力，能看牛割草，成为家中生产者一员了。平时喊萧萧丈夫做大叔，大叔也答应，从不生气。

这儿子名叫牛儿。牛儿十二岁时也接了亲，媳妇年长六岁。媳妇年纪大，才能诸事做帮手，对家中有帮助。唢呐吹到门前时，新娘在轿中呜呜地哭着，忙坏了那个祖父、曾祖父。

这一天，萧萧抱了自己新生的毛毛，在屋前榆蜡树篱笆间看热闹，同十年前抱丈夫一个样子。

一九二九年冬作

我们一行五个人，脚上用棕衣缠裹，在雪地里长途步行已到第六天。算算路程，傍晚应当到达目的地了。

赤魇

我们一行五个人，脚上用棕衣缠裹，在雪地里长途步行已到第六天。算算路程，傍晚应当到达目的地了。大约下午一点钟左右，翻过了小山头，到得坳上一个青石板砌就的灵官庙前面，照例要歇一会儿脚。时值雪后新晴，石条子上的积雪正在融化，并无可坐处，大家就在路当中站站。地当两山转折点，一道干涸的小溪涧被浮雪填了大半，上面有些野雉狐兔的纵横脚迹。溪涧侧是一丛丛细叶竹篁，顶戴着一朵朵浮松白雪，时时无风自落。当积雪卸下时，枝条抖一抖，即忽然弹起一阵雪粉，动中越加见得安静。远望照耀在阳光下罗列的群山，有些像是顶戴着白雪帽子，静静地在那里向阳取暖。有些却又只稀稀疏疏地横斜挂几条白痕，其余崖石便显得格外深靓。近望坳下山谷，可看见一个小小田坝，田地大小不一，如雪片糕一般散乱重叠在那里。四个村落分散在田坪四周山凹间。一簇簇落叶科乔木，白杨、银杏、枫木树和不落叶成行列的松杉，成团聚集的竹林，孤立挺起的棕榈，以及桔柚果木，错杂其间。山东面树木丛中是一列长垣，围绕着个大院落。山西面房屋却就地势分割成三组，每一聚约莫有三十户人家。一条溪涧由东山嘴绕过，流经长垣外，再曲折盘旋沿西边几个村子消失到村后。虽相去那么远，仿佛还可听到雪水从每个

村中应有的碾坊、油坊、庙宇、祠堂，从房屋形制和应占位置上，都可一一估计得出。

田沟缺口注入溪中时的潺潺声。村中应有的碾坊、油坊、庙宇、祠堂，从房屋形制和应占位置上，都可一一估计得出。在雪晴阳光下，远近所见一种清寂庄严景象，实在异常动人。四个同伴见我对于眼前事物又有点发痴不想走路神气，于是照例向我开开小玩笑，叫我做“八大”。就中一个年纪最轻的，只十五岁，初中二年级学生，姓满的伙伴就说：“八哥，这又可以上画了，是不是？你想做画家，到我们这里来，有多少东西可画！只怕一辈子也画不完。还不如趁早赶到地，和我们去雪里打斑鸠炒辣子吃有意思！”其余三位正若完全同意这嘲谑，都咕咕地笑着。

“我们是现代军人，可不是充军，忙什么？”我话中也语意双关，他们明白的。

“我们还有三十里蛮路，得赶路！太晚了，恐怕赶不上，就得摸黑。你看这种鬼天气，一到傍晚，山路被夜风一吹，冻得滑溜溜的，闪不知掉到河沟里去，怎么办？”从话语中，从几个人都急于要走路神气，我明白他们是有点故意开玩笑的，可不明白用意所在。

我于是也装作埋怨口气：“嗨，你们这个地方，真像书上说的，人也蛮，路也蛮。我实在走不动了！你们想家，你们尽管先走，我要在这里呆个半天，捶一捶草鞋耳子。我问你，究竟还有多远路？”

“八哥，行船莫算，打架莫看，”一个年长同伴接着又把话岔开，“嗨，你们听，村子里什么人家讨新媳妇，放炮吹唢呐，打发花轿出门！”

试听听，果然箊声悲咽断续中，还零零落落响了一阵小鞭炮。我摇摇头，因为对于面前景物的清寂，和生命的律动相揉相混所形成的一种境界，已表示完全的皈依。庙后路坎上有四株老山楂树，树根蟠拱，露出许多大小窟窿。我一声不响，傍着潮湿的老树根坐下来了。用意是“这里就是有大虫的景阳冈，我好歹也得坐坐”。

几个人见我坐下时，还是一致笑着，站在路当中等待。

我这次的旅行，可以说完全出于意外。原来三年前我还只是一个“二尺半”，一个上名册的丘八，经常职务不是为司令出去护卫，就是押老实乡下人到城外去法办。两件事轮流进行，当时对于我倒似乎分别不出什么不同。因为一出动就同样有酒肉可吃。护卫到乡绅家，照例可以吃蒸鹅、辣子炒黄麂，还可抽空到溪边看看白脸长眉毛乡绅大姑娘光着两只白脚挑水，说两句不太难为情的笑话。杀人时刽子手就用那把血淋淋的大刀，随意去割切屠户卖的猪羊肉，拿回住处

一列迎面生树的崖石，一株负石孤立的大树，以及一亭一桥的布置，一丘一壑的配衬，凡遇到自然手笔合作处有会于心时，就必然得停顿下来，好好赏玩一番。

棚里红焖，大家都有一份。谁知有一天，我的焖狗肉本领偶然被一个军法官发现，我就变成司书了。现在，我忽然又从军法处被上司调回家乡别墅去整理书画。至于这个差事如何派到我头上，事情凑巧，说来还是和我这一生前后所遇到的别的许多事情相似，很像一种童话可不是童话。总之，我将从这个新派的职务回乡了。

其时正值学校放寒假，有四个相熟同乡学生要回家过年，就邀我先到他们乡下去，约好过了年，看过乡下放大烟火后，再返城办事。四个人住处离县城四十五里，地名“高岘”，这地方我既从未到过，加之走的又是一条生路，不经县城，所以远近全不熟悉。四个青年同伴在学校折磨了一个学期，一路就只谈论家中过年的情形，为家中准备的大块肥腊肉大缸甜米酒而十分兴奋。我早已没有家，也没有什么期望，一路却只好独自默默地用眼目所接触的景物，印证半年来保留在记忆中那些大小画幅。一列迎面生树的崖石，一株负石孤立的大树，以及一亭一桥的布置，一丘一壑的配衬，凡遇到自然手笔合作处有会于心时，就必然得停顿下来，好好赏玩一番。有时或者还不免近于发呆，为的是自然的大胆常常超过画人的巧思。不是被同伴提起的两件事引起注意，我每天在路上照例有几次落后。一件是下坍路坎边，烂泥新雪中，钵头大的虎掌印。另一件是山坳上荷了两丈长南竹梭镖，装作猎户实行向过路人收买路钱的“坐坳老总”。一个单身上路的客人，偶然中碰到一件，都是不大好玩的！我被同伴叫做“八大”或“八哥”，也由此而来。

这时节虽在坳上，下山一二里就是村落，村落中景物和办喜事人家吹的唢呐声音，正代表着这小地方的和平与富庶。因此我满不在意，从从容容接受几个同伴的揶揄，心中却旋起一种情感，以为“为自己一生作计，当真应当设法离开军队改业学画。学习用一支笔来捕捉这种神奇的自然。我将善用所长，从楮素上有以自见。一个王子能够做的事，一个兵也未见得不能做到”！但是想想看，从舞着血淋淋大刀去割人家猪肉的生活，到一个画家的职业，是一段多么长的距离！一种新的启示与发现，更不免使我茫然失措。原来正在这个当儿，在这个雪晴清绝山谷中，忽然腾起一片清新的号角声、一阵犬吠声。我明白，静寂的景物虽可从彩绘中见出生命，至于生命本身的动，那分象征生命律动与欢欣在寒气中发抖的角声，那派表示生命兴奋与狂热的犬吠声，以及在这个声音交错重叠综合中，带着碎心的惶恐、绝望的低嗥、紧迫的喘息，从微融残雪潮湿丛莽间奔窜的狐狸与獾兔，对于忧患来临挣扎求生所抱的生命意识，可绝不是任何画家所能从事的工作！我的梦如何能不破灭，已不大像是个人可以做主。

试就当前官觉所能接触的音响加以推测，这一切很显然是向我们这条路上越来越逼近。看看站在路当中几个同伴，正用脚互相踢着雪玩，竟若毫不在意，一面踢雪一面还是用先前神气对我微笑。俨然这只是他们一种预定的恶作剧，用意即在打破我做画家的妄想，且从比较上见出城里人少见多怪，因之才慌慌张张。至于他们，可用不着。

为表示同样从容，我于是笑着招呼年纪最小的一个伙伴：“老弟，小心准备好你的齐眉棍，快有野猪来了。不要当路站让野猪冲倒你！我们最好爬到坎上来，待它过身时，你从旁闷头来一棒，不管中不中，见财有份，今天我们就有野猪肉吃！……”

话未说完，就听到身后一株山楂树旁唑的一声，一团黄毛物像一支箭射进树根窟窿里去了。大家猛不防吓了一惊，掉过头来齐声嚷叫：“狐狸，狐狸！堵住，堵住！”

不到一会儿，几只细腰尖耳狗都赶来了，有三只鼻贴地面向树根直扑，摇着尾对窟窿狂吠。另一只卷毛种大型狗却向我那小同伴猛然一扑。我真着了急：“这可糟！怎不下手？”话未出口，再看看，同伴已把手杖抛去，抱住了那只狗。原来他们是旧相识，骤然相见不免

这种人平时对山相去三里还能辨别草丛中黄獐和山羊的毛色，远远一见我们，都“哈”地大声叫喊着，直奔向我的几个同伴。同伴也“哈”地向他们奔去。

亲昵得很！随后是三个青年猎户，气喘吁吁地从岔路翻过坳来。这种人平时对山相去三里还能辨别草丛中黄獐和山羊的毛色，远远一见我们，都“哈”地大声叫喊着，直奔向我的几个同伴。同伴也“哈”地向他们奔去。于是那支箭就在这刹那间，忽然又从树根射出，穿过我的脚前，直向积雪山涧窜去。几只狗随后追逐，共同将溪涧中积雪蹴起一阵白雾。去不多远，一只狗逮住了那个黄毛团时，其余几只跟踪扑上前去，狐狸和狗和雪便滚成一团。在激情中充满欢欣的愿望，还有更使我惊异的，即我们实际上已到了目的地，一里外山下那个村子，原来就是高岘！

正如同吕马童等当年在垓下争夺项羽死尸一样情形。三个猎人和我那四个同伴看见这种情形，也欢呼着一齐跳下山涧，向狐狗一方连跌带滚跑去。我一个人站在那个灵官庙前发呆，为了这一段短短时间所形成的空气，简直是一幕戏剧中最生动的一场，简直是……

还有更使我惊异的，即我们实际上已到了目的地，一里外山下那个村子，原来就是高岘！四个同伴预先商量好，要捉弄我，因之故作狡狯，村子已在眼前时，还说尚有三十里路，准备大家进入村子转入家中坐定后，才给我大大一惊。偏巧村子中人趁雪晴嗾狗追狐狸，迎接了我们。从猎人口中，我们才知道先前听到的唢呐鞭炮声，就是小同伴满家哥哥办喜事的热闹。过不多久，我们就可以和穿羽绫马褂的乡绅、披红风帽的小孩子，共同坐到那个大院落一栋新房子里方桌前面，在单纯鼓吹中，吃八大碗的喜酒了。这一来，镶嵌到这个自然背景和情绪背景中的我，做画家的美梦，只合永远放弃了。

竹林中一片斑鸠声，浸入我迷蒙意识里。一切都若十分陌生又极端荒唐。这是我初到“高岘”地方第二天一个雪晴的早晨。

雪晴

竹林中一片斑鸠声，浸入我迷蒙意识里。一切都若十分陌生又极端荒唐。这是我初到“高岘”地方第二天一个雪晴的早晨。

我躺在一铺楠木雕花大板床上，包裹在带有干草和干果香味的新被絮里。细白麻布帐子如一座有顶盖的方城，在这座方城中，我已甜甜地睡足了十个钟头。昨天在二尺来深雪中走了四五十里山路的劳累已恢复过来了。房正中那个白铜火盆，昨夜用热灰掩上的炭火，不知什么时候已被人拨开，加上了些新栗炭，从炭盆中小火星的快乐爆炸继续中，我渐次由迷蒙渡到完全清醒。我明白，我又起始活在一种现代传奇中了。

昨天来到这里以前，几个人几只狗在积雪被覆的溪涧中追逐狐狸，共同奔赴蹴起一阵如云如雾雪粉，人的欢呼兽的低嗥所形成一种生命的律动，和午后雪晴冷静景物相配衬，那个动人情景再现到我的印象中时，已如离奇的梦魇。加上初初进到村子里，从融雪带泥的小径，绕过了碾坊、榨油坊，以及夹有融雪寒意半涧溪水如奔如赴的小溪河迈过，转入这个有喜庆事的庄宅。在灯火煌煌笳鼓竞奏中，和几个小乡绅同席对杯，参加主人家喜筵的热闹，所得另外一堆印象，增加了我对于现实处境的迷惑。因此各个印象不免重叠起

还有那些成熟待年的女客人，共同浸透了青春热情黑而有光的眼睛，亦无不如各有一种不同分量压在我的记忆上。

来。印象虽重叠却并不混淆，正如同一支在演奏中的乐曲，兼有细腻和壮丽，每件乐器所发出的每个音响，即使再低微也异常清晰，且若各有位置，独立存在，一一可以摄取。新发酵的甜米酒，照规矩连缸抬到客席前，当众揭开盖覆，一阵子向上泛涌泡沫的滋滋细声，却不曾被院坪中尖锐呜咽的唢呐声音所淹没。屋主人老太太，银白头发上簪的那朵大红山茶花，在新娘子十二幅大红绉罗裙照映中，也依然异样鲜明。还有那些成熟待年的女客人，共同浸透了青春热情黑而有光的眼睛，亦无不如各有一种不同分量压在我的记忆上。我眼中被屋外积雪反光形成一朵紫茸茸的金黄镶边的葵花，在荡动不居情况中老是变化，想把握无从把握，希望它稍稍停顿，也不能停顿。过去印象也因之随同这个而动荡、鲜明、华丽，闪闪烁烁摇摇晃晃。

眼中的葵花已由紫和金黄转成一片金绿相错的幻画，还正旋转不已。

……筵席上凡是能喝的，都醉倒了。住处还远应走路的，点上火燎唱着笑着回家了。奏乐帮忙的，下到厨房，用烧酒和大肉丸子肥腊肉“肿了膊子”，补偿疲劳，各自方便；或抱了大捆稻草，钻进空谷仓房里去睡觉；或晃着火把，上油坊玩天九牌过夜去了，我自然也得有个落脚处。一家之主的老太太，站在厅堂前面，张罗周至地打发了许多事情后，就手抖抖地，举起一个芝麻秆扎成的火炬，准备引导我到一个特意为我安排好的住处去。面前的火炬照着我，不用担心会滑滚到雪中，老太太白发上那朵大红山茶花，恰如另外一个火炬，使我回想起三十年前祖母辈分老一派贤惠能勤一家之主的种种。但是我最关心的，还是跟随我身后，抱了两床新装钉的棉被，一个年青乡下大姑娘，也好像一个火炬。我还不知道她是什么人。那乡下大姑娘正在厅子前灯光所不及处，和一个收拾乐器的乡下人说话，老太太在厅中问：“巧秀，巧秀，可是你？”“是我！”“是你，你就帮帮忙，把铺盖送到后屋里去。”于是三个人从先一时还灯烛煌煌箭鼓竞奏的正厅，转入这所大庄宅

“巧秀，巧秀，可是你？”“是我！”“是你，你就帮帮忙，把铺盖送到后屋里去。”

最僻静的侧院。两种环境的对照，以及行列的离奇，已增加了我对于处境的迷惑。到住处房中后，四堵白木板壁把一盏灯罩擦得清亮的美孚灯灯光聚拢，我才能够从灯光下，看清楚为我负衾抱裯的一位面目。十七岁年纪，一双清亮的眼睛，一张两角微向上翘的小嘴，一个在发育中高高的胸脯，一条乌梢蛇似的大发辫。说话时一开口即带点羞怯的微笑，关不住青春生命秘密悦乐的微笑。可是，事实上这时节她却一声不响，不笑，只静静站在那个楠木花板大床边，帮同老太太为我整理被盖。我站在屋正中火盆边，一面烘手，一面游目四瞩，欣赏房中的动静：那个似静实动的白发髻上的大红山茶花，似动实静的十七岁姑娘的眉目和四肢。……那双清明无邪的眼睛，在这个万山环绕不上二百五十户人家的小村落中看过了些什么事情？那张含娇带俏的小嘴，到想唱歌时，应当唱些什么歌？还有那颗心，平时为屋后大山豺狼的长嗥声，盘在水缸边碗口大黄喉蛇的歇凉呼气声，训练得稳定结实，会不会还为什么新事情而剧烈跳跃？我难道还不愿意放弃做一个画家的痴梦？真的画起来，第一笔应捕捉眼睛上的青春光辉，还是应保持这个嘴角边的温情笑意？我还觉得有点不可解。整理床铺，怎么不派个普通长工来帮忙，岂不是大家省事？既要来，怎么不是一个人，还得老太太同来？等等就会走去，难道也必须和老太太两人一道走？倘若不，我又应当怎么样？这一切，对于我真是一份离奇的教育。我不由得不笑了。在这些无头无绪遐想中，我可说是来到乡下的“乡下人”。

我说：“对不起，对不起，我这客人真麻烦老太太！麻烦这位大姐！老太太实在过累了，应当早早休息了吧。”

从那个忍着笑代表十七岁年纪微向上翘的嘴角，我看出一种回答，意思清楚分明。

“哪样对不起？你们城里人就会客气。”

的确是，城里人就会客气，礼貌周到，然而总不甚诚实得体。好

一种母性的体贴，把凡是想得到的都注意一下，再就说了几句不相干闲话，一齐走了。

像这个批评当真是从对面来的，我无言可回，沉默了。

到两人为我把床铺整理好时，老太太就拍一拍那个绣有“长命富贵”的扣花枕帕的旧式硬枕，口中轻轻的近于祝愿的语气说：“好好睡，睡到大亮再醒，不叫你你就莫醒！”且把衣袖中预藏的一个小小红纸包儿，悄悄地塞到枕头下去。我虽看见只装作不曾看见。于是，两个人相对笑笑，有会于心地笑笑，像是办完一件大事，摇摇灯座，油还不少，扭一扭灯头，看机关灵活不灵活。又验看一下茶壶，炖在炭盆边很稳当。一种母性的体贴，把凡是想得到的都注意一下，再就说了几句不相干闲话，一齐走了。我因之陷入一种完全孤寂中。听到两人在院转角处踏雪声和笑语声。这是什么意思？充满好奇的心情，伸手到枕下掏摸，果然就抓住了一样东西，一个被封好的谜。试小心裁开一看，原来是包寸金糖，知道老太太是依照一种乡村古旧的仪式。乡下习惯，凡新婚人家，对于未结婚的陌生男客，照例是不留宿的。若特别客人留在家下住宿时，必祝福他安睡。恐客人半夜里醒来有所见闻，大早不知忌讳，信口胡说，就预先用一包糖甜甜口，封住了嘴。一切离不了象征。惟其象征，简单仪式中即充满牧歌的抒情。我因为记得一句俗话，“入境问俗”，早经人提及过，可绝想不到自己即参加了这一角。我明早上将说些什么？是不是凡这时想起的种种，也近于一种忌讳？六十里的雪中长途跋涉，既已把我身体弄得十分疲倦，在灯火煌煌笳鼓竞奏的喜筵上，甜酒和笑谑所酿成的空气中，乡村式的欢乐的流注，再加上那个十七岁乡下大姑娘所能引起我的幻想或联想，似乎把我灵魂也弄得相当疲倦。因此，躺入那个暖和、轻软、有干草干果香味的棉被中，不多久，就被睡眠完全收拾了。

现在我又呼吸于这个现代传奇中了。炭盆中火星还在轻微爆炸。假若我早醒五分钟，是不是会发现房门被一只手轻轻推开时，就有一双眼睛一张嘴随同发现？是不是忍着笑踮起脚进到房中后，一面整理火盆，一面还向窗口悄悄张望，一种朴质与狡猾的混合，只差开口：“你城里人就会客气。”到这种情形下，我应当忽然跃起，稍微不大客气地惊吓她一下，还是尽含着糖，不声不响？我不能够这样尽躺着。油紫色带锦绶的斑鸠，已在雪中咕咕咕呼朋集伴。我得看看雪晴侵晨的庄宅，办过喜事后的庄宅，那份零乱、那份静。屋外的溪涧、寒林和远山，为积雪掩覆初阳照耀那份调和、那份美。还有雪原中路坎边那些狐兔鸦雀经行的脚迹，象征生命多方的图案画。但尤其使我发生兴趣感到关切的，也许还是另外一件事情。新娘子按规矩就得下厨，经过一系列亲友预先布置的开心笑料，是不是有些狼狈周章？大清早和丈夫到井边去挑水时，是个什么情景？那一双眉毛，

我得看看雪晴侵晨的庄宅，办过喜事后的庄宅，那份零乱、那份静。

是不是当真于一夜中，就有了变化，一眼望去即能辨别？有了变化后，和另外那一位年纪十七岁的成熟待时大姑娘比较起来，究竟有什么不同处？……

盥洗完毕，走出前院去，尽少开口胡说。且想找寻一个人，带我到后山去望望并证实所想象的种种时，“莫道行人早，还有早行人”，不意从前院大胡桃树下，便看见那做新郎的朋友，正蹲在雪地上一大团毛物边，有所检视。才知道新郎还是按照向例，天微明即已起身，带了猎枪和两个长工，上后山绕了一转，把装套处一一看过，把所得的已收拾回来。从这个小小堆积中，我发现了两只麻兔、一只长尾山猫、一只灰獾、两匹黄鼠狼。装置捕机的地面，不出庄宅后山半里路范围内，一夜中即有这么多触网入彀的生物。而且从那不同的形体、不同的毛色，想想每一个不同的生命，在如何不同情形中，被大石块压住腰部，头尾翘张，动弹不得；或被圈套扣住了，前脚高悬半空，挣扎得精疲力尽，垂头死去；或是被机关木梁竹签，扎中肢体某一部分：在痛苦惶惧中，先是如何努力挣扎带着绝望的低嘶，挣扎无从，精疲力尽后，方充满悲苦的激情，沉默下来，等待天明，到末了还是不免同归于尽。这一摊毛茸茸的野物，陈列在这片雪地上，真如一幅动人的图画。但任何一种图画，却不曾将这个近乎不可思议的生命的复杂与多方，好好表现出来。

后园竹林中的斑鸠呼声，引起了朋友的注意。我们于是一齐向后园跑去。朋友撒了一把绿豆到雪地上，又将另一把绿豆灌入那支旧式猎枪中，藏身在一垛稻草后，有所等待。不到一会儿，枪声响处，那对飞下雪地啄食绿豆的斑鸠，即中了从枪管喷出的绿豆，躺在雪中了。吃早饭时，新娘子第一回下厨做的菜中，就有一盘辣子炒斑鸠。

一面吃饭一面听新郎述说下大围猎虎故事，使我仿佛加入了那个在自然壮丽背景中，人与另外一种生物充满激情的剧烈争斗与游戏过程。新娘子的眉毛还是弯弯的，引起我老想要问一句话，又像因为昨夜晚老太太塞在枕下那一包糖，当真封住了口，无从启齿。可是从外面跑来的一个长工，却代替了我，打破了桌边沉默，在桌前向主人急促陈述：

“老太太，队长，你家巧秀，有人在坳上亲眼看到。昨天吹唢呐的那个中寨人，把你家大姑娘巧秀拐跑了。一定是向鸦拉营方向跑，要追还追得上。巧秀背了个小小包袱，还笑嘻嘻的！”

“嗐，咦！”一桌吃饭的人，都为这个消息给愣住了。这个集中情绪的一刹那，使我意识到一件事，即眉毛比较已无可希望。

新娘子第一回下厨做的菜中，就有一盘辣子炒斑鸠。

我一个人重新枯寂地坐在这个小房间火盆边，听着炖在火盆上铜壶的白水沸腾，好像失去了一点什么，不经意被那一位收拾在那个小小包袱中，带到一个不可知的小地方去了。不过事实上倒应当说“得到了一点什么”。只是得到的究竟是什么？我问你。算算时间，我来到这个乡下还只是第二天，除掉睡眠，耳目官觉和这里一切接触还不足七小时，生命的丰满、洋溢，把我的感情或理性，已给完全混乱了。

阳光上了窗棂，屋外檐前正滴着融雪水。我年纪刚满十八岁。

一九四六年十月十二日重写

雪在融化，田沟里到处有注入小溪河中的融雪水，正如对于远海的向往，共同作成一种欢乐的奔赴。

巧秀和冬生

雪在融化。田沟里到处有注入小溪河中的融雪水，正如对于远海的向往，共同作成一种欢乐的奔赴。来自留有残雪溪涧边竹篁丛中的山鸟声，比地面花草占先透露出一点春天消息，对我更俨然是种会心的招邀。就中尤以那个窗后竹园的寄居者，全身油灰、颈脖间围了一条锦带的斑鸠，作成的调子越来越复杂，也越来越离奇，好像在我耳边作成一种对话，代替我和巧秀的对话：

“巧秀，巧秀，你可当真要走？你千万莫走！”

“哥哥，哥哥，喔。你可是叫我？你从不理我，怎么好责备我？”

原本还不过是在晓梦迷蒙里，听到这个古怪荒谬的对答，醒来不免十分惆怅。目前却似乎清清楚楚的，且稍微有点嘲谑意味，近在我耳边诉说。我再也不能在这个大庄院住下了。因此用“欢喜单独”作理由，迁移了个新地方，村外药王宫偏院中小楼上。这也可说正是我自己最如意的选择。因为庙宇和村子有个大田坝隔离，地位完全孤立。生活得到单独也就好像得到一切，为我十八岁年纪时来这里作客所需要的一切。

我一生中到过许多稀奇古怪的去处。过了许多式样不同的桥，坐过许多式样不同的船，还睡过许多式样不同的床。可再没有比半月前在满家大庄院中那一晚，躺在那铺楠木雕花大床上，让远近山鸟声和房中壶水沸腾，把生命浮起的情形心境离奇；以及迁到这个小楼上来，躺在一铺硬板床上，让远近更多山鸟声填满心中空虚所形成一种情绪更幽渺难解！

院子本来不小，大半都已被细叶竹科植物的蕃植所遮蔽，只余一条青石板砌成的走道，可以给我独自散步。在丛竹中我发现有宜于做手杖的罗汉竹和棕竹，有宜于做箫管的紫竹和白竹，还有宜于做钓鱼竿的蛇尾竹。这一切性质不同的竹子，却于微风疏刷中带来一片碎玉倾洒，带来了和雪不相同的冷。更见得幽绝处，还是那个小楼屋脊。因占地特别高，宜于遥瞻远瞩，几乎随时都有不知名鸟雀在上面歌呼。有些见得分外从容，完全无为地享受它自己的音乐，唱出生命的欢欣。有些又显然十分焦躁，如急于招朋唤侣，而表示对于爱情生活的渴望。那个油灰色斑鸠更是我屋顶的熟客，本若为逃避而来，来到此地却和它有了更多亲近机会。从那个低沉微带忧郁反复嘀咕中，始终像在提醒我一件应搁下终无从搁下的事情——巧秀的出走。即初来这个为大雪所覆盖的村子里，参加朋友家喜筵过后，房主人点上火炬预备送我到偏院去休息时，随同老太太身后，负衾抱裯来到我房中，咬着下唇一声不响为我铺床理被那个十七岁乡下姑娘巧秀。我正想用她那双眉毛和新娘子眉毛做个比较，证实一下传说可不可靠。并在她那条大辫子和发育得壮实完整的四肢上，做了点十八岁年青人的荒唐梦。不意到第二天吃早饭桌边，却听人说她已带了个小小包袱，跟随个吹唢呐的乡下男人逃走了，在那个小小包袱中，竟像是把我所有的一点什么东西，一颗心或一种梦，也于无意中带走了。

巧秀逃走已经半个月，还不曾有回头消息。试用想象追寻一下这个发辫黑、眼睛光、胸脯饱满乡下姑娘的去处，两人过日子的种种，以及明日必然的结局，自不免更加使人茫然若失。因为不仅偶然

平凡相貌中无不有一颗青春的心永远在燃烧中。一面是如此燃烧，一面又终不免为生活缚住，挣扎不脱……

被带走的东西已找不回来，即这个女人本身，那双清明无邪眼睛所蕴蓄的热情，沉默里所具有的活跃生命力，一切都远了，被一种新的接续而来的生活所腐蚀，遗忘在时间后，从此消失了，不见了。

常德府的大西关，辰州府的尤家巷，以及沅水流域大小水码头边许多小船上，经常有成千上万接纳客商的小婊子，脸宽宽的眉毛细弯弯的，坐在舱前和船尾晒太阳，一面唱《十想郎》小曲遣送白日，一面纳鞋底绣花荷包，企图用这些小物事连结水上来去弄船人的恩情。平凡相貌中无不有一颗青春的心永远在燃烧中。一面是如此燃烧，一面又终不免为生活缚住，挣扎不脱，终于转成一个悲剧的结束，恩怨交缚气量窄，投河吊颈之事日有所闻。追源这些女人的出处背景时，有大半和巧秀就差不多。缘于成年前后那份痴处、那份无顾忌的热情，冲破了乡村习惯，不顾一切地跑去。从水取譬，“不到黄河心不死”。但这些从山里流出的一脉清泉，大都却不曾流到洞庭湖，便滞住于什么小城小市边，水码头边，过日子下来。向前不可能，退后办不到，于是如彼如此地完了。

我住处的药王宫，原是一村中最高会议所在地，村保国民小学的校址，和保卫一地治安的团防局办公处。正值年假，学校师生都已回了家。会议平时只有两种：积极的是春秋二季邀木傀儡戏班子酬神还愿，推首事人出份子；消极的便只是县城里有公事来时，集合士绅人民商量对策。地方治安既不大成问题，团防局事务也不多，除了我那朋友满大队长自兼保长，局里固定职员，只有个戴大眼镜读《随园食谱》用小绿颖水笔办公事的师爷，另一个年纪十四岁头脑单纯的局丁。地方所属自卫武力，虽有三十多支杂色枪，平时却分散在村子里大户人家中，以防万一，平时并不需要。换言之，即这个地方经常是冷清清的。因为地方治安无虞，农村原有那份静，表面看也还保持得上好。

搬过药王宫半个月来，除了和大队长赶过几回场，买了些虎豹皮，选了些斗鸡种，上后山猎了几回毛兔，一群人一群狗同在春雪始融湿滑滑的涧谷石崖间转来转去，搅成一团，累得个一身大汗，其余时间居多倒是看看局里老师爷和小局丁对棋。两人年纪一个已过四十六七，一个还不及十五，两面行棋都不怎么高明，却同样十分认真。局里还有半部石印《聊斋志异》。这地方环境和空气，才真宜于读《聊斋志异》！不过更新的发现，却是从局里住屋一角新孵的一窝小鸡上，及床头一束束不知名草药的效用上，和师爷于短时期即成了个忘年交，又从另外一种方式上，和小局丁也成了真正知己。先是翻了几天《聊斋志异》，以为“青凤”“黄英”会有一天忽然掀帘而入，来此以前且可听到楼梯间细碎脚步声。事实上雀鼠作成的细碎声音虽多，“青凤”“黄英”始终不露面。这种悬想的等待，既混合了恐怖与欢悦，对于十八岁的生命言，自然也极受用。可是一和两人相熟，我就觉得抛下那几本残破小书实在大有道理，因为只要我高兴，随意浏览另外一本大书某一章节，都无不生命活跃引人入胜！

巧秀的妈原是溪口人，二十三岁时即守寡，守住那不及两岁大的巧秀和七亩山田。年纪轻，不安分甘心如此下去，就和一个黄罗寨打虎匠偷偷相好。族里人知道了这件事，想图谋那片薄田，捉奸捉双，两人终于生生捉住，一窝蜂把两人拥到祠堂里去公开审判。本

这个地方经常是冷清清的。因为地方治安无虞，农村原有那份静，表面看也还保持得上好。

意也只是大雷小雨地将两人吓一阵，痛打一阵，大家即从他人受难受折磨情形中，得到一种离奇的满足，再把她远远地嫁去，讨回一笔财礼，作为脸面钱，用少数买点纸钱为死者焚化，其余的即按好事出力的程度的多少来分配。这原是本地旧规矩，凡事照规矩做去，他人无从反对。不意当时做族长的，巧秀妈未嫁时，曾拟为跛儿子讲作儿媳妇，巧秀妈却嫌他一只脚，不答应，族长心中即憋住一腔恨恼。后来又借故一再调戏，反被那有性子的小寡妇大骂一顿，以为老没规矩老无耻。把柄拿在寡妇手上，还随时可以宣布。如今既然出了这种笑话，因此回复旧事，仇人见面分外眼红，极力主张把黄罗寨那风流打虎匠两只脚捶断，且当小寡妇面前捶断。私刑执行时，打虎匠咬定牙齿一声不哼，只把一双眼睛盯看着小寡妇。处罚完事，即预备派两个长年把他抬回二十里外黄罗寨去。事情既有凭有据，黄罗寨人自无话说。可是小寡妇呢，却当着族里人表示她也要跟去。田产女儿通不要，也得跟去。这一来族中人真是面子失尽。尤其是那个一族之长，心怀狠毒，情绪复杂，怕将来还有事情，倒不如一不做二不休连根割断，竟提议把这个不知羞耻的贱妇照老规矩沉潭，免得黄罗寨人说话。族祖既是个读书人，有个小小功名，读过几本“子曰”，加之辈分大，势力强，且平时性情又特别顽固专横，即由此种种，同族子弟不信服也得畏惧三分。如今既用维持本族名誉面子为理由，提出这种兴奋人的意见，并附带说事情解决再商量过继香火问题。人多易起哄，大家不甚思索自然即随声附和。合族一经同意，那些年青无知好事者，即刻就把绳索和磨石找来，督促进行。在纷乱下族中人道德感和虐待狂已混淆不可分。其他女的都站得远远的，又怕又难受，无可奈何，只轻轻地喊着“天”，却无从作其他抗议。一些年青族中人，即在祠堂外把那小寡妇上下衣服剥个精光，两手缚定，背上负了面小石磨，并用藤葛紧紧把石磨扣在颈脖上。大家围住小寡妇，一面无耻放肆地欣赏那个光鲜鲜的年青肉体，一面还狠狠地骂

族祖既是个读书人，有个小小功名，读过几本“子曰”，加之辈分大，势力强，且平时性情又特别顽固专横，即由此种种，同族子弟不信服也得畏惧三分。

女人无耻。小寡妇却一声不响，任其所为，眼睛湿莹莹地从人丛中搜索那个冤家族祖。深怕揭底的族祖，却在剥衣时装作十分生气，上下狠狠地看了小寡妇几眼，口中不住骂“下贱下贱”，装作有事不屑再看，躲进祠堂里去了。到祠堂里就和其他几个年长族人商量打公禀禀告县里，准备大家画押，把责任推卸到群众方面去，免得将来出其他事故。也一面安慰安慰那些无可无不可年老怕事的族中长辈，引些圣经贤传除恶务尽的话语，免得中途变化。到了快要下半天时候，族

到了快要下半天时候，族中一群好事者，和那个族祖，把小寡妇拥到溪口，上了一只小船，架起了桨，沉默向溪口上游长潭划去。

中一群好事者，和那个族祖，把小寡妇拥到溪口，上了一只小船，架起了桨，沉默向溪口上游长潭划去。女的还是低头无语，只看着河中荡荡流水，以及被双桨搅碎水中的云影星光。也许正想起二辈子投生问题，或过去一时被族祖调戏不允许的故事，或是一些生前“欠人”“人欠”的小小恩怨。也许只想起打虎匠的过去当前，以及将来如何生活。一岁大的巧秀，明天会不会为人扼喉咙谋死？临出发到河边时，一个老表嫂抱了茫然无知的孩子，想近身来让小寡妇喂一口奶，老族祖一见，吼了一声，大骂：“老狐狸，你见了鬼，还不赶快给我滚开！”一脚踢开。但很奇怪，从这妇人脸色上，竟看不出恨和惧，看不出特别紧张，一切都若平静异常。至于一族之长的那一位呢，正坐在船尾梢上，似乎正眼也不想看那小寡妇。其实心中却旋起一种极复杂纷乱情感。为去掉良心上那些刺，只反复喃喃以为这事是应当的，全族脸面攸关，不能不如此。自己既为一族之长，又读过圣贤书，实有维持道德风化的责任。当然也并不讨厌那个青春康健光鲜鲜的肉体；讨厌的倒是，“肥水不落外人田”，这肉体被外人享受。妒忌在心中燃烧，道德感益发强，迫虐狂益发旺盛，只催促开船。至于其他族中人呢，想起的或者只是那几亩田将来究竟归谁管业，都不大自然。因为原来那点性冲动已成过去，都有点见输于小寡妇的沉静情势。小船摇到潭中最深处时，荡桨的把桨抽出水，搁在舷边。船停后轻轻向左旋着，又向右旋。大家都知道行将发生什么事。一个年纪稍大的某人说：“巧秀的娘，巧秀的娘，冤有头，债有主，你心里明白，好好地去了吧。你有什么话嘱咐，就说了吧。”小寡妇望望那个说话安慰她的人，过一会儿方低声说：“三表哥，做点好事，不要让他们捏死我巧秀喔。那是人家的香火！长大了，不要记仇，就够了！”大家静默了。美丽黄昏空气中，一切沉静。先是谁也不肯下手。老族祖貌作雄强，心中实混合了恐怖与矜持，走过女人身边，冷不防一下子把那小寡妇就掀下了水。轻重一失衡，自己忙向另外一边倾坐，把小船弄得摇摇晃晃。人一下水，先是不免有一番小小挣扎，因为颈背上悬系那面石磨相当重，随即打着漩向下直沉。一阵子水泡向上翻，接着是水天平静。船随水势溜着，渐渐离开了原来位置。船上的年青人眼都还直直地一声不响望着水面。因为死亡带走了她个人的耻辱和恩怨，却似乎留念给了每人一份看不见的礼物。虽说是要女儿长大后莫记仇，可是参加的人哪能忘记自己做的蠢事。几个人于是俨然完成了一件庄严重大的工作，把船掉了头。死的已因罪孽而死了，然

巧秀对过去事又实在毫无所知，只是不乐意。年龄也还早，因此暂时搁置。

而“死”的意义却转入生者担负上，还得赶快回到祠堂里去叩头，放鞭炮挂红，驱逐邪气，且表示这种“勇敢”和“决断”兼有“真正愚蠢”的行为，业已把族中受损失的“荣誉”收复。事实上，却是用这一切来祓除那点在平静中能生长，能传染，影响到人灵魂或良心的无形谴责。即因这种恐怖，过四年后，那族祖便在祠堂里发狂自杀了。只因为最后那句嘱咐，巧秀被送到三十里外的高岘满家庄院，活下来了。

巧秀长大了，亲眼看过这一幕把她带大的表叔，团防局的师爷，原本有意让她给满家大队长做小婆娘，有个归依，有个保护。只是老太太年老见事多，加之有个痛苦记忆在心上，以为凡事得从长作计。巧秀对过去事又实在毫无所知，只是不乐意。年龄也还早，因此暂时搁置。

巧秀常到团防局来帮师爷缝补衣袜，和冬生也相熟。冬生的妈杨大娘，一个穷得厚道贤慧的老妇人，在师爷面前总称许巧秀。冬生照例常常插嘴提醒他的妈：“我还不到十五岁，娘。”“你今年十五明年就十六，会长大的！”两母子于是在师爷面前作些小小争吵，说的话外人照例都不甚容易懂。师爷心中却明白，母子两人意见虽对立，却都欢喜巧秀，对巧秀十分关心。

人肯好好地做下去，天大难事也想得出结果；办不了呢，再归还给神。

巧秀的逃亡正如同我的来到这个村子里，影响这个地方并不多。凡是历史上固定存在的，无不依旧存在，习惯上进行的大小事情，无不依旧照常进行。

冬生的母亲一村子里通称为杨大娘。丈夫十年前死去时，只留下一所小小房屋和巴掌大一片菜地。生活虽穷，然而为人笃实厚道，不乱取予，如一般所谓“老班人”。也信神，也信人，觉得这世界上有许多事得交把神，又简捷，又省事。不过有些问题神处理不了，可就得人来努力了。人肯好好地做下去，天大难事也想得出结果；办不了呢，再归还给神。如其他手足贴近土地的农村人民一样，处处尽人事而信天命，生命处处显出愚而无知，同时也处处见出接近了一个“夙命论”信服者，照读书人说来就是个“道”字。冬生在这么一个母亲身边，从看牛、割草、捡菌子，和其他农村子弟生活方式中慢慢长大了，却长得壮实健康，机灵聪敏。只读过一年小学校，便会写一笔小楷字，且跟团防局师爷学习，懂得一点公文程式。做公丁收入本不多，惟穿吃住已不必操心。此外每月还有一箩净谷子，一点点钱。这份口粮捎回作家用，杨大娘生活因之也就从容得多。且本村二百五十户人家，团丁是义务性质不拿工薪的。有公职身分公份收入阶层总共不过四五人，除保长队长和那个师

冬生在这么一个母亲身边，从看牛、割草、捡菌子，和其他农村子弟生活方式中慢慢长大了……

爷外，就只那两个小学教员，开支都不大。所以冬生的地位，也就值得同村小伙子羡慕而乐意得到它。职务在收入外还有个抽象价值，即抽丁免役，且少受来自城中军政各方的经常和额外摊派。凡是生长于同式乡村中的人，都知道上头的摊派法令，一年四季如何轮流来去，任何人都招架不住，任何人都不可免，惟有吃公事饭的人，却不大相同。正如村中“一脚踢”凡事承当的大队长，派人筛锣传口信集合父老于药王宫开会时，虽明说公事公办，从大户带头摊起，自己的磨坊、油坊，以及在场上的槽坊、小杂货铺统算在内，一笔数目照例比别人出得多。且愁眉不展地抱怨周转不灵，有时还得出子利举债。可是村子里人却只见到队长上城回来时，总带了些使人开眼、文明玩意儿。或换了顶呢毡帽，或捎了个洋水笔，遇有做公证画押事情，多数公民照例按指纹或画个十字，少数盖章，大队长却从中山装胸间口袋上拔出那亮晃晃圆溜溜宝贝，写上自己的名字，已够使人惊奇。一问价钱数目才更吓人，原来比一只耕牛还贵！像那么做“穷人”，谁不乐意！冬生随同大队长的大白骡子来去县城里，一年不免有五七次，知识见闻自比其他乡下人丰富。加上母子平时的为人，因此也赢得一种不同地位。而这地位为人承认表示得十分明显，即几个小地主家有十二三岁小闺女的，都乐意招那么一个得力小伙子做上门女婿，以为兴家立业是个好帮手。

村子去县城已四十五里，离官路也在三里外。地方不当冲要，不曾驻过兵。因为有两口好井泉，长年不绝地流，营卫了一坝上好冬水田。田坝四周又全是一列小山围住，山坡上种满桐茶竹漆。村中规约好，不乱砍伐破山，不偷水争水。地方由于长期安定，形成的一种空气，也自然和普通破落农村不同，凡事照例都有个规矩。虽由于这个长远习惯的规矩，在经济上有人占了些优势，于本村成为长期统治者，首事人。也即因此另外有些人就不免世代守住佃户资格，或半流动性的长工资格，生活在被支配状况中，矛盾显明。但两者生活方式，虽有差距还是相隔不太多，同样得手足贴近土地，参加劳动生产，没有人完全袖手过日子。惟由此相互对照生活下，随同大社会的变动，依然产生了一种游离分子。这种人的长成，都若有个公式：凡事由小而大，小时候做顽童野孩子，事事想突破一乡公约，砍砍人家竹子做钓竿，摘摘人家园圃橘柚解渴，偷放人田中水捉鱼，或从他人装置的网弶中取去捉住的野兽。自幼即有个不劳而获的发明，且凡事做来相当顺手，长大后，自然便忘不了随事占点便宜。浪漫情绪一扩张，即必然从农民身分一变而成为“游玩”。社会还稳定，英雄无用武之地，不能成大气候，就在本村子里街头开个小门面，经常摆桌小牌抽点头，放点子母利。相熟方面多，一村子人事心中一本册，知道谁有势力谁无财富，就向那些有钱无后的寡妇施点小讹诈。平时既无固定生计，又不下田，四乡逢场时就飘场放赌。附近四十里每个村子里都有三五把兄弟，平时可以吃吃喝喝，困难时也容易相帮相助。或在猪牛买卖上插了句嘴，成交时便可从经纪方面分点酒钱，落笔小油水。什么村子里有大戏，必参加热闹。和掌班若有交情，开锣封箱必被邀请坐席吃八大碗，打加官叫出名姓，还得做面子打个红纸包封。新来年青旦角想成名，还得和他们周旋周旋，靠靠灯，方不会平空为人抛石头打彩。出了事，或得罪了当地要人，或受了别的气扫了面子，不得不出外避风浪换码头，就挟了个小小包袱，向外一跑。更多的是学薛仁贵投军，自然从此就失踪了，居多迟早成了炮灰。若是个女的呢，情形就稍稍不同。生命发展与突变，影响于黄毛丫头时代的较少，大多数却和成年前后的性青春期有关。或为传统压住，挣扎无从，终于发疯自杀。或突过一切有形无形限制，独行其是，即必然是随人逃走。惟结果总不免依然在一悲剧性方式中收场。

但近二十年社会既常在变动中，二十年内战自残自黩的割据局面，分解了农村社会本来的一切。影响到这小地方，也自然明白易见。乡村游侠情绪和某种社会现实知识一接触，使得这个不足三百户

什么村子里有大戏，必参加热闹。和掌班若有交情，开锣封箱必被邀请坐席吃八大碗，打加官叫出名姓，还得做面子打个红纸包封。

人家村子里，多有了三五十支杂色枪，和十来个退伍在役的连长、排长、班长，以及二三更高级更复杂些的人物。这些人多近于崭新的一个阶层，即求生存已脱离手足勤劳方式，而近于一个寄食者。有家有产的可能成为小土豪，无根无柢的又可能转为游民、土匪，而两者又必有个共同的趋势，即越来越与人民土地生产劳作隔绝，却学会了新的世故和残暴。尤其是一些人学得了玩武器的技艺，干大事业既无雄心和机会，也缺少本钱。回转家乡当然就只能做点不费本钱的买卖。且于一种新的生活方式中，产生一套现实哲学。这体系虽不曾有人加以分析叙述，事实上却为极多数会玩那个照环境所许可的人物所采用。永远有个“不得已”做借口，于是绑票种烟都成为不得

地方不当官路，却宜于走私，烟土和盐巴的对流，支持了这个平衡的对立。

已。会合了各种不得已而作成的堕落，便形成了后来不祥局面的扩大继续。但是在当时那类乡村中，却激发了另外一方面的自卫本能，即大户人家的对于保全财富进一步的技能。一面送子侄入军校，一面即集款购枪，保家保乡土，事实上也即是保护个人的特别权益。两者之间当然也就有了斗争，随时随地有流血事件发生，而结怨影响到累世。特别是小农村彼此利害不同的矛盾。这二十年一种农村分解形式，亦正如大社会在分解中情形一样，许多问题本若完全对立，却到处又若有个矛盾的调和，在某种情形中，还可望取得一时的平衡。一守固定的土地，和大庄院、油坊或榨坊槽坊，一上山落草；共同却用个“家边人”名词，减少了对立与磨擦，各行其是，而各得所需。这事看来离奇又十分平常，为的是整个社会的矛盾的发展与存在，即与这部分的情形完全一致。国家重造的设计，照例多疏忽了对于这个现实爬梳分析的过程，结果是一例转入悲剧，促成战争。这小村子所在地，既为比较偏远边僻贵州湖南的边土，地方对“特货”一面虽严厉禁止，一面也抽收税捐。在这么一个情形下，地方特权者的对立，乃常常因“利益平分”而消失。地方不当官路，却宜于走私，烟土和盐巴的对流，支持了这个平衡的对立。对立既然是一种事实，各方面武器转而好像都收藏下来不见了。至少出门上路跑差事的人，为求安全，徒手反而比带武器来得更安全。过关入寨，一个有衔名片反而比带一支枪更安全省事。

冬生在局里做事，间或得出出差，不外引导保护小烟贩一二挑烟土下行，或盐巴旁行。路不须出界外，所以对于这个工作也就十分简单，时当下午三点左右，照习惯送了两个带特货客人从界内小路过境。出发前，还正和我谈起巧秀问题。一面用棕衣包脚，一面托我整理草鞋后跟和耳绊。

我逗弄他说：“冬生，巧秀跑了。那清早大队长怎不派你去追她回来？”

“人又不是溪水，用闸门哪关得住。人可是人！我即或是她的舅子，本领不大，也不会起作用！追上了也白追。”

“人正是人，哪能忘了大队长老太太十多年对她的恩情？还有师爷、磨坊，和那个溪水上游的钓鱼堤坝，都像熟亲友，怎么舍得？依我看，你就舍不得！”

“磨坊又不是她的财产。你从城里来，你欢喜，我们可不。巧秀心窍子通了，就跟人跑了。有仇报仇，有恩报恩，这笔账要明天再算去了。”

“她自己会不会回来？”

“回来吗？好马不吃回头草，哪有长江水倒流？”

“我猜想她总在几个水码头边落脚，不会飞到海外天边去。要找她一定找得回来。”

“打破了的坛子，谁也不要！”

“不要了吗？你舍得我倒舍不得，这个人依我看，为人倒很好！不像个横蛮丫头！”

我的结论既似真非真，倒引起了冬生的注意。他于是也似真非真地向我说：“你欢喜她，我见她一定告她。她做得一手好针线活，会给你做个绣花抱肚，里面还装满亲口嗑的南瓜子仁。可惜你又早不说，师爷也能帮你忙！”

“早不说吗？我一来就只见过她一面。来到这村子里只一个晚上，第二早天刚亮，她就跟人跑了！我哪里把灯笼火把去找她。”

“那你又怎么不追下去？萧何追韩信，下河码头熟，你追去好了！”

“我原本只是到这里来和你大队长打猎，追麂子狐狸兔子，想不到还有这么一种山里长大的标致东西！”

这一切自然都是笑话，已快五十岁的师爷，听到我说的笑话，比不到十四岁冬生听来的意义，一定深刻得多。原本不开口，因此也

“打破了的坛子，谁也不要！”“不要了吗？你舍得我倒舍不得，这个人依我看，为人倒很好！不像个横蛮丫头！”我的结论既似真非真，倒引起了冬生的注意。

搭话说：“凡事要慢慢地学，才会懂。我们这地方，草草木木都要慢慢地才认识，性质通统不同的！断肠草有毒，牛也不吃它。火麻草螫手，你一不小心就遭殃。”

冬生走后约一点钟，杨大娘却两脚黄泥到了团防局。师爷和我正在一窠新孵出的小鸡边，点数那二十个小小活动黑白毛毛团。一见杨大娘那两脚黄泥，和提篮中的东西，就知道是从场上回来的。“大娘，可是到新场办年货？你冬生出差去了，今天歇红岩口，明天才能回来。可有什么事情？”

杨大娘摸一摸提篮中那封点心：“没有什么事。”

“你那笋壳鸡上了孵没有？”

“我那笋壳鸡上城做客去了。”杨大娘点一点搁在膝头上的提篮中物，计大雪枣一斤、刀头肉一斤、元青鞋面布一双、香烛纸张全份，还加上一封百子头炮仗，一一点数给师爷看。

问一问，才知道原来当天是冬生满十四岁的生日。杨大娘早就弯指头把日子记在心上，恰值鸦拉营逢场，犹自嘀咕了好几个日子，方下狠心，把那预备上孵的二十四个大白鸡蛋从箩筐中一一取出，谨慎小心放入垫有糠壳的提篮里，捉好那只笋壳色母鸡，套上草鞋，赶到场上去，和城里人打交道。虽下决心那么做，走到相去五里的场上，倒像原不过只是去玩玩，看看热闹，并不需要发生别的事情。因为鸡在任何农村都近于那人家属之一员，顽皮处和驯善处，对于生活孤立的老妇人，更不免寄托了一点热爱，作为使生活稍有变化的可怜简单的梦。所以到得人马杂沓黄泥四溅的场坪中转来转去等待主顾时，杨大娘自己即老以为这不会是件真事情。有人问价时，就故意讨个高过市价一倍的数目，且作成“你有钱我有货，你不买我不卖”对立神气，并不希望脱手。因为要价过高，城里来的老鸡贩，稍微揣揣那母鸡背脊，不还价，就走开了。这一来，杨大娘必作成对于购买者有眼不甚识货轻蔑神气，扁扁嘴，掉过头去不作理会。凡是鸡贩子都懂得乡下妇人心理，从卖鸡人的穿着上即可明白，以为明白时间早，不忙收货，见要价特别高的，想故意气一气她，就还个起码数目。且激激她说：“什么八宝精，值那样多！”杨大娘于是也提着气，学作厉害十分样子：“你还的价钱只能买豆腐吃。买你的豆腐去吧。”且像那个还价数目不仅侮辱了本人，还侮辱了身边那只体面肥母鸡，怪不过意，因此掉转身，抚抚鸡毛，拍拍鸡头，好像向鸡声明：“不必忙，再过一刻钟我们就回家去。我本来就只是玩玩的，哪舍得你！”那只母鸡也像完全明白自己身分，和杨大娘的情绪，闭了闭小红眼睛，只轻轻地在喉间“骨骨”哼两声，且若完全同意杨大

“什么八宝精，值那样多！”杨大娘于是也提着气，学作厉害十分样子：“你还的价钱只能买豆腐吃。买你的豆腐去吧。”

娘的打算。两者之间又似乎都觉得“那不算什么，等等我们就回去，我真乐意回去，凡事一切照旧”。

到还价已够普通标准时，有认得她的熟人，乐于圆成其事，必在旁插嘴：“添一点，就卖了。这鸡是吃绿豆包谷长大的，油水多！”待主顾掉头时，又轻轻地知会杨大娘：“大娘要卖也放得手了。这回城里贩子来得多，也出得起价。若到城里去，还卖不到这个数目！”因为那句“要卖得趁早放手”，和杨大娘心情基本冲突，所以回答那个好意却是：

“你卖我不卖，我又不等钱用。”

或者什么人说：“不等钱用你来做什么？没得事做来看水鸭子打架，胜败做个公证人？肩膊发松，怎不扛扇石磨来？”

杨大娘看看，搜寻不出谁那么油嘴滑舌，不便发作，只轻轻地骂着：“背时不走运的，你妈你婆才扛石磨上场玩，逗人开心长见识！”

事情相去十五六年，石磨的用处早成典故，本乡人知道的已不多了。

……哪有不等钱用这么十冬腊月抱鸡来场上喝风的人？事倒凑巧，因为办年货城里送礼需要多，临到末了，杨大娘竟意外胜利，只把母鸡出脱，卖的钱比自己所悬想的还多些。钱货两清后，杨大娘转入各杂货棚边去，从鸡、鸭、羊、兔、小猫、小狗，和各种叫嚷、赌咒、争持交易方式中，换回了提篮所有。末了且像自嘲自诅，还买了四块豆腐，心中混合了一点儿平时没有的怅惘、疲劳、喜悦，和朦胧期待，从场上赶回村子里去。在回家路上，看到村子里人有用葛藤缚住小猪的颈膊赶着小畜生上路的，也看到有人用竹篓背负这些小猪上路的，使她想起冬生的问题。冬生二十岁结婚一定得用四只猪，这是五年后事情。眼前她要到团防局去找冬生，只是给他个大雪枣吃，量一量脚看鞋面布够不够，并告冬生一同回家去吃饭，

钱货两清后，杨大娘转入各杂货棚边去，从鸡、鸭、羊、兔、小猫、小狗，和各种叫嚷、赌咒、争持交易方式中，换回了提篮所有。

吃饭前点香烛向祖宗磕磕头。冬生的爹死去整十年了。

杨大娘随时都只想向人说："杨家的香火，十五岁。你们以为孵一窝鸡，好容易事！他爹去时留下一把镰刀、一副连枷……你不明白我好命苦！"到此眼睛一定红红的，心酸酸的。可能有人会劝慰说："好了，现在好了，杨大娘，八十一难磨过，你苦出头了！冬生有出息，队长答应送他上学堂。回来也会做队长！一子双祧讨两房媳妇，鸦拉营王保长闺女八铺八盖陪嫁，装烟倒茶都有人，享福在后头，你还愁个什么？……"

事实上杨大娘其时却笑笑地站在师爷的鸡窝边，看了一会儿小鸡。可能还关心到卖去的那只鸡和二十四个鸡蛋的命运，因此用微笑覆盖着，不让那个情绪给城里人发现。天气看看已晚下来了。正值融雪，今天赶场人太多，田坎小路已踏得个稀糊子烂，怪不好走。药王宫和村子相对，隔了个半里宽田坝，还有两道灌满融雪水活活流注的小溪，溪上是个独木桥。大娘心想："冬生今天已回不了局里，回不了家。"似乎对于提篮中那包大雪枣"是不是应当放在局里交给师爷"问题迟疑了一会儿，末后还是下了决心，提起篮子走了。我们站在庙门前石栏杆边，看这个肩背已伺偻的老妇人，一道一道田坎走去。还不忘记嘱告我："路太滑，会滚到水里面去。那边长工会给你送饭来的！"

时间大约五点半，村子中各个人家炊烟已高举。先是一条一条孤独直上，各不相乱。随后却于一种极离奇情况下，被寒气一压，一齐崩坍下来，展宽成一片一片的乳白色湿雾。再过不多久，这个湿雾便把村子包围了，占领了。杨大娘如何做她那一顿晚饭，是不易形容的。灶房中冷清了好些，因为再不会有一只鸡跳上砧板争啄菠菜了。到时还会抓一把米头去喂鸡，才明白鸡已卖去。一定更不会料想到，就在这一天，这个时候，离开村子十五里的红岩口，冬生和那两个烟贩，已被人一起掳去。

我那天晚上，却正和团防局师爷在一盏菜油灯下大谈《聊斋志异》，以为那一切都是古代传奇，不会在人间发生，所以他从不怕僵尸不怕精怪。师爷喝了一杯酒话多了点，明白我对“青凤”“黄英”的向往，也明白我另外一种弱点，便把巧秀母亲故事源源本本告给我。且为我出主张，不要再读书。并以为住在任何高楼上，固定不动窝，都不如坐在一只简单小小“水上漂”，更容易有机会和那些使二十岁小伙子心跳神往的奇迹碰头！他的本意只是要我各处走走，不必把生活长远固定到一个小地方，或一件小小问题得失上，见闻一开阔，人也就大派多了。不意竟招邀我回忆上了另外那一只他曾坐过久已不存在的小船。

我仿佛看到那只向长潭中桨去的小船，仿佛即稳坐在那只小船一头，仿佛有人下了水，随后船已掉了头。……水天平静，什么都完事了。一切东西都不怎么坚牢，只有一样东西能真实地永远存在，即从那个对生命充满了热爱，却被社会带走了爱的二十三岁小寡妇一双明亮、温柔、饶恕了一切的眼睛中看出去，所看到的那一片温柔沉静的黄昏暮色，以及在暮色倏忽中，两个船桨搅碎水中的云影星光。巧秀已经逃走半个月，巧秀的妈颈悬石磨沉在溪口长潭中已十六年。

一切事情还并没有完结，只是一个起始。

一九四七年七月末北平

传奇不奇

满老太太从油坊到碾坊。溪水入冬枯落，碾槽停了工，水车不再转动，上面挂了些绿丝藻已泛白，石头上还有些白鸟粪。一看即可知气候入冬，一切活动都近于停止状态，得有个较长休息。不过一落了春雪，似乎即带来了点春天信息。连日融雪，汇集在坝上长潭的融雪水，已上涨到闸口，工人来报说水量已经可转动碾盘。照习惯，过年时，每个人家做糍粑很要几挑糯小米和大米。新媳妇拜年走亲戚，也少不了糍粑和甜酒，都需要糯谷米。老太太因此来看看，帮同守碾坊的工人，用长柄扫帚打扫清理一下墙角和碾盘上蛛网蟢钱，在横轴上钢圈上倒了点油，挂好了搁在墙角隅的长摇筛，一面便吩咐家中长工，挑一箩糯谷来试试槽，看看得不得用。

工人回去后，老太太把搁在旁边一个细篾烘笼提到手中，一面烘手一面走出碾坊，到坝上去看看。打量等待试过槽后，再顺便过村头去看看杨家冬生的妈。孩子送客人送了三天，还不曾转身，算是新事情。二三十里路并不算远，平时又无豺狼虎豹，路上一坦平，夜间摸黑也不会迷路。难道真是眼睛上有毛毛虫，掉到路旁“陷眼”“地窟窿”（死去万年的火山口）里去了？还是追麂子、兔子，闪不知走到雪里滚入湃泥田，拔脚不出惨遭灭顶？（这在雪地上总还有个踪迹

高岘地方二百多户人家，除了杨家段家，满姓算是大族，老太太家里，又是这一族中门面户。近村子田地山坡产业，有一部分属于这个人家。

消息！）此外只有一个原因，即早先已定下了主意，要学薛仁贵，投军奔前程，深怕寡母眼泪浸软了心，临时脱身不得，因此趁便走去，可是在局里当差，已经是在乡兵员，想考学校，哪还有更方便事情？照乡村习惯，少年子弟背井离乡的事情虽常有，照例是要因点外事刺激才会发生：或受了什么人的气丢失面子，赌输了钱无法交代；和什么女子有过情分，难善终始，不易长此厮守下去，到后方不免有此一着，不是同走就是独行，努力把自己拔出家乡拔出苦恼，取得个转机。就冬生说，这些问题都不成问题。局里师爷到庄子上去提供报告时，就证明薛仁贵投军事不大可信。只有一点点可疑处，即是不是因为巧秀走失，半个月还无消息，冬生孩子心实，心里有些包瞒着的事，说不出口，所以要告奋勇去把巧秀找寻回来。说不定事前还许愿发过誓，找不到决不回乡，所以就失了踪。这自然只是局里师爷的猜想，无凭无据。不过由此出发，村子里却发生了些以讹传讹的谣言：冬生到红岩口，看见了满家逃亡的巧秀，知道是和吹唢呐中寨人想要逃下常德府，凑巧碰了头。两口子怕冬生小孩子口松出事，就把他一索子捆上，抛到江口大河里去了。事情虽没见证，话语却传到了老太太耳边。老太太心中难过，半信半疑，想去看看冬生的娘，安慰安慰这个妇人。临时还用小篮子装了二十个大鸡蛋。

高岘地方二百多户人家，除了杨家段家，满姓算是大族，老太太家里，又是这一族中门面户。近村子田地山坡产业，有一部分属于这个人家。此外属于族中共有的，还有油坊、碾坊等等产业，三年一换，轮流管理。五里场外集上又开了个小小官盐杂货铺，生产不多，只作为家中人赶场落脚地方。当家的男主人四十岁左右就过世了，目前接手管业的，是年过六十还精神矍铄的老太太。丈夫已死去快二十多年。生有二男二女：女的都已出嫁，身边只两个男孩，大的就是刚婚娶不久的地方团防局大队队长，小的进城上中学，在县里还只读初中二。两弟兄平时为人都还本分，大的只读过三年私学，对于“子曰”影响不多。按照一个乡下有产业子弟的兴趣和保家需要，不免欢喜玩枪弄棒。家中有长工，有猎狗，有枪支，而且来了客人，于是一个冬天，都用于鬻子所谓“捕虎逐麋”游猎工作上消磨了。

老太太穷人出身，素朴而勤俭。家产是承袭累代勤俭而来，所以门庭保留一点传统规矩。自己一身的穿着，照例是到处补丁上眼，却永远异常清洁。内外衣通用米汤浆洗得硬挺挺的，穿上身整整齐齐，且略有点米浆酸味和干草香味。头脚都拾掇得周周整整，不仅可见出老辈身分，还可见出一点旧式农村妇女性格。一切行为都若与书本无

家产是承袭累代勤俭而来，所以门庭保留一点传统规矩。自己一身的穿着，照例是到处补丁上眼，却永远异常清洁。

关，然而却处处合乎古人所悬想，尤其是属于性情一方面。明白财富聚散之理，平时赡亲恤邻，从不至于太吝啬。散去了财产一部分，就保持了更多部分。一村子非亲即友，遇什么人家出了丧事喜事，月毛毛丢了生了，儿子害了长病，和这家女主人谈及时，照例要陪陪悲喜。事后还悄悄地派人送几升米或两斤片糖去，尽一尽心。一切做来都十分自然。

一家人都并无一定宗教信仰，屋当中神位，供了个天地君亲师牌位，另外还供有太岁和土地神。灶屋有灶神，猪圈、牛栏、仓房也各有鬼神所主。每早晚必由老太太洗手亲自去作揖上香。逢月初一十五，还得吃吃观音斋，感谢并祝愿一家人畜平安。一年四季必按节令举行各种敬神仪式，或吃斋净心，或杀猪还愿，不问如何，一

一家财产既相当富有，照料经管需人，家中除担任团防局保卫一村治安的丁壮外，长年还雇有三四个长工，和一个近亲管事。

个凡事从俗。十二月过年时，有门户处和猪圈牛栏都贴上金箔喜钱和吉祥对联庆贺年节。并一面预备了些钱米分送亲邻。有羞羞怯怯来告贷的，数目不多，照例必能如愿以偿。

一家财产既相当富有，照料经管需人，家中除担任团防局保卫一村治安的丁壮外，长年还雇有三四个长工，和一个近亲管事。油坊碾坊都有副产物，用之不竭，因此经常养了四只膘壮大牯牛、一栏肥猪、十来头山羊、三五十只鸡鸭、十多窝鸽子、几只看家狗。大院中心有一株大胡桃树，竹笼中还喂有两只锦鸡、一对大耳朵洋兔子，宅后竹园尚有几箱蜜蜂。对外商务经济，虽由管事族中子弟经手，内外收支，和往来亲戚礼数往还以及债务数目，却有一本“无字经”记在老太太心中，一提起，能道出源源本本。

老太太对日常家事是个现实主义者，对精神生活是个象征主义者，对儿女却又是个理想主义者；一面承认当前，一面却寄托了些希望于明天。大儿子有点实力可以保家，还有精力能生二男二女，她还来得及为几个孙子商定亲事，城里看一房亲，乡里看一房亲。两孙女儿也一城一乡许给人家。至于第二儿子的事呢，照老太太意思，既读了书，就照省城里规矩，自由自由，找一个城里女学生，让她来家族中小学教教书，玩风琴唱歌也好，小夫妇留在城中教小学也好，只要二儿子欢喜都可照办。二儿子却说还待十年再结婚不迟。……冬生呢，这个小孩子她想也要帮帮忙，到成年讨媳妇时，送三五亩山地给他自己管业。

老太太的梦在当地当时说来，相当健康也相当渺茫。因为中了俗话说的“人有千算，天有一算”，一切合理建筑起来的楼阁，到天那一算出现时，就会一齐塌圮成为一堆碎雪破冰，随同这个小溪流的融雪水，泛过石坝，钻过桥梁，带入大河，终于完事。因为这个小小社会的基础是建立在更大的那个社会基础上的。农村经济在崩溃中，县里省里的经济，大部分是维持在鸦片烟的过境税收上。高岘村子里一个团防总局，三十支老式自卫枪支，团的开销，大部分也靠的是在所属范围内，护送小规模烟贩走私，每挑烟土十元的过境保护税。照习惯，只是派个引路人拿个名片送过境就尽了责任。下一段路就归另外地区团上负责了。

老太太见长工挑着两半箩谷子从庄子里走出，直向碾坊走来，后面跟了两个人，一个面生，一个就是正想去看看的冬生的妈杨大娘。还不及招呼，却发现了杨大娘狼狈焦急神气，赶忙迎接上去：“大姨，大姨，你冬生可回来了吗？我正想去看您！”

杨大娘两脚全是雪泥，萎悴悴的，虚怯怯的，身子似乎比平时缩小了许多，轻轻咒了自己一句：“菩萨，我真背时！”

老太太从神气估出了一点点谱，问那陌生乡下人：“大哥，你可是新场人？”

挑谷子长工忙说：“鸡冒老表，这是队长老太太，你说说你那个，不要包瞒不要怕。”

老太太把一众让进碾坊里去，明白事情严重。

那人又冷又急，口中打结似的，说了两三遍，才理畅了喉，说明来意。从来人口中方知道失踪三天的冬生，和伴送的那两挑烟土，原来在十里外红岩口，被寨子上田家两兄弟和一小帮人马拦路抢劫了。因为首先押到鸡冒老表在山脚开的小饭铺烤火，随后即一同上了山，不知向什么地方走了。鸡冒认得冬生，看冬生还笑眯眯的，以为不是什么大事。昨天赶场听人说冬生久不回村子，队长还放口信找冬生，打听下落，才知道冬生是和烟帮一起被劫回不来。那群人除了田家庄子两兄弟面熟，还有个大家都叫他作五哥，很像是会吹唢呐的中寨人，才二十来岁一个好后生，身上背了他那个唢呐，另外还背个盒子炮，威风凛凛。冬生还对他笑也对鸡冒老表笑，意思可不明白。来人一再请求老太太，不要张扬说这事是他打的报告，因为他怕田家兄弟明天烧房子报仇。他又怕不来报告，将来保上会有人扳他连坐，以为这一行人曾到他店铺里烤过火。两个土客的逃回，更证实了前后经过万确千真。

下半天，这件事情即传遍了高岘。对队长说，这是丢面子的大事。所以即刻在团防局召集村保紧急会议，商量这事是进行私和，还是打公禀报告县里。当场有个年少气盛的满家人说：“红岩口地方本在大队长治安范围内，田家人这种行为，近于有意不认满家的账。若私和，照规矩必这方面派人出面去接洽，商量个数目，满家出笔钱方能把人货赎出。这事情已有点丢面子。凡事破例不得，一让步示弱，就保不定有第二回故事发生。并且一伙中还有个拐带巧秀逃走的中寨人，拐了人家黄花女，还敢露面欺人，更近于把唾沫向我高岘人脸上吐。”话也不是没有道理。大队长和师爷一衡量轻重，都主张一面召集丁壮，一面禀告县里剿匪。大队长并亲自上县城呈报这件事，请县长带队伍下乡督促，惩一警百。县长是个少壮军人转业的，和大队长谈得来，又年青喜事，正想下乡打打猎，到队长家中去住住。于是第二早即带了一排警备队，乘了个三顶拐新轿子，和队长下乡。到了高岘，县长就住在大队长家中，三十个县警队都住在药王宫团防局楼下。一村中顿时显得热闹起来。

县长出巡清乡，到了高岘，消息一传出后，大队长派过红岩口八里田家寨的土侦探，回来禀报，一早上，田家兄弟带了四支枪和几挑货物，五六挑糍粑、三石米、一桶油，十多人还扛了二十来件刀刀叉叉，一共三十来个人，一齐上了老虎洞。冬生和巧秀和吹唢呐那个中寨人也在队伍里。冬生萎萎悴悴，光赤着一只脚板。田家兄弟还说笑话，壮村子里乡下人的胆："县长就亲自来，也不用怕。我们守住上下洞，天兵天将都只好仰着个脖子看。看累了，把附近村子里的肥母鸡吃光了，县太爷还是只有坐轿子回县里去，莫奈我田老五何。"

县长早明白接近边境矿区人民蛮悍有问题，不易用兵威统治。本意只是利用人民怕父母官心理，名义上出巡剿匪，事实上倒是来到这个区域几个当地乡绅家住住，大吃大喝几顿，开开会，商量出个办法。于是那出事的一区负责人，即可将案中人货做好做歹交出，或随便提个把倒霉乡下人（或三五年前犯过案或只是穷而从不做坏事的）糊涂割下头来，挂在场集上一示众；另一面又即开会各村各保摊筹一笔清乡子弹费、慰劳费、公宴费、草鞋费，并把乡绅家的腊肉香肠敛个一两担，肥母鸡大阉鸡捉个三五十只，又作为治太太心气痛，要个"白花、阴干浆子货"百八十两，鲜红如血的箭头砂收罗个三五十两，于是吹着得胜军号，排队打道回衙。派秘书一面写新闻稿送省里拿津贴的报馆，宣称县座某日出巡，某日归来，亲自率队深入匪区击毙悍匪"赛宋江"和"彭咬脐"。一面又将这事当作一件真

因为县长的驾临，已把一村子人和队长忙而兴奋到无可比拟情形。

事情禀报给省政府，用卑职称呼同样宣传一番。花样再多一些，还可用某乡民众代表名义登个报，一注三下，又省事又热闹，落得个名利双收。机会好，官运好，说不定因此不久还将升作专员。

可是乡下人也并不傻，这种种心中有数。田家兄弟看准了县座平时心理，却忽略了县长和大队长这时要面子争面子的情绪状态。

得到报告五点钟后，高岘属百余壮丁，奉命令集中，带了自卫武器和粮食，围剿老虎洞巨匪，县长并亲自督战。因为县长的驾临，已把一村子人和队长忙而兴奋到无可比拟情形。就中两个妇人格外担心害怕，又十分忧愁，不知如何是好，沉默无语，一同躲在碾坊里，心抖抖地从矮围墙缺口看队伍出发。一个是冬生的老母，只担心被迫随同逃入老虎洞里的冬生，在混乱中会玉石俱焚，和那一伙强人同归于尽，自己命根子和一切希望从而割断。还有一个就是大队长的老母亲，以为这件小事，和田家人结怨结仇，实在不是办法。与其兴师动众，让那些城里吃闲饭的警备队来大吃大喝办招待，把一村子人闹得个人心惶惶，鸡飞狗走，还不如派熟人办交涉，花点钱了事省心。两人身边还有那个新媳妇，脸上尚带着腼腆光辉，不知说什么好想什么好。大队长虽已骑上了那匹白骡子，斜佩了支子弹上膛的盒子炮，追随县长身后出发，像忽然体会到了寡母的柔弱爱情和有见识远虑，忙回头跑到碾坊里来。

“妈唉，妈唉，你不要为我担心，我们人多，不会吃亏的！”

可是一看到满老太太和杨大娘两双皱纹四锁湿莹莹的小小眼睛，和新媳妇一双害怕担心黑眼睛，就明白家中老一辈担心的还有更深一层意义，不免显得稍稍慌张失措，结结凝凝地说：“娘，你放心！我们不会随便杀死人的。都是家边人，无冤无仇。县长也说过，这回事只要肯交出冬生和……罚一点款，就可了结。我不会做蠢事杀一个人，让后代结仇结恨，缠个不休！”

老太太说：“你千万小心，不要出事！你不比县官，天大的祸都惹得起。惹了祸，一跑了事。你是本地人，背贴着土，你爷爷老子坟都埋在这里，可不能做错事！这一闹我心都疼破了，求你老子保佑你，菩萨保佑你，我为你许了愿杀两只猪！但愿平安无事！”

新媳妇年纪轻不甚懂事，只觉得大队长格外威武英俊。

一行人众向老虎洞出发时，村中妇孺长幼，都一同站在门前田塍上和药王宫前面敞坪中看热闹。这个乱杂杂的队伍和雪后乡村的安静，恰恰形成一个对比，给人印象异常鲜明。都不像在进行一件不必要的战争，只像是一种及时行乐的田猎。

这个乱杂杂的队伍和雪后乡村的安静，恰恰形成一个对比，给人印象异常鲜明。都不像在进行一件不必要的战争，只像是一种及时行乐的田猎。

老虎洞位置在高岘偏东二十里，差二里许路即和县属第九保区接壤。田姓在九保原是大姓，先数代曾出过一个贡生、一个参将，入民国又出过一个营长。有一房还管过两年猴子坪的水银矿。这点小小功名权势，在乡下是有相当意义的。影响到这一族的，是一部分子弟从庄稼汉转入县里中学读书，另外一部分子弟，又由田里转上山寨，保留个对泥田砚田均无兴趣不耕而获的幻想。先还只是用镰刀收获他人的庄稼，随同民国长期内战社会堕落的发展，到后即学会用火器收获他人的财物。有一些不肖子弟，在本村留不住脚后，方转入高岘属地刨荒山。高岘属土地最富腴原在满家住的村子，那一坝冬水田和四山茶桐梓漆，再加上去本村五里官路上的那个大市集，每逢三六九把附近五十里货物集中交易，即以山货杂物盐布茶漆的集散也影响到许多人经济生活，得天独厚处，已够使得其他村保人民羡慕。加上满姓大户势力集中，自然更易为别的村保感到不平。老虎洞在高岘属算极荒瘠，地在乌巢河下游，入冬水源小，满河滩全是青石和杂草。夹岸是青苍苍两列悬崖，有些生长黄杨树杂木，有些却壁立如削，草木不生。老虎洞分上下二洞，都在距河滩百丈悬崖上，位置天生奇险，上不及天而下不及泉，却恰好有一道山缝罅可以上攀。一洞干涸，里面铺满白沙。一洞有天生井泉，冬夏不竭，向外直

这一来，因激生变，不能瓮中捉鳖，让人暗算，大伙儿只好一齐逃入老虎洞，以逸待劳，把个大队长拖软整融再办交涉。

流成一道细小悬瀑。两洞面积大约可容上千人左右，平时只有十月后乡下人来熬洞硝，作土炮火药或烟火爆竹用，到兵荒马乱年头，乡下人被迫非逃难不可时，两属村子里妇孺，才带了粮食和炊具，一齐逃到洞中避难，待危险期过后再回村中。后来有逃难人在洞中生育过孩子，孩子长大成了事业，因此在干洞中修了个娘娘庙，乡下求子的就爬上洞中来求子，把庙中泥塑木雕女菩萨穿上丝绸绣花袍子，打扮得粉都都的。地方既常有香火供奉，也就不少人踪。只是究竟太险，地方虽美好实荒凉，站在洞口向下望，向远望，有时但见一片烟岚笼罩树木岩石，泉水淙淙，怪鸟一鸣，令人绝俗离世。

两个洞既为田家人预先占据，把路一堵住，便成绝地。除附近小小山缝还生长些细藤杂树，鼯鼠猿猱可以攀援，任何人想上下都不可能。

作案的田家人，本意不过是把土货夺过手，放冬生回去传话，估量满家有钱怕事，可以换两三支枪。事情并不打量扩大。凑巧冬生和拐巧秀逃到田家寨子吹唢呐的一位迎面碰头，于是把冬生暂时扣下，且俟派人接头换得了枪，大家向贵州边上逃奔时再释放冬生。不意吴用孔明算左了计，把握不住现实。大队长为面子计，竟大张声势邀县长出巡剿匪。这一来，因激生变，不能瓮中捉鳖，让人暗算，大伙儿只好一齐逃入老虎洞，以逸待劳，把个大队长拖软整融再办交涉。

当地人民武力集中在河下悬崖两头，预备用封锁方式围困田家人时，洞中一伙当真即以逸待劳，毫不在意，每天在上面打鼓打锣叫嚷笑闹。一切都若有恃无恐，要持久战下去。且算定持久下去，官方和高岘一村子人，都必然在疲劳饥饿下自认失败。地势既有利于洞中一伙，下面新火器不仅无从使用，且得从草丛石罅间找寻掩蔽，防备上面用火器或石卵瞄准。好些情形都和《荷马史诗》上所叙战事方法相差不多。今古不同处，即在这种情形下，纵再有个聪明人想得

大队长做了督战官，采用了“军师吴用”的意见，用《孙子兵法》上成语，稳住了自己失败意识，继续包围下去。

出用大木马装载武士，也无法接近洞口，趁隙入洞。

县长先是远远地停在一个大石堆后，指挥这个攻势。打了百十枪后，不意上面锣鼓声更加热闹。天已入暮，山谷中夜风转紧，只好停止进攻，派兵士砍松树就僻处搭棚，升火造饭，大家过夜。

第二天想出了主意，调三十名县警队从三里外红岩口爬上对山，伏在对山悬崖上向洞中取准，把锣鼓打息了一会儿，随后却忽然发现洞中三尊穿红缎袍子的塑像，直逼洞口，锣鼓又重新自洞中传出。枪弹虽打中洞口目标，实无从伤着那些混合野性与顽劣做成的嘲侮表现。洞中当真有新式武器，洞口还击了十来响枪，大队长从枪声中分辨得出有当时著名的春田、小口径和盒子炮，而且一共有五支枪，比侦探报告还多一支。

大队长虽杀羊宰猪作犒劳，还为县长预备腊肉野味和茅台酒，又派人从家中带了虎皮狸子皮褥垫行军床，过野外生活。到了第四天，县长的打猎趣味已索然兴尽，剿匪“兴奋”则真如田家兄弟说的，完全用“疲倦”代替，借故说县里还要开清乡会议，得赶回去主持；又说洞中匪徒，已成瓮中之鳖，迟早终必授首，只要派少数人把住山脚路口，再好好计划守住岩壁两端和红岩口村子大路，匪徒纵再顽狠，不久也依然会授首成擒！于是召集高岘人民，训话一个半钟头，指挥了一大套战略，还零零碎碎称引了许多似可解不可解《孙子兵法》上的话语，证实武德武学两臻善美外，县长于是上了轿，押着三十个缩缩瑟瑟的土制队伍，和几担队长贡献的土特产，一大坛米酒、一大坛菌子油，以及一笔来自人民的犒劳，把个百四十斤的肥官官肉砣砣，压在三个轿夫背上，摇摇荡荡回返县城去了。

大队长做了督战官，采用了“军师吴用”的意见，用《孙子兵法》上成语，稳住了自己失败意识，继续包围下去。

到了第七天，高岘属其他村子里的自卫队，带来的粮食大半已吃光了，又已快到过年时节，各有事做，不能不请求回家。照大队长的意见，天气那么冷，全部回家也极自然。可是县长却于这时节来了个极严厉命令：“限旬日攻克，不得迁延支吾，致干未便。”末尾一句话，好像是把大队长腰上重重踢了一脚，不免闷昏昏的，又急又气。真真是小不忍则乱大谋，深悔事先不和母亲商量，结果弄得个骑虎难下。

局中师爷和我各背了个被卷，去红岩口老虎洞观战。先是到河下看了许久，又爬上对山去，欣赏一番。一切情景都像只宜于一个风景画家取材而预备的，不是为流血而预备的。可是事实两个山洞中却正有三十来个生气活跃的人在被围困中。倘若一直围下去，总有一天洞中人会全体饿毙的。然而这时节山洞中却日夜可闻锣鼓、欢呼声。师爷即景生情，想出了个新主意，以为从后面必可爬上山岩。若爬得上去，估计顶上距洞口不会到一百五十步。村子中有的是石匠，为什么不调遣两个到老虎洞顶上去，慢慢地从岩缝打条小路下达洞口，从上面做个攻势？不及到洞口，我们就可以派个人去办交涉，和里面掌舵的谈谈条件，看看是不是可以谈得开！

两个石匠当真就着手工作，打了七八天，到得峰壁顶上时，方知道山夹缝石头错落，还可攀藤附葛勉强上下。因此同时在山顶上也派了人防守，免得从这条路逃脱。仅仅九天，那悬崖路已开到离上洞不及三丈远近，已可听得洞中人谈话。大队长自告奋勇从顶上攀着绳子溜到那个石嘴上去，招呼洞里人开谈判。只要允许把人货枪三者一齐交出，即可保障一伙人生命安全。洞中人却答应还人还货，可不缴枪。为的是缴过了枪，目前虽可以一切无事，此后几个人安全可就无多大把握。尤其是首谋的田家兄弟，和那个拐巧秀逃走吹唢呐的中寨人，在洞口称五哥管事的，怕大队长饶放不过。若不缴枪呢，大队

两个石匠当真就着手工作，打了七八天，到得峰壁顶上时，方知道山夹缝石头错落，还可攀藤附葛勉强上下。

长一方面又不免担心。因为乡下人习性他摸得熟，事本来即从“不服气”而挑衅，这次不成功，从口中抠出了肉团团，气降不下，还会闪不知做出更严重的举动，再向三十里边上一跑了事，到后又由局里师爷和那中寨人商讨办法，问题依然僵持，不能解决。不过却因此知道巧秀的确藏在洞中做押寨夫人，师爷叫她时她不则声。

最后一着是冬生的妈杨大娘，腰上系着一条粗麻绳，带了两件新衣、一双鞋、两斤糍粑，攀藤援葛慢慢下到洞口上边绝壁路尽处，来做活招魂。

“冬生，冬生，你还在吗？”

只听到洞里有个人传话：“冬生，冬生，有人叫你！你妈来了！”

被扣留的冬生，一会会也爬到了洞口边，仰着头又怯又快乐地叫他的娘：“妈唉，妈唉，我还活着，不冷不饿，你不用担心！”脆弱声音充满了感情。

杨大娘泪眼婆娑地半哭半嘶：“冬生，你还活着，你可把人活活急死！你老子前三世作了什么孽，报应到你头上来！你求求他们放你出来啊！”一面悲不自胜一面招呼巧秀和田家兄弟：“巧秀，巧秀，你个害人精！你也做点好事，说句好话！田老

被扣留的冬生，一会会也爬到了洞口边，仰着头又怯又快乐地叫他的娘：“妈唉，妈唉，我还活着，不冷不饿，你不用担心！”脆弱声音充满了感情。

大老二，我杨家和你又无冤无仇，杨家香火只有这一苗苗，为什么不积点德放他出来？巧秀，满家养了你十六年，待你如亲生儿女一样，你还不长翅就想远走高飞！”

巧秀害了羞不便回嘴，洞口田老二却说：“杨大娘，要你大队长网开一面就好！大家都是家乡人，何必下毒手一网打尽？大队长说要饿死我们。我不相信，再拖半年我们也饿不死的。我们说话算话，冤有头债有主，不会错认人。满家人仗势欺人要县长来红岩口清乡，把一村子里鸡鸭清掉，不成功，坐了三顶拐轿子打道回衙门了。我们田家有一个人死了，要他满家赔一双。我们能逃也不逃，看他拖得到多久。”

“这是你们自己的账，管我姓杨的娃娃什么事？”

“杨大娘你放心，你冬生在这里，我们不会动他一根毫毛。你问问他是不是挨饿受寒。解铃还是系铃人，事情要看队长怎么办！”

杨大娘无可奈何，把带来的一点吃用东西抛下去，只好伤心绝望离开了那个地方。这地方不久就换上了几个乡下憨子，带了大毛竹做成夹有辣子末的烟火，绑缚在长竹竿一端，点燃后悬垂下到洞口边，一会会，就只见有毒烟火吼着向洞口冒烟喷火，使得两山峡谷连续着奇怪怕人回声。洞里人却想出办法，把一个临时缚成的木叉抵住竹竿向旁边挪移。烟火爆裂时更响得山谷震动。可是很显然，这一切发明实无济于事，完全近于儿戏。

攻守两方都用尽了乡下人头脑，充满了古典浪漫气氛，把农村庄稼人由于万千年渔猎耕耘聚集得来的智慧知识用尽后，两方面都还不服输，终不让步。熬到第十七天后，洞中因人数不足，轮流防守过于饥疲，一个大雾早上，终于被几个高岘乡下壮汉，充满狩猎勇敢兴奋，攻占了干洞口。守洞的十四个人，来不及向上面水洞逃走，不能不向里面退去，虽走绝路还是不肯缴械投降。因为攻打这个洞口，高岘人有一个受伤死去，高岘的石匠于是在洞里较窄处砌上一堵石墙，封住了出路，几个人轮班守住。一面从山下附近人家抬了个车谷子的木风驴上山来，在石墙间开了个孔道，预备了二三十斤辣子、十来斤硫磺，用炭火慢慢燃起有毒浓烟来，就摇转木风驴，把毒烟逼扇入洞口。一切设计还依然从渔猎时取得经验，且充满了渔猎基本兴奋。这个洞里既无水可得，那十四个乡下人半天后就被闷死了。过了三天毒烟散尽后，团队上有人入洞里去检查，才知道十四个人都已伏地断气多时，还同时发现了二十多只大白耗子，每头都有十多斤重，和小猪一样。队上人把十四个人的手都齐腕砍下，连同那些大耗子，挑了一担手、四担耗子，运到高岘团防局，把那些白手一串一串挂到局门前胡桃树下示众。一村子妇女小孩们都又吓怕又好奇，远远地站在田埂上瞧看这个陈列。第二天大清早，副队长就把这个东西押上县城报功去了。

干洞攻下第五天，水洞口也被几个乡下猛人攻入，逼得剩余的一群，不能不向洞中深处逃去。但这一回情势可不大相同，攻守双方都十分明白。这个洞的形势十分特别，一进去不到五丈，即有一道高及丈许的岩门，必向上爬丈多高方能深入。里面井泉四时不竭，洞里还温暖干燥，非常宜于居住。且里面高大宏敞，漆黑异常，看洞口却居高临下，十分清楚。里边人便溺随水流出，占据洞口的人饮料就大成问题，得从山下取水。冬生和巧秀都在洞中，前一回办法显然已不宜用也不中用，还得用坐困方法等待变化。因此在洞里近岩壁处，依然砌了一道墙，把内外封锁。大队长和十多个人就守住洞口，也用个“以逸待劳”方法等待下去。

杨大娘又来回跑四十里路，爬上悬岩洞口为冬生办了一次交涉，不能成功，虚虚怯怯带着碎心的忧苦回转村子里去了。局里师爷愿意告奋勇进洞，用生命担当彼此平安，也商量不出结果。洞外为表示从容，大队长派人从家中搬了留声机来唱戏，慰劳团队族人。里面为对抗这种刺激，在锣鼓声中还加上一个呜呜咽咽的唢呐，吹了一

杨大娘又来回跑四十里路，爬上悬岩洞口为冬生办了一次交涉，不能成功，虚虚怯怯带着碎心的忧苦回转村子里去了。

遍《山坡羊》又吹一遍《风雪满江山》，原来中寨人带了巧秀上路时，并不忘记他的祖传乐器，还保留得上好。

但彼此强弱之势已渐分，加上县长又派了个小队长来视察了一回，并带了个命令来，认为除恶务尽，悍匪不容漏网，并奖励了几句空话。使得大队长更不能不做个斩草除根之计，便于报功请赏，名字可以上报。洞里一面知道事已绝望，情绪越来越凝固激越。田家兄弟一再要把冬生处分出气，想用手叉住孩子喉管时，总亏得巧秀解围，请求不要把他人出气，好汉做事好汉当，才像个男子。冬生终得幸而免。

先是上下两洞未陷落、山顶未封锁时，大家要逃走还来得及，本可抛下重器悄悄沿山缝逃走。不过既有言在先，说要拖个一年半载，把高岘人满家累倒，这一走未免损失田家体面，将来见不得人。加上个自以为占据天险，有恃无恐，所以这次胆大轻敌，不免小觑了对方。到半月后经过一回会议分析检讨，结果有十六个少壮，揣带一腰带烟土，半夜里爬山沿山缝小路逃走，预备向下河去避避风浪，并掉换几支短枪，再返回来找机会打救援。其余人都刺手指吃了血酒，盟神发誓，有福同享，有祸同当，至死不离本位。下洞既已失陷，生力军牺牲大半，上洞中连同巧秀和冬生，已经只余八个人。虽说洞口已砌了墙，隔绝内外，还是不能不防备万一，六个人分成两班，分班轮流坐在洞里崖壁高处放哨。巧秀和冬生却不分派职务，像

虽说洞口已砌了墙，隔绝内外，还是不能不防备万一，六个人分成两班，分班轮流坐在洞里崖壁高处放哨。

个自由人，可以各处走动。

冬生和巧秀原本极熟，一个月来患难中同在一处，因此谈起了许多事情。冬生和她谈起逃走后一村子里的种种，从满家事情谈起，直到他自己离开药王宫那天下午为止，加上这一个月来洞中生活，从巧秀看来，真好像是一整本《梁山泊》《天雨花》，却更比那些传奇唱本故事离奇动人。把这一月经过的日子和以前十七年岁月对比，一切都简直像在梦里，更分不清目前究竟是真是梦。

巧秀听过后吁了吁气说："冬生，我们都落了难，是命里注定，不会有人来搭救了！"

冬生福至心灵，忽然触着了机关，从石罅间看出一线光明。"巧

秀，人不来打救我们要自寻生路。我们悄悄地去和五哥说，大家不要在这里同归于尽，死了无益！只有这一着棋是生路！”

“他们都吃了血酒，赌过咒，同生共死，你一说出口，刀子会窝心扎进去！”

“你和他有床头恩爱情分，去说说好！他们做他们的英雄，我们做我们的爬爬虫，悄悄地爬了出去吧。”

当巧秀趁空向吹唢呐解闷的中寨人诉说心意时，中寨人愣愣地不作一声。巧秀说：“你要杀我你就杀了我，我哼也不哼一声。我愿意和你在这洞里同生共死，血流在一块。不想我死，你也不愿死，做做好事，放冬生一条生路，杨大娘家只有这一个命根根，人做好事有好报应，天有眼睛的！”

中寨人心想：“冬生十五岁，你十七岁，我二十一岁，都不应当死！可是命里注定，谁也脱不了！”

巧秀说：“五哥，你拿定主意再说吧。要死我俩一块死，想活我陪你活。”

中寨人低低叹了口气：“我要活，人不让我们活，天不让我们活！”

谈话于此就结束了。思索却继续在这个二十一岁青春生命中做各种挣扎燃烧。

到了晚上，派定五哥和另外两个人守哨。大家都已经一个月不见阳光，生活在

左图：

“巧秀，人不来打救我们要自寻生路。我们悄悄地去和五哥说，大家不要在这里同归于尽，死了无益！只有这一着棋是生路！”

右图：

巧秀说：“五哥，你拿定主意再说吧。要死我俩一块死，想活我陪你活。”

你死我亡紧张中苦撑，吃的又越来越坏，所以都疲乏万分。两个人不免都睡着了。只中寨人反复嚼着和巧秀白天说的话，兴奋未眠。在洞中生活过了很久，原来还有一盏马灯、大半桶煤油，到后来为节制耗费，在灯下也无事可做，就不再用灯，只凭轻微呼吸即可感觉分别各人的距离和某一人。守哨的去洞口较近，休息的在里边，两者相去有二三十丈。中寨人从呼吸上辨别得出巧秀和冬生都在近旁，轻轻地爬到他们身边去，摇醒了两个人。

“冬生，冬生，你赶快和你嫂子溜下崖去，带她出去，凭良心和队长说句好话，不要磨折她！这回事情是田家兄弟和我起的意，别人全不相干！我们吃过了血酒，不能卖朋友，要死一齐死在这个洞里了。巧秀还年青，肚子里有了毛毛，让她活下来，帮我留个种。你应当帮她说句话，不要昧良心！”

大队长在洞口拥着一条獾子皮的毯子，正迷蒙入睡，忽然警觉，听到洞里窸窣窣响，好像有人在急促地爬动。随即听到一个充满了惶急恐怖脆弱低低呼喊：“大队长，大队长，赶快移开石头，救我的命！赶快些，要救命！”

大队长一面知会其他队兵，一面低声招唤：“冬生，是你吗？你是鬼是人？你还活着吗？”

“你赶快！是我！我鼻子眼睛都好，全胡全尾的！”末一句原是乡下顽童玩蟋蟀的术语，说得几人都急里迸笑。

石墙撤去一道小口，把人拖出后，看看原来先出的是巧秀，前后离开了高岘不到五十天的巧秀。冬生出来后还来不及说话，就只听到里面狂呼，且像是随即发生了疯狂传染。很明显，冬生巧秀逃脱事已被人发觉，中寨人做了卖客，洞中同伙发生了火并。中寨人似乎随即带着长嗥，被什么重东西扭着毁了。二十一岁的生命，完了。夜既深静，洞中还反复传送回音，十分凄冽怕人。几人紧张十分地忙把墙缺口封上，静听着那个火并的继续，许久许久才闻及一片毒咒混在呻吟中从洞穴深处喊出，虽微弱却十分清楚："姓满的，姓满的，你要记着，有一天要你认得我家田老九！"

第二天，发觉洞中流出的泉水已全是红色。两个乡丁冒险进洞去侦察，才发现剩下几个人果然都在昨晚上一种疯狂痉挛中火并，相互用短兵刺得奄奄垂毙了。田家老大似乎在受了重伤后方发觉在暗黑中和他搏斗的是他亲兄弟，自己一匕首扎进心窝子死了。那弟弟受伤后还爬到近旁井泉边去喝水，也伏在泉边死了。到处找寻巧秀的情人，那个吹唢呐的中寨人，许久才知道他是攒入洞壁左侧石缝中死去的。大队长押了从洞中清扫得来的几担杂物，剩余烟土和十只人手，两个从洞中夺回死里逃生的生口，不成人形的巧秀和冬生，冬生手上还提着那个唢呐。封了洞穴，率队回转高岘，预备第二天再带领这十只惨白拘挛的手和两个与案情有关的生口，上县城报功，过堂。

当那一串人手依旧悬挂在团防局门前胡桃树下，全村子里妇女老幼都围住附近看热闹时，冬生和巧秀，都在满家大庄子里侧屋中烤火。各已换了干净衣裳，坐在大火盆边，受老太太、杨大娘、师爷、大队长、二少爷和做客人的我作种种盘问。冬生虽身体憔悴，一切挫折似乎还不曾把青春的火焰弄熄，还一面微笑，一面叙述前前后后事情。一瞥忽发现杨大娘对他痴痴地看定，热泪直流，赶忙站起来走了两步。"娘，你看我不是全胡全尾地回来了吗？"

"你全胡全尾，可知道田家人死了多少？做了些什么孽要这样子！"

"娘，你看我不是全胡全尾地回来了吗？""你全胡全尾，可知道田家人死了多少？做了些什么孽要这样子！"

又只听到师爷安慰大队长说："冤家宜解不宜结，老太太还说要做七天七夜道场超度，得饶人处且饶人！"

巧秀想起吹唢呐的中寨人，想起自己将来，低了头去哭了。

满老太太说："巧秀，不要哭，一切有我！你明天和大队长上县里去，过一过堂，大队长就会作保，领你回来，帮我看碾坊。这两天溪里融雪，水已上了一半堤坝，要碾米过年！

冤仇宜解不宜结，我明年要做七天水陆道场，超度这些冤枉死了的人，也超度那个中寨人。……"

当我和师爷和大队长过团防局去时，听到大队长轻轻地和师爷说："他家老九子走了，上下洞都找不到。"又只听到师爷安慰大队长说："冤家宜解不宜结，老太太还说要做七天七夜道场超度，得饶人处且饶人！"

……

快过年了，我从药王宫迁回满家去，又住在原来那个房间里。依然是巧秀抱了有干草干果香味的新被絮，一声不响跟随老太太身后，进到房中。房中大铜火盆依然炭火熊熊爆着快乐火星，旁边有个小茶罐嗞嗞作响。我依然有意如上一次那么站到火盆边烘手，游目四瞩，看她一声不响地为我整理床铺，想起一个月以前第一回来到这房中做客情景，因此故意照前一回那么说："老太太，谢谢你！我一来就忙坏了你们，忙坏了这位大姐！……"不知为什么，喉头就为一种沉甸甸的悲哀所扼住，想说也说不下去了。我起始发现了这房中

依然是巧秀抱了有干草干果香味的新被絮，一声不响跟随老太太身后，进到房中。

的变迁，上一回正当老太太接儿媳妇婚事进行中，巧秀逃亡准备中，两人心中都浸透了对于当时的兴奋和明日的希望，四十天来的倏忽变化，却俨然把面前两人浸入一种无可形容的悲恻里，且无可挽回亦无可补救地直将带入坟墓。虽然从外表看来，这房中前后的变迁，只不过是老太太头上那朵大红绒花已失去，巧秀大发辫上却多了一小绺白绒绳。

巧秀的妈被人逼迫在颈脖上悬个磨石，沉潭只十六年，巧秀的腹中又有了小毛毛。而拐了她同逃的那个吹唢呐的中寨人，才二十一岁，活跳跳的生命即已不再活在世界上，却用另外一种意义更深刻地活在十七岁巧秀的生命里，以及活在这一家此后的荣枯兴败关系中。

我还不曾看过什么“传奇”，比我这一阵子亲身参加的更荒谬更离奇，也想不出还有什么“人生”，比我遇到的更自然更近乎人的本性—— 一切都若不得已。

满家庄子在新年里，村子中有人牵羊担酒送匾，把大门原有的那块“乐善好施”移入二门，新换上的是“安良除暴”。上匾这一天，满老太太却借故吃斋，和巧秀守在碾坊里碾米。

一九四七年十月北平

这码头名□村，属□□府管辖，位置在酉水流域中部。下行二百余里到达沅陵，就是酉水与沅水汇流的大口岸。

小砦

引子

天上正落小雨，河面一片烟雾。河下一切，都笼罩在这种灰色雨雾里，朦朦胧胧。

远远地可听到河下游三里那个滩水吼着。且间或还可听到上游石峡谷里弄船人拍桨击水呼口号声音，住在河街上的人，从这种呼号里可知道有一只商船快拢码头。这码头名□村，属□□府管辖，位置在酉水流域中部。下行二百余里到达沅陵，就是酉水与沅水汇流的大口岸。上行二百里到达茶峒，地在川湘边上，接壤酉阳，茶峒和酉阳，应当就是读书人所谓“探二酉之秘笈”的地方。

中国读书人对酉水这个名称，照例会发生一种心向往之情绪，因为二酉洞穴探奇访胜可作多数读书人好奇心的尾闾。但事实上这种大小洞穴，在边地上虽随处可以发现，除了一些当地乡下人，按时携带粮食家具冒险走进洞穴深处去煎熬洞硝，此外就很少有人过问。正因为大多数洞穴内部奇与险平分，内中且少不了野兽长虫，即便是乡下人，也因为险而裹足，产生若干传说和忌讳，把它看成一个神或魔鬼寄身的窟宅。只有濒河一带石壁上的大小洞穴，稍微不同一点，虽无秘笈可寻，还有人烟。住在那些天然洞穴里的，多是一些似乎为天所弃却不欲完全自弃的平民。有些是单身汉子，俨然过的是半原始生活，除随身有一点生活所恃的简单工具，此外别无所有。有些却有妻儿子女和家畜。住在这种洞穴的人，从石壁罅缝间爬上爬下，上可在悬崖间以及翻过石梁往大岭上去采药猎兽，下就近到河边，可用各种方法钓鱼捕鱼（孩子们不小心也会从崖上跌到水中去喂鱼）。把草药采来晒干后，带到远隔六十里路的易县中去，卖给当地官药铺，得钱换油盐和杂粮回家。兽皮多卖给当地收山货的坐庄人。进一次县城来回奔走一百二十里路，有时还得不到一块钱，在他们看来，倒正如其余许多人事一样，十分平常。下河捕鱼钓鱼，就把活鱼卖给来往船只上的客商。或晾在崖石上晒干，用细篾贯串起来，另一时向税关上的办事人去换一点点盐。（这种干鱼，办事人照例会把它托人捎回家乡，孝敬亲长，或献给局长的。）地方气候极好，风景美丽悦目。一条河流清明透澈，沿河两岸是绵延不绝高矗而秀拔的山峰。善鸣的鸟类极多，河边黛色庞大石头上，晴朗朗的冬天里，还有野莺和画眉鸟，以及红头白翅鸟，从山中竹篁里飞出来，

左图：

下河捕鱼钓鱼，就把活鱼卖给来往船只上的客商。或晾在崖石上晒干，用细篾贯串起来，另一时向税关上的办事人去换一点点盐。

右图：

离码头一里路河上游那一带石壁，五彩斑驳，在月下与日光下，无时不像两列具有魔性的屏障，在一只魔手作弄中，时时变换色彩。

群集在石头上晒太阳，悠然自得啭唱着它们悦耳的曲子。直到有船近身时，方从从容容欢噪着一齐向竹林飞去。码头是个丁字街，沿河一带房屋，并不很多，多数是船上人住的。另外一条竖街，凭水倚山，接瓦连椽堆叠而上，黑瓦白粉墙，不拘晴雨，光景都俨然如画。离码头一里路河上游那一带石壁，五彩斑驳，在月下与日光下，无时不像两列具有魔性的屏障，在一只魔手作弄中，时时变换色彩。并且住家在那石壁上洞穴石罅间的，还养鸡，养狗，在人语中夹杂鸡犬的鸣吠，听来真可说有仙家风味。可是事实上这地方人却异常可怜。住洞穴的大多数人生活都极穷苦，极平凡，甚至于还极愚蠢，无望无助活下去。住码头街上的，除了几个庄头号上的江西籍坐庄人，和税关上的办事员司，其余多是做小生意人。这些人卖饮食供人吃喝，卖鸦片烟，麻醉人灵魂也毁坏人身体。卖下体，解除船上人疲乏，同时传播文明人所流行的淋病和梅毒。食物中害天花死去的小猪肉，发臭了的牛内脏，还算是大荤。鸦片烟多标明云土川土，其实还只是本地货，加上一半用南瓜肉皮等物熬炼而成的料子。至于身体买卖的交易，妇女们四十岁以上，还有机会参加这种生活竞争。女孩子一到十三四岁，就常常被当地的红人，花二十三十，叫去开苞，用意不在满足一种兽性，得到一点残忍的乐趣，多数却是借它来冲一冲晦气，或以为如此一来就可以把身体上某种肮脏病治愈。比较起来住在洞穴里的人生活简单些、稳定些，不大受外来影响。住码头上的人生活却宽广得多，同时也堕落得多。

这地方商业和人民体力与道德，都似乎在崩溃，向不可救药的一方滑去。关于这个问题，应当由谁来负责？是必然的还是人为的？若说是人为的，是人民本身还是统治人民的地方长官？很少人考虑过。至于他们自己呢，只觉得世界在变，不断地变。变来变去究竟成个什么样子，不易明白。但知道越下去买东西越贵，混日子越艰难。这变动有些人不承认是《烧饼歌》里所早已注定的，想把它推在人事上去，所以就说一切都是“革命”闹成的。话有道理，自从辛亥革命以来，这小地方因为是一条河流中部的码头，并且是一条驿道所经过的站口，前后已被焚烧过三次。因大军过道，和兵败后土匪的来去，把地方上一点精华，吮剥得干干净净，所有当地壮丁，老实的大多数已被军队强迫去充夫役，活跳的也多被土匪裹去做喽罗。剩下一点老弱渣滓，自然和其他地方差不多，活在这个小小区域里，拖下去，挨下去等待灭亡和腐烂。上年纪的一面诅咒革命，以为一切不幸都应当由革命来负责，同时一面却也幻想着，六十年一大变，二十年一小变，世界或许过不久又会居然变好起来。所谓变好，当然是照过去样子一一恢复转来：京师朝廷里有个皇帝，有个军机大臣，省

皇帝管大官，大官管小官，小官管百姓，百姓耕田织布做生意，好好过日子。

里有个督抚，县里有个太爷（太爷所做的事是坐在公堂上审案，派粮房催科，或坐轿下乡给乡绅点主）。皇帝管大官，大官管小官，小官管百姓，百姓耕田织布做生意，好好过日子。此外庙里还有几多神，官管不了的事情统归神管。还有佛菩萨，笑眯眯地坐在莲花宝座上，听人许愿，默认。念阿弥陀佛吃长斋的人，都可以在死后升往西天，那里有五色莲花等待这些信士去坐。人人胸腔子里都有个良心，借贷

凡是生命就有它在那小地方的特殊状态，又与别一地方生命还如何有个共同状态。

的平时必出利息，到还账时不赖债。心肠坏的人容天不容，做好事必有好报应。偷人鸡吃生烂嘴疮，不孝父母糟蹋米粮会被雷公打死。至于年纪较轻的，明白那个“过去”只是一个故事、一段老话，世界一去再也不回头了，就老老实实从当前世界学习竞争生存的方法。生活中无诅咒，无幻想，只每日各在分上做人。学习忍受强暴，欺凌懦弱，与同辈相互嫉视、争夺，在弄钱事情上又虚伪诡诈，毫无羞耻。过日子且产生一个邻于哲人与糊涂虫之间的生死观：活着，就那么活。活不下去，要死了，尽它死，倒下去，躺在土里，让它臭，腐烂，生蛆，化水，于是完事。一切事在这里过细一看，令人不免觉得惊奇惶恐，因为都好像被革命变局扭曲了，弄歪了，全不成形，返回过去已无望，便是重造未来也无望。地方属于自然一部分，虽好像并未完全毁去，占据这地方的人，却已无可救药。然而不然。

生命是无处不存在的东西。一片化石有一片化石的意义，我们从它上面可以看出那个久经寒暑交替日月升降的草木，当时是个什么样子。这里多的却是活人，生命虽和别地方不同一点，还是生命。凡是生命就有它在那小地方的特殊状态，又与别一地方生命还如何有个共同状态。并且凡是生命照例在任何情形中有它美好的一面。丑恶、下流、堕落，说到头来还是活鲜鲜的“人生”。（一片脏水塘生长着绿霉，蒸发着臭气，泛着无数泡沫，依然是生命。）人就是打从这儿来的。这里所有的情形，是不是在这个国家另外一片土地上同样已经存在或将要产生的？另外地上所有的，在这一个小小区域里是不是也可能发生？想想看就会明白。日光之下无新事，我们先得承认这一点。

就譬如说这倒霉的雨，给人的意义，照例是因人而不同的，在这地方也就显然因之有了人事的忧乐。税关办事人假公济私，用公家款项囤买的十石粮食，为这场雨看涨已无希望。山货庄管事为东家收买的二十五张牛皮，这场雨一落，每张牛皮收湿气加重三斤，至少也可以增加七十五斤的分量。住在洞穴里的山民，落了雨可就不便采药，只好闷坐在洞口边，如一只黄羊一样对雨呆看。住在码头上横街的小娼妇，可给雨帮忙把个盐巴客留住了，老娘为了媚这个“财神”，满街去买老母鸡款待盐巴客，鸡价由客人出，还可从中落个三两百钱放进荷包里去做零用。

前前后后百十个木簰集中在乌宿木关前时，会忙坏了办事人，也乐坏了办事人。

第一章

税关上办事人同山货庄管事，在当地原代表一个阶级：所谓上等阶级。与一般人不特地位不同，就是生活方式也大不相同。表现这不同处是弄钱方便，用钱洒脱，钱在手中流转的数目既较多，知识或经验也因之就在当地俨然丰富得多而又高人一等。

这些人相互之间日常必有“应酬”，换言之，就是每天不是这些大老板到局上吃喝，就是大老板接局长和驻防当地的省军副营长、连长到庄号上去吃喝。吃喝并不算是主要的事情，吃喝以前坐在桌边的玩牌，吃喝以后躺在床上去烧烟，好像都少不了。直到半夜，才点灯笼送客。军官照例有一个勤务兵，手持长约两尺的大手电筒，乱摇着那个代表近代文明的东西走去。局长却点了一盏美孚牌桅灯，一个人提着摇摇晃晃回他的税局。“应酬”既已成为当地几个有身分的人成天发生的事情，所以输赢二十三十，做局长的就从不放在心上。倒是一种凑巧的好牌，冒险的怪牌，不管是他人手上的还是自己的，却很容易把它记着，加以种种研究。说真话，这局长不特对于牌道大有研究，便是对于其他好些事情，也似乎都富于研究性，懂的很多。尤其是本行上的作伪舞弊，挪此填彼，大有本领。这小局卡本来只是复查所性质，办事员正当月薪不过二十五元，连津贴办公费也不过五十元上下，若不是夺弄多方，单凭这笔收入，哪能长久“应酬”下去？

这局长在这个小地方，既是个无形领袖，为人又长袖善舞，职位且增加他经营生活的便利，若非事出意外，看情形将来就还会起发的。今年才三十一岁，真是前程远大！

其时约上午九点钟样子，照当地规矩普通人都已吃过了早饭，上工做事了。这当地大人物却刚刚起床不久，赤着脚，趿着一双扣花拖鞋，穿一身细白布短裤褂，用老虎牌白搪瓷漱口罐漱口，用明星牌牙刷擦牙，牙粉却是美女老牌。一面站在局所里屋廊下漱口刷牙，一面却对帘口的细雨想起许多心事。这雨落下去，小虽小，到辰州就会成为“半江水”，泊在辰州以上百十里河面的木簰，自然都得趁水大放流，前前后后百十个木簰集中在乌宿木关前时，会忙坏了办事人，也乐坏了办事人。但这些事对彼不相干。那些税关人员因涨水而来的一个好处，他无福分享受。他担心却是和当地一个字号上人，共同做的一笔生意。万千浮在大河中的木头，其中有三根半沉在水中的木头，中心镂空装了两挑川货，冒险偷关，若过了关，他便稳稳当当赚了六百个袁头，若过不了关，那他就赌输将近一千块钱了。他想起李吉瑞唱的《独木关》。

漱过口后他用力刮达刮达把那支牙刷在搪瓷罐中搅着，且把水用力倒到天井中去。问小公丁：

“黑子，我白木耳蒸好了吗？”

黑子其时正在房门边一张条凳上拭擦局长的烟具。盘子、灯、小罐儿、铁签儿、一块豆腐干式的打火石、一块圆打火石，此外还有那把小茶壶，还有两支有价值的烟枪（枪上有包银的装潢老象牙嘴），一一地拭擦着。

那小子刚害过水臌病，愈后不久，眼皮肿肿的，头像一个三角形，颈脖细细的。老是张着个嘴，好像下唇长了一点，吊不上去；又好像从小就没有得到一次充足的睡眠，随时随地都想打盹，即或在做事情，也一面打盹。但事实上他却一面擦烟具一面因雨想起那个业已改嫁给船夫的母亲，坐了那条三舱桐油船，装满了桐油向下游漂去的情形。也许船正下滩，一条船在白浪里钻出钻进，舱板上全是水，三五个水手弯着腰用力荡桨，那船夫口含旱烟管，两只多毛露筋的大手，把着白檀木舵把，大声吼着，和水流争斗。母亲呢，蹲在舱里缸罐边淘米烧水。……因此局长叫他时他不作声。

于是局长生了气，用着特有的词令骂那小子：

“黑子，黑子，你耳朵被×弄聋了吗？我说话你怎么老不留心。你想看水鸭子打架去了，是不是？你做事摩摩挲挲真像个妇人。小米大事情半天也做不好，比绣花还慢，末了还得把我的宝贝打碎。”

黑子被骂后着忙去整理烟具，忙中有错，差点儿把那小盒里烟膏泼翻。局长一眼瞥见了。

“祖宗，杂种，你怎不小心一点？你泼了我那个，你赔得起？把你熬成膏子也无用处。熬成膏子不到四两油，最多值一毛钱。你真是个吃冤枉饭的东西……”

黑子知道局长的脾气，骂虽骂，什么稀奇古怪的话都说得出

黑子知道局长的脾气，骂虽骂，什么稀奇古怪的话都说得出口，为人心倒很好，待下属并不刻薄。

口，为人心倒很好，待下属并不刻薄。骂人似乎只是一种口技的训练，一种知识的排泄，有利于己而无害于人。有时且因为听到他那种巧妙的骂人语言，引起笑乐，觉得局长为人大有意思。惟其如此，局长的话给黑子听来倒常常是另外一种意义了。

被骂的黑子把下唇吊着，聆受局长的训诲，话越骂越远，倒亏听到厨房有猫儿叫了一声，才想起炖在锅中的白木耳。赶忙把那全副烟具端进房中去，取白木耳给局长补神。事实上到得白木耳入口时，局长已将近把那碗白木耳的力量，全支付在骂那小子话语上了。

河街某处有鸭子大声呷呷地叫着，局长想起自己的鸭子，知道黑子又忘了喂那个白蛀木虫粉给斗鸭时，又是一番排泄，把小子比作种种吃饭不工作的鸟兽虫鱼，结果却要他过上街一个专门贩卖鸭子的人家去，看那老板是不是来了好货。自己动手喂鸭子。

黑子戴了一个斗笠，张着嘴，缩着个肩膊，向外面跑。局长还把话向黑子抛去。

“早回来点，不要又在三合义看下棋。人家下棋你看，狗在街上联亲你也看，你什么戏都看，什么都有份，只差不看你妈和划船的唱戏，因为那个你无份。”

黑子默默地出了局门，却自言自语说：

“什么都看，你全知道。你伏在楼板上，看三合义闺女洗澡，你自己好像不知道，别人倒知道！”

黑子年纪只十二岁，样子像个半白痴，心里却什么事都明白，什么事都懂。

××地方人家，也正如其余小地方差不多，每家必蓄养几只鸡鸭，当作生产之一部门，又当作娱乐之一种。养鸡的母鸡用处多是生蛋孵小鸡，或炖汤吃（白毛乌骨的且为当地阔老当补品）。公鸡用作司晨、辟邪、啄蜈蚣虫蚁。临到年底，主人就把它捉来，不客气地用刀割断了它的喉管，拔下那个金色炫目的颈毛或背部羽毛，一撮撮蘸上热鸡血贴到门楣上、灶坎上、床梁上和船头上和一切大件农具上，用意也是辟邪。且把它整个身子白煮了，献给家神祖先。有时当地人上山采药打猎，入洞熬硝，也带那么一只活雄鸡，据说迷了路大有用处。至于用它来战斗，因习惯不同，倒只是当地小孩子玩的事情了。近大河边人家因地利宜于蓄鸭，当地人因之也把鸭子的斗性，加以训练，变成一个有韧性的战士，用来赌博。一只上好的绿头花颈脖的雄鸭，价值也就很高。平时被人关在笼子里，喂养各种古怪食品，在水边打架时，船上人和住家人便各自认定其中一只，放下赌注，猜测胜负，赌赛输赢。

只有母鸭才十分自由，大清早各放出来，到大河里聚齐，在平潭中去找虾米和浮食吃，到天晚才各自还家。落了雨，不再下大河，就三三五五在横街头泥水里摇着短短的尾巴，盘散来去，有所寻觅，仿佛异常快乐。街中两家豆腐作坊前，照例都积下一片脏水，泛着白沫，水中还有不少红丝虫蠕动着，被这群母鸭发现时，便如发现了一个宝库，争着把一个淡红色的扁嘴壳插进脏水中去唼喋。至于这时节那些公鸡母鸡呢，却多躲藏在家中桌椅下和当地小摊子下横木上，缩敛着身子，看街头鸭子群游戏。间或把头偏着望望天，轻轻地咕喽一声，好像说："这是天气，到明天会放晴的。"因为天一放晴，鸭子就得下河，一条街便依然为鸡所专有了。

黑子到了养鸭子的老东西处，望了一下鸭子，随便说了几句闲话，就走过上街头去看染坊。看碾工踹石硚碾布，一个工人在半空中左右荡着，布在滚子下光滑滑的，觉得大有意思。同时还有河下横街两个脏小孩子，也在那门前泥水中站定，看那个玩意儿，黑子原本同他们都极熟习，就说笑话，叫其中之一诨名作"鼻涕虫"，胡扯乱说，以为鼻涕虫若碾在石滚子下，必不免如申公豹被孙悟空一金箍棒打成稀糊子烂，成一片水不复人形。

黑子到了养鸭子的老东西处，望了一下鸭子，随便说了几句闲话，就走过上街头去看染坊。

鼻涕虫明白黑子根本来源，虾米螃蟹同样是水里长的，分不出谁高谁低，就说：

黑子因为新近做了公务员，吃公家饭，虽在税局里时时刻刻被打被骂，可是比起同街小子，总觉得身分已高了一着，可以凭身分唬人。

“黑子，我不经压你经压，你试试去看，压不出水一定压出油，压出三两油点灯，照你娘上清秋路！”

黑子说：“你娘嫁给卖油的，你的油早被榨完了，所以瘦得像个地底鬼。你是个实心油瓶。”

鼻涕虫被人提到心窝子里事情，轮眨着他双凸出大眼睛，狠狠地望着黑子说：“你娘嫁撑船的，檀木舵把子和竹篙子都剸到你娘的 × 心子上。你就是被那撑船的剸出来的。你娘才真正经压！”

黑子因为新近做了公务员，吃公家饭，虽在税局里时时刻刻被打被骂，可是比起同街小子，总觉得身分已高了一着，可以凭身分唬人。平时到小摊子买桃李水果，讲价钱时就总有点不讲道理，倚势强人。价钱说好了，还挑三拣四，拈斤播两。向乡下妇人买辣子豆荚，交易办好，临走时，还会伸手到篮子里去多抓一把，使得妇人发急扯着他的衣袖不放，就说："我又不是抢人欠债，你一个妇人女子，清天白日抓我是什么意思！"故意引起旁人的笑乐。在官家方面有势力的人，买东西照例发官价，欢喜送多少把多少，但这是过去的事，革命后就不成了。虽说如今做局长的好处还多，随时可收受一点小生意人当令的蔬果孝敬，采药打猎人遇到大头的何首乌、大蛇皮，也必先把它拿来献给局长。局中公丁在执行公务时，尚有好些小便宜可占，但到底今不如古，好处也不过是连抢带骗，多抓一把辣椒之类罢了。但在另外一件事情上，譬如同道闹嘴舌，无形中自然大家都得让一手，年纪长一点的因之也有被黑子骂倒过的。于是这公务人也就骄傲了一些，大意了一些。现在不意钢对钢碰了头。鼻涕虫身世被黑子掘出后，气愤不过，也就不顾一切，照样还口。

黑子不把鼻涕虫看在眼里，就走近他身边去，打了鼻涕虫一拳。那小子跄踉了一下，回过头来说：

"黑子，君子动口不动手，你怎么打人？"

黑子以为鼻涕虫怕他，不理会这句话，赶过去又是一拳。且打且说："我打扁你这个狗杂种，你怎么样？"

鼻涕虫一面用手保护头部，一面用脚去踢黑子。

另一个小子原同鼻涕虫一伙，见两人打起来了，就一面劝架，一面嘶着个嗓子说："不许打架，不许打架，君子动口不动手，有话好说！"因为两只手抱着了黑子膀子，黑子便被鼻涕虫迎面猛地打了三拳。接着几人就滚丸子似的在泥水中滚起来了。

街户中人听着有人打架，即刻都活跃起来了，大家都从烟盘边或牌桌边离开，集中到街前来看热闹。本来是两人相打，已变成三人

互殴，黑子双拳难敌四手，虽压住了鼻涕虫，同时却也为人压住。三人全身都是脏泥。看热闹的都说好打好打，认不清谁是谁非，正因为照习惯一到了这种情形，也就再无所谓是非。

正当一个小子从污泥中摸着一个拳头大鹅卵石，捏在手中向黑子额角上砸去时，一个老妇人锐声大喊了一声："狗 × 的小杂种，你干什么！"一手捞着了那小子细瘦的膀子，救了黑子。可是救了黑子却逃了母鸡，原来这时节另一胁下挟着那只老母鸡，却逃脱了，在泥水中乱扑，把泥水扇得四溅。大家都笑嚷着。

"好热闹，好热闹！"

几个劣小子的架被其余人劝开了，老妇人赶忙去泥水中捕捉她

的老母鸡。把鸡擒着后大声骂着：

“你这扁毛畜生，以为会飞到天上去！”

有人插嘴问：“老娘，多少钱，这只肥鸡？”

老娘看了那人一眼，把一张瘦瘪瘪的嘴扁着，做成发笑的样子，一面用手抹鸡尾上泥水，一面说：“这年头，什么东西都贵得要人命。杨氏养鸡好像养儿女，三斤半毛重，要我七角钱，真是吃高丽参。”

料不到这个杨氏正在人丛中观战，就接口说：“老娘，你说什么高丽参洋参？你有钱，我有货，做生意两相情愿，我难道抢你不成？儿花花女花花嘴角不干不净，你是什么意思……”

老娘过意不去，不好回嘴。可是当众露脸，面子上大不光彩，正值那母鸡挣扎，就重重地打了那母鸡一巴掌，指冬瓜骂葫芦道：“你这扁毛畜生，也来趁火打劫！”且望着帮同打架的那小子说：“还不回家我打断你的狗腿！别人打架管你什么事，打出人命案你来背！”一面骂那小子，一面推搡着那小子，就走开了。

杨氏说：“扁毛畜生谁不是养它

左图：

因为两只手抱着了黑子膀子，黑子便被鼻涕虫迎面猛地打了三拳。接着几人就滚丸子似的在泥水中滚起来了。

右图：

“这年头，什么东西都贵得要人命。杨氏养鸡好像养儿女，三斤半毛重，要我七角钱，真是吃高丽参。”

黑子悻悻地望着那退伍兵士，退伍兵士为人风趣而随和，就说："黑子，你难道要同我打一架吗？我打不过你，我怕你——我领过教！"

吃它？哪像你，养儿养女让人去玩，大白天也只要人有钱就关上房门，不知羞耻，不是前三辈子造孽？"

老娘虽明知道杨氏还在骂她，却当作不听见，顾自走了。那杨氏也知道老娘已认屈，恶狗不赶上墙人，经过大家一劝，就不再说什么。

三个打架小子走了一个，另两个其时已被拉开，虽还相互悻悻地望着，已无意再打。旁边一个解围的中年男子，刚过足烟瘾，精神充足，因此调弄那小公务人黑子说：

"黑子，你局长看你这样会打架，赶明天一定把喂鸭子的桂圆枸杞汤给你喝，补得你白白胖胖，好在你身上下注！你下次上圈，我当裤子也一定在你名下赌三角钱！”说得大家都笑起来。

另一个退伍兵就说：“若不亏老婊子大吼一声，你黑子不带花见红，你才真是黑子。”

黑子说：“她那侄子打破我的头，我要揎掉她的家神牌子。”

退伍兵说：“她有什么家神牌子？她家里有的是肉盾牌，你这样小孩子去，老×子放一泡热尿，也会冲你到洞庭湖！”

黑子悻悻地望着那退伍兵士，退伍兵士为人风趣而随和，就说：“黑子，你难道要同我打一架吗？我打不过你，我怕你——我领过教！”

烟客就说：“黑子，算了吧，快回局里去换衣，你局长知道你打架，又会赏你吃‘笋子炒肉’，打得你像猪叫。”

“局长没有烟吃，发了烟瘾，才同你一样像猪哼！”

黑子说完，拔脚就走。到下坎时一个跄踉差点儿滑倒，引得人人大笑。

黑子走后，退伍兵士因为是鼻涕虫的表叔，所以嘲笑他说：“鼻涕虫，你打架本领真好，全身滑滑的，我也不是你的对手，何况小黑子。以后你上圈和他打架时，我一定赌你五百。”

鼻涕虫说：“小黑子狗仗人势，以为在局里当差，就可欺凌人，我才不怕他！”

“这年头谁不是狗仗人势？你明天长大了当兵去，三枪两炮打出个天下，做了营长连长，局长那件紫羔袍子，就会给你留下，不用派人送上保靖营部了。大鱼吃小鱼，小鱼吃虾米，你得立志！”

鼻涕虫不知“立志”为何物，只知道做了营长就可以胡来乱为，做许多无法无天的事情。局长怕他县长也怕他。要钱用时把商会总办和乡下团总提到营里来就有钱用。要钱做什么用？买三炮台纸烟，把纸烟嵌在长长的象牙骨烟管里去，一口一口吸打。审案时一面吸烟，一面叫人打板子。生气时就说："你个狗 × 的，我枪毙了你！"于是当真就派卫队绑了这人到河边石滩上去一枪打了。营长的用处，在鼻涕虫看来，如此而已。退伍兵士年纪大一点，见识多一点，对营长看法自然稍稍不同。不过事实上一个营长，在当地的威风，却只能从这些事上可以看出，别的是不需要的。

鼻涕虫说："我一定要立志做营长。"

老娘好事，信口开河说了本街杨氏两句坏话，谁知反受杨氏屈辱一番，心中大不舒畅，郁郁积积回到河街家里，拉开腰门，把那只老母鸡尽力向屋中地下一掼，拍着手说："人背时，偏偏遇到你这畜生！"老母鸡喔地喊了声，好像说："这关我什么事？你这个人，把我出气！"

小娼妇桂枝，正在里房花板床上给盐客烧烟，一面唱《十想郎》《四季思想》等等小曲子逗盐客。听鸡叫声，知道老娘回来了，就高声和她干娘说话。

"娘，娘，鸡买来了吗？肥不肥？"

老娘余气未尽，进屋里到水缸边去用水瓢舀水洗手，一面自言自语说："怎不肥？一块钱吃大户，还不肥得像个大蜘蛛？"话本来还是指卖鸡高抬价钱的杨氏。桂枝听到上句听不到下句，就说："怎么一块钱？娘。"她意思是鸡为什么这样贵，话里有相信不过的神气。

老娘买鸡花七角，本想回来报八角，扣一角钱放进自己贴身荷包里。现在被杨氏一气，桂枝问及，就顺口念经："怎么不是一块钱？你不信你去问。为这只扁毛畜生，像找寻亲舅舅，我哪里不找到。杨氏把这只鸡当成八宝精，要我一块钱，少一个不成交易。我落一个钱拿去含牙齿。"

桂枝见老娘生了气，知道老娘的脾气，最怕人疑心她落钱，忙赔笑脸把话说开了。出得房来两只手擒着了那肥母鸡，带进房中去给盐客过目，口中却说："好肥鸡，好肥鸡。"

盐客只是笑，不开口。两人的对白听得清清楚楚。

盐客年纪约摸三十四五，穿一身青布短褂，头上包着一条绉绸首巾，颈脖下扯有三条红记号，一双眼睛亮光光的，脸上吊着高高的两个颧骨，手腕上还戴了一支风藤包银的手镯，一望而知是会在生意买卖上捞钱，也会在妇女身上花钱的在行汉子。从□村过身，来到这小娼妇家和桂枝认相识还是第一回。只住过一夜，就咬颈脖赌了一片长长的咒，以为此后一定忘不了，丢不下。事实上倒亏雨落得凑巧，把他多留了一天。这盐客也就借口水大抛了锚，住下来，和桂枝烧烟谈天。早上说好要住下时，老娘就说："姐夫，人不留客天留客，人留不住天帮忙把你留住了，我要杀只鸡招待你，炖了鸡给你下酒，我陪你喝三杯，老命不要也陪你喝。"

桂枝见老娘生了气，知道老娘的脾气，最怕人疑心她落钱，忙赔笑脸把话说开了。

盐客因为老婊子称他作姐夫，笑嘻嘻地说："老娘，你用不着杀鸡宰鹅把我当希客待，留着它那老命吧。我们一回生，二回熟。我不久还得来。我一个人吃得多少？不用杀鸡。"

老娘也笑着："烧酒水酒一例摆到神面前，好歹也是尽尽我一番心！姐夫累了，要补一补。"

盐客拗不过这点好意，所以自己破钞，从鹿皮抱兜里掏出一块洋钱，

盐客到后装作生气神气说：“老娘，得了，你请客我请客不是一样吗？我这人心直，你太婆婆妈妈，我不高兴的。”

塞到老娘手心里，说是鸡价。老娘虽一面还借故推辞，故意大声大气和桂枝说：“瞧，这算什么！哪有这个道理，哪有这个道理，要姐夫花钱？”

盐客到后装作生气神气说：“老娘，得了，你请客我请客不是一样吗？我这人心直，你太婆婆妈妈，我不高兴的。”

好像万不得已，到后才终于把它收下拿走了。

老娘虽吃的是这么一碗肮脏饭，年纪已过四十五岁，还同一个弄船的老水手交好，在大街上追着那水手要关门钱。前不久且把一点积蓄买过一对猪脚，送给个下行年青水手，为的是水手答应过她一件事。对于人和人做的丑事虽毫不知羞耻，可是在许多人和人的通常关系上，却依然同平常人一样，也还要脸面，有是非爱恶，换言之就是道德意识不完全泯灭。

言语和行为要他人承认，要他人赞美。生活上必须从另一人方面取得信任或友谊，似乎才能够无疚于心地活下去。人好利而自私，习惯上礼法仍得遵守，照当地人说法，是心还不完全变黑。

桂枝年纪还只十八岁，已吃了将近三年码头饭。同其他吃这碗饭的人一样，原本住在离此地十多里地一个小乡里，头发黄黄的，身子干干的，终日上山打猪草，挖葛根，干一顿稀一顿拖下来。天花、麻疹、霍乱、疟疾，各种厉害的传染病，轮流临到头上，木皮香灰乱服一通，侥幸都逃过了。长大到十三岁时，就被个送公事的团丁，用两个桃子诱到废碉堡里玷污了，自然是先笑后哭，莫名其妙。可是得了点人气后，身心方面自然就变了一点，长高了些，苗条了些，也俨然机伶了些。到十五岁家里估计应当送出门了，把她嫁给一个孤身小农户，收回财礼二十吊，数目填写在婚书上，照习惯就等于卖绝。桂枝哭啼啼离开了自己那个家，到了另外一个人家里，生活除了在承宗接祖事情上有点变化，其余一切还是同往常一样。终日上山劳作，到头还不容易得到一饱。挨饿挨冷受自然的虐待，挨打挨骂受人事的折磨。孕了一个女儿，不足月就小产掉了。到十六岁时，小农户忍受不了，觉得不想办法实在活不下去。正值省里招兵，委员到了县里，且有公事行到乡长处，乐意去的壮丁不少。那农户就把桂枝送到□村一个远亲家里来寄住，自己当兵去了。丈夫一走，寄住在远亲家吃白食当然不成，总得想办法弄吃的。虽说不唇红齿白，身材俏俊，到底年纪轻，当令当时，俗话说十七八岁的姑娘，再丑到底是一朵花。就是喇叭花，也总不至于搁着无人注意。老娘其时正逃走了一个养女，要人补缺，找帮手不着，就认桂枝作干女儿，两人合作，来立门户。气运好，一上手就碰着一个庄号上的小东家，包了三个月，有吃有穿，且因此学了好些场面规矩。小老板一走，桂枝在当地土货中便成红人了。但塞翁失马，祸福同至，人一红，不久就被当地驻军一个下级军官霸占了。这军官赠给她一身脏病，军队移防命令一到，于是开拔了。一来一往三年的经验，教育了这个小娼妇，也成全了这个小娼妇。在当前，河街上吃四方饭的娘儿们中，桂枝已是一个老牌子，沿河弄船的青年水手，无人不知。尤其是东食西宿的办法，生活收入大半靠过路客商，恩情却结在当地一个傻小子身上，添了人一些笑话，也得到人一点称赞。

本地吃码头饭的女子，多数是有生意时应接生意，无生意时照例有个当地光棍，或退伍什长，或税关上司事一类人，由熟客成为独占者，终日在身边烧烟谈天。这种塌茸男子当初一时也许花了些钱到女人身上，后来倒多数是一钱不出，有的人且吃女的，用女的，不以为耻。平时住在女的家里犹如自己家里，客来时才走开。这种人大多是被烟毒熏得走了型，毫无骨气，但为人多懦而狡，有的且会周张，遇孱头客人生事闹乱子，就挺身出面来说理，见客人可以用语言唬诈时，必施小做作，借此弄点钱。有时花了眼睛，认错了人，讹人反被人拿住了把柄，就支支吾吾逃开，来不及时又即刻向人卑屈下流地求饶。挨打时或沉默地忍受，或故意呻吟，好像即刻就要重伤死去的样子，过后却从无向人复仇的心思。为人俨然深得道家“柔则久存”的妙旨，对人对己都向抵抗极小的一方面滑去。碰硬钉子吃了亏，就以为世界变了，儿子常常打老子，毫无道理，也是道理。但这种鼻涕似的人生观，却无碍于他的存在。他还是吃、喝、睡，兴致好时还会唱唱。自以为当前的不如意正如往年的薛仁贵、秦琼，一朝时来运来，会成为名闻千古的英雄。唱《武家坡》，唱《卖马》，唱到后来说不定当真伤起心来了，必嘶着个嗓子向身边人嚷着说：“这日子逼死了英雄好汉，拖队伍去，拖队伍去！”其中自然也就有当真忍受不了，上山落草。跑了几趟生意，或就方便做坐地探子，事机不密，被驻军捉去，经不住三五百板子，把经过一五一十供出，牵到

憨小子搭船下行时，在船头当桨手，一钱不名，依然快快乐乐，一面呼号一面用力荡桨，毫不含糊。

场坪上去示众。临刑时已昏头昏脑，眼里模模糊糊见着看热闹的妇女，强充好汉，勉强叫着："同我相好的都来送终，儿女都来送终！"占点口上便宜，使得妇女们又羞又气，连声人骂："刀砍的，这辈子刀砍你，二辈子刀还是砍你！"到后便当真跪在河边，咔嚓挨那一刀，流一摊血，拖到万人坑里用土掩了完事。

桂枝别有眼睛，选靠背不和人相同，不找在行人却找憨子。憨子住在河边石壁洞穴里，身个子高高的，人闷闷的，两个膀子全是黑肉，每天到山上去挖掘香附子和其他草药，自食其力，无求于人。间或兴子来时，就跟本地弄船的当二把纤，随船下辰州桃源县。照水上规矩下行弄船只能吃白饭，不取工钱。憨小子搭船下行时，在船头当桨手，一钱不名，依然快快乐乐，一面呼号一面用力荡桨，毫不含糊。船回头时，便把工钱预先支下，在下江买了礼物，戴合记的香粉、大生号的花洋布，带回来送给桂枝。因为做人厚道，不及别的人敲头掉尾，所以大家争着叫他憨子，憨子便成为这青年人的诨名。憨子不离家，也不常到河街成天粘在小娼妇身边，不过上山得到了点新鲜山果时，才带到河街来给桂枝，此外就是桂枝要老娘去叫来的。人来时常常一句话不说，见柴砍柴，见草挽草，不必嘱咐也会

老娘自言自语说，“憨人有憨福”，不由得咕咕笑将起来。桂枝正走出房门，见老娘只是咕咕笑，就问：“娘你笑什么？”

动手帮忙。无事可做就坐在灶边条凳上，吸他那枝老不离身的罗汉竹旱烟管，一面吸烟一面听老娘谈本街事情。本来说好留在河街过夜，到了半夜，不凑巧若有粮子上副爷来搭铺过夜，憨子得退避，就一声不响，点燃一段废缆子，独自摇着那个火炬回转洞穴去，从不抱怨。时间一多，倒把老娘过意不去，因此特别对他亲切。桂枝也认定憨子为人心子实，有包涵，可以信托，紧贴着心。

盐客昨晚上在此留宿，就是预先已约好了憨子，到时又把憨子那么打发回去的。

老娘烧了锅水，把鸡宰后，舀开水烫过鸡身，坐在腰门边，用小钳子拔鸡毛。正打量着把鸡身上某部分留下。又想起河中涨水，三门滩打了船，河中一定有人发财。又想起憨子，知道天落雨，憨子不上山，必坐在洞中望雨，打草鞋搓草绳子消磨长日。老娘自言自语说，“憨人有憨福”，不由得咕咕笑将起来。

桂枝正走出房门，见老娘只是咕咕笑，就问：“娘你笑什么？”

老娘说：“我笑憨子，昨天他说要到下江去奔前程，发了洋财好回来养我的老。他倒人好心好，只是我命未必好。等到他发洋财回来时，我大腿骨可做棒槌打鼓了。”说了自己更觉得好笑，就大笑起来。

桂枝不作声，帮同老娘拔鸡毛。好像想起心事，吁了一口气。

老娘不大注意，依然接口说下去：“人都有一个命，生下来就在判官簿籍上注定了，洗不去，擦不脱。像我们吃这碗饭的人，也是命里排定的，你说不吃了，干别的去，不是做梦吗？”

桂枝说：“娘，你不干，有什么不成？活厌了，你要死，抓把烟灰，一碗水吞下肚里去，不是两脚一伸完事？你要死，判官会说不许你死？”

“你真说得好容易。你哪知道罪受不够的人，寻短见死了，到地狱里去还是要受罪。”

“我不相信。”

“你哪能相信？你们年轻人什么都不相信，也就是什么都不明白。‘清明要晴，谷雨要雨’，我说你就不信。‘雷公不打吃饭人’，我说你又不信。……”老娘恰同中国一般老辈人相似，记忆中充满了格言和警句，一部分生活也就受这种字句所熏陶所支配。桂枝呢，年纪轻，神在自己行动里，不在格言警句上。

桂枝说：“那么，你为什么不相信鲤鱼打个翻身变成龙？”

老娘笑着说：“你说憨子会发洋财，中状元，做总司令，是不是？鲤鱼翻身变成龙，天下龙王只有四位，鲤鱼万万千，河中涨了水，一网下来就可以捉二十条鱼！万丈高楼从地起，总得有块地！”

憨子住的是洞窟，真不算地。但人好心地好，老娘得承认。老娘其实同桂枝一样，盼望憨子发迹，只是话说起来时，就不免如此悲观罢了。桂枝呢，对生活实际上似乎并无什么希望，尤其是对于憨子。她只要活下去，怎么样子活下去就更有意思一点，她不明白。市面好，不闹兵荒匪荒，开心取乐的大爷手松性子好，来时有说有笑，不出乱子，就什么都觉得很好很好了。至于憨子将来，男子汉要看世界，各处跑，当然走路。发财不发财，还不是“命”？不过背时走运虽说是命，也要尽自己的力，尽自己的心。凡事胆子大，不怕难，做人正派，天纵无眼睛人总还有眼睛。憨子做人好，至少在她看来，是难得的。只要憨子养得起她，她就跟了他。要跑到远处去，她愿意跟去。

有只商船拢了码头，河下忽然人声嘈杂起来，桂枝到后楼去看热闹，船上许多水手正在抽桨放到篷上去，且一面向沿河吊脚楼窗口上熟人打招呼。老娘其时也来到窗边，看他们起货上岸。后舱口忽然钻出一个黑脸大肩膊青年水手，老

左图：

桂枝呢，对生活实际上似乎并无什么希望，尤其是对于憨子。她只要活下去，怎么样子活下去就更有意思一点，她不明白。

右图：

那水手说：“干娘，我回来了，红炮子钻心不是玩的。光棍打穷人，硬碰硬，谁愿意去？”

娘一眼瞥见到了，就大声喊叫：

“秋生，秋生，你回来了！我以为你上四川当兵去了！”

那水手说：“干娘，我回来了，红炮子钻心不是玩的。光棍打穷人，硬碰硬，谁愿意去？”

桂枝说：“你前次不是说三年五载才回来吗？”

那青年水手快快乐乐地说：“我想起娇娇，到龚滩就开了小差。”

桂枝说：“什么娇娇肉肉，你想起你干妈。”

这水手不再说什么，扛了红粉条一捆，攀船舷上了岸。桂枝忙去灶边烧火，预备倒水为这水手洗脚。

盐客听桂枝说话，问："是谁？"

老娘答话说："是秋生。"

秋生又是谁？没有再说及。因为老娘想到的是把鸡颈鸡头给秋生，所以又说："姐夫，这鸡好肥！"

一九三七年上半年作，原文未完

毛弟同万万放牛放到白石冈，牛到冈下头吃水，他们顾自上到山腰采莓吃。

山鬼

一

毛弟同万万放牛放到白石冈，牛到冈下头吃水，他们顾自上到山腰采莓吃。

“毛弟哎，毛弟哎！”

“毛弟哎，毛弟哎！”左边也有人在喊。

“毛弟哎，毛弟哎！”右边也有人在喊。

因为四围远处全是高的山，喊一声时有半天回声。毛弟在另一处拖长嗓子叫起万万时，所能听的就只是一串万字了。

山腰里刺莓多得不奈何。两人一旁唱歌一旁吃，肚子全为刺莓塞满了。莓是这里那里还是有，谁都不愿意放松。各人又把桐木叶子折成兜，来装吃不完的红刺莓。一时兜里又满了。到后就专拣大的熟透了的才算数，先摘来的不全熟的全给扔去了。

一起下到冈脚溪边草坪时，各人把莓向地下一放，毛弟扑到万万身上来，经万万一个蹩脚就放倒到草坪上面了。虽然跌倒，毛弟手可不放松，还是死紧搂到万万的颈子，万万也随到倒下，两人就在草上滚。

万万的水牯跑到别人麦田里去吃嫩苗穗，毛弟爬起替他去赶牛。“万万，你老子又窜到杨家田里吃麦了！”

“放了我罢，放了我罢。我输了。”

毛弟最后告了饶。但是万万可不成，他要喂一泡口水给毛弟，警告他下次。毛弟一面偏头躲，一面讲好话：

“万万，你让我一点，当真是这样，我要发气了！”

发气那是不怕的，哭也不算事。万万口水终于唾出了。毛弟抽出一只手一挡，手背便为自己救了驾。

万万起身后，看到毛弟笑。毛弟把手上的唾沫向万万洒去，万万逃走了。

万万的水牯跑到别人麦田里去吃嫩苗穗，毛弟爬起替他去赶牛。

“万万，你老子又窜到杨家田里吃麦了！”

远远的，万万正在爬上一株树。“有我牛的孙子帮到赶，我不怕的。——毛弟哎，让它吃罢，莫理它！”

“你莫理它，乡约见到不去告你家妈么？”

毛弟走拢去，一条子就把万万的牛赶走了。

“昨天我到老虎峒脚边，听到你家癫子在唱歌。”万万说，说了吹哨子。

“当真么？”

“扯谎是你的野崽！”

“你喊他吗？”

“我喊他！”万万说。万万记起昨天的情形，打了一个颤。

“你家癫子差点一岩头把我打死了！我到老虎峒那边碾坝上去问我大叔要老糠，听到岩鹰叫，抬头看，知道那壁上又有岩鹰在孵崽了，爬上山去看。×他娘，到处寻窠都是空！我想这杂种，或者在峒里砌起窠来了，我就爬上峒边那条小路去。……”

“跌死你这野狗子！”

“我不说了，你打岔！”

万万当真不说了。但是毛弟想到他癫子哥哥的消息，立时又为万万服了礼。

万万在草坪上打了一个飞跟头，就势只一滚，滚到毛弟的身边，扯着毛弟一只腿。

“莫闹，我也不闹了，你说吧。我妈搔急咧，问了多人都说不曾见癫子。这四天五天都不见他回家来，怕是跑到别村子去了。”

“不，”万万说，“我就上到峒里去，还不到头门，只在那堆石头下，听到有人说话的声音。声音又很熟。我就听。那声音是谁？我想这人我必定认识。但说话总是两个人，为什么只是一个口音？听到

“莫闹，我也不闹了，你说吧。我妈搔急咧，问了多人都说不曾见癞子。这四天五天都不见他回家来，怕是跑到别村子去了。”

说：‘你不吃么？你不吃么？吃一点是好的。刚才烧好的山薯，吃一点儿吧。我喂你，我用口哺你。’就停了一会儿。不久又作声了。是在唱，唱：‘娇妹生得白又白，情哥生得黑又黑；黑墨写在白纸上，你看合色不合色？’还打哈哈，× 妈好快活！我听到笑，我想起你癞子笑声了。”

毛弟问：“就是我哥吗？”

“不是癞子是秦良玉？哈，我断定是你家癞子，躲在峒里住，不知另外还有谁，我就大声喊，且飞快跑上峒口去。我说癞子大哥唉，癞子大哥唉，你躲在这里我可知道了！

你说他怎么样？你家癞子这时真癫了，见我一到峒门边，蓬起个头瓜，赤了个膊子，走出来，就伸手抓我的顶毛。我见他眼睛眉毛都变了样子，吓得往后退。他说狗杂种，你快走，不然老子一岩头打死你。身子一蹲就——我明白是搬大块石头了，就一口气跑下来。癫子吓得我真要死。我也不敢再回头。”

显然是，毛弟家癫子大哥几日来就住在峒中。但是同谁在一块？难道另外还有一个癫子吗？若是那另外一人并不癫，他是不敢也不会同一个癫子住在一块的。

“万万你不是扯谎吧？”

“我扯谎就是你儿子。我赌咒。你不信，我也不定要你信。明儿早上我们到那里去放牛，我们可上峒去看。”

“好的，就是明天吧。”

万万爬到牛背上去翻天睡，一路唱着山歌走去了。

毛弟顾自依然骑了牛，到老虎峒的黑白相间颜色石壁下。这里有条小溪，夹溪是两片墙样的石壁，一刀切，壁上全是一些老的黄杨树。当八月时节，就有一些专砍黄杨木的人，扛了一二十丈长的竹梯子，腰身盘着一卷麻绳，爬上崖去或是从崖顶垂下，到崖腰砍树，斧头声音“它它它它”满谷都是它。老半天，便听到“喇喇喇”的如同崩了一山角，那是一段黄杨连枝带叶跌到谷里溪中了。接着不久又是“它它它它”的声响。看牛看到这里顶招殃。但不是八月，没有伐木人，这里可凉快极了。沿这溪上溯，可以到万万所说那个碾坊。碾坊是一座安置在谷的尽头的坎上的老土屋，前面一个石头坝，坝上有闸门，闸一开，坝上的积水就冲动屋前木水车，屋中碾石也就随着转动起来了。碾坊放水时，溪里的水就要凶一点，每天碾子放水三次，是以住在沿溪下边的人忘了时间就去看溪里的水。

毛弟到了老虎峒的石壁下，让牛到溪去吃水。先没有上去，峒是在岩壁的半腰，上去只一条小路，他在下面叫：

“大哥！大哥！”

“大哥呀！大哥呀！”

像打锣一样，声音朗朗异常高，只有一些比自己声音来得更宏壮一点的回声，别的却没有。万万适间说的那岩鹰，昨天是在空中盘旋，此时依旧是在盘旋。在喊声回声余音歇憩后，就听到一只啄木鸟在“落落落落”敲梆梆。

“大哥呀！癞子大哥呀！”

有什么像在答应了，然而仍是回声学着毛弟声音的答应！

毛弟在最后，又单喊“癞子”，喊了十来声。或者癞子睡着了。一些小的山雀全为这声音惊起，空中的鹰也像为了毛弟喊声吓怕了，盘得更高了。若说是睡可难令人相信的。

或者癞子睡着了。一些小的山雀全为这声音惊起，空中的鹰也像为了毛弟喊声吓怕了，盘得更高了。

“他知道我在喊他，故意不作声。”毛弟想。

毛弟就慢慢从那小路走，一直走到万万说的那一堆乱石头处时，不动了。他就听。听听是不是有什么人声音。好久好久全是安静的。的确是有岩鹰儿子在咦咦地叫，但是在对面高高的石壁上，又听到一个啄木鸟的擂梆梆，这一来，更像冷静得有点怕人了。

毛弟心想，或者上面出了什么事，或者癫子简直是死了。心思在划算，不知上去还是不上去。也许癫子就是在峒里为另一个癫子杀死了。也许癫子自己杀死了。……“还是要上去看看”，他心想，还是要看看，青天白日鬼总不会出现的。

爬到峒口了，先伸头进去。这峒是透光，干爽，毛弟原先看牛时就是常到的。不过此时心就有点怯。到一眼望尽峒中一切时，胆子复原了。里面只是一些干稻草，不见人影子。

“大哥，大哥。”他轻轻地喊。没有人，自然没有应。

峒内有人住过最近才走那是无疑的。用来做床的稻草，和一个水罐，罐内大半罐的新鲜冷溪水，还有一个角落那些红薯根，以及一些撒得满地虽萎谢尚未全枯的野月季花瓣，这些不仅证明是有人住过，毛弟从那罐子的式样认出这是自己家中的东西，且地上的花也是一个证，不消说，癫子是在这峒内独自做了几天客无疑了。

“为什么又走了去？”

毛弟总想不出这奥妙。或者是，因为昨天已为万万知道，恐怕万万告给家里人来找，就又走了吗？或者是，被另外那个人邀到别的山峒里去了吗？或者是，妖精吃了吗？

峒内不到四丈宽，毛弟一个人，终于越想越心怯起来。想又想不出什么理由，只好离开了山峒，提了那个水罐子赶快走下石壁骑牛转回家中。

二

“娘娘，有人见到癫子大哥了！”毛弟在进院子以前见了他妈在坪坝里喂鸡，就在牛背上头嚷。

娘是低了头，正把脚踢那大花公鸡，“援助弱小民族”啄食糠拌饭的。

听到毛弟的声音，娘把头一抬，走过去。“谁见到癫子？”

那匹鸡，见到毛弟妈一走，就又抢拢来，余下的鸡便散开。毛弟义愤心顿起，跳下牛背让牛顾自进栏去，也不即答娘的话，跑过

去，就拿手上那个水罐子一摆，鸡只略退让，还是顽皮独自低头啄吃独行食。

“来，老子一脚踢死你这扁毛畜生！”

鸡似乎知趣，就走开了。

“毛弟你说是谁见你癫子大哥？”

“是万万，”毛弟还怕娘又想到前村那个大万万，又补上一句，“是寨西那个小万万。”

为了省得叙述起见，毛弟把从峒里拿回的那水罐子，展览于娘的跟前。娘拿到手上，反复看，是家中的东西无疑了。

“这是你哥给万万的吗？”

“不，娘，你看看，这是不是家中的？”

“一点不会错。你瞧这用银藤缠好的提把，是我缠的！”

“我说这是像我们家的。是今天，万万同我放牛放到白石冈，万万同我说，他说昨天他到碾坝上叔叔处去取老糠，打从老虎峒下过，因为找岩鹰，无意上到峒口去，听到有人在峒里说笑，再听听，是癫子。一会看到癫子了，癫子不知何故发了气，不准他上去，且搬石块子，说是要把他打死。我听到，我刚才就赶去爬到峒里去，人已不见了，就是这个罐子，同一些乱草，一些红薯皮。”

娘只向空中作揖，感谢这消息，证明癫子是有了着落，且还平安清吉在境内。

左图：

“娘娘，有人见到癫子大哥了！”毛弟在进院子以前见了他妈在坪坝里喂鸡，就在牛背上头嚷。

右图：

娘拿到手上，反复看，是家中的东西无疑了。“这是你哥给万万的吗？”

毛弟末尾说："我敢断定他这几天全在那里住，才走不久的。"

这自然是不会错，罐子同做卧具的干草，已经给证明，何况昨天万万还亲眼明明见到癫子呢？

毛弟的娘这时一句话不说，我们暂时莫理这老人，且说毛弟家的鸡。那只花公鸡乘到毛弟回头同妈讲话时，又大大方方跑到那个废碌碡旁浅盆子边把其他的鸡群吓走了。它为了自夸胜利还咯咯地叫，意在诱引女性近身来。这种声音是极有效的，不一会，就有几只母鸡也在盆边低头啄食了。

毛弟回了头，咤喝一声："好混账东西！"奔过去，脚还不着身，花鸡就逃了。那不成，逃也不成，还要追。

没有空，毛弟是在同娘说话，抱不平就不能打了，但是见娘在作揖，毛弟回了头，咤喝一声："好混账东西！"奔过去，脚还不着身，花鸡就逃了。那不成，逃也不成，还要追。鸡忙着飞上草积上去了，毛弟爬草积。其余的鸡也顾不得看毛弟同花鸡作战了，一齐就奔集到盆边来聚餐。

要说出毛弟的妈是怎样的欢喜，是不可能的事情。太难了，尤其是毛弟的妈这种人，就是用颜色的笔来画，也画不出的。这老娘子为了癫子的下落，如同吃了端午节羊角粽，久久不消化一样；这类乎粽子的东西，横在心上已五天。如今的消息，却是一剂午时茶，一服下，心上东西就消融掉了。

一个人，一点事不知，平白无故出门那么久，身上又不带有钱，性格又是那么疯疯癫癫像代宝（代宝是著名的疯汉），万一一时头脑发了迷，凭癫劲，一直向那自己亦莫名其妙的辽远地方走去，是一件可能的事情！或者，到山上去睡，给野狗豹子拖了也说不定！或者，夜里随意走，无心掉下一个地窟窿里去，也是免不了的危险！癫子自从癫了后，悄悄出门本来是常有的事。为了看桃花，走一整天路；为了看木人头戏，到别的村子住的夜：这是过去的行为。但一天，或两天，自然就又平安无事归了家，是一定。因有了先例，毛弟的妈对于癫子的行动，是并不怎样不放心。不过，四天呢？五天呢？——若是今天还不得消息，以后呢？在所能想到的意外祸事是至少有一件已落在癫子头上了。倘若是命运菩萨当真是要那么办，作弄人，毛弟的妈心上那块积痞就只有变成眼泪慢慢流尽的一个方法了。

在峒里，老虎峒，离此不过四里路，就像在眼前，远也只像在对门山上，毛弟的妈释然了。毛弟爬上草积去追鸡，毛弟的妈便用手摩挲那个水罐子。

毛弟擒着了鸡了，鸡懂事，知道故意咖呵咖呵拖长喉咙喊救命。

“毛毛，放了它吧。”

妈是昂头视，见到毛弟得意扬扬的，一只手抓鸡翅膊，一只手捏鸡喉咙，鸡在毛弟刑罚下，叫也叫不出声了。

“不要捏死它，可以放得了！”

听妈的话开释了那鸡，但是用力向地上一掼，这花鸡，多灵便，在落地以前，还懂得怎样可以免得回头骨头疼，就展开翅子，半跌半飞落到毛弟的妈身背后。其他的鸡见到这恶霸已受过苦了，怕报仇，见到它来就又躲到一边瞧去了。

毛弟想跳下草积，娘见了，不准。

“慢慢下，慢慢下，你又不会飞，莫让那鸡见你跌伤脚来笑你吧。”

毛弟变方法，就势溜下来。

“你是不是见到你哥？”

“我告你不的。万万可是真见到。”

“怕莫是你哥见你来才躲藏！”

“不一定。我明天一早再去看，若是还在那里，想来就可找到了。”

毛弟的妈想到什么事，不再作声。毛弟见娘不说话，就又过去追那一只恶霸鸡。鸡怕毛弟到极点，若是会说话，可断定它愿意喊毛弟做祖宗。鸡这时又见毛弟追过来，尽力举翅飞，飞上大门楼屋了。毛弟无法对付了，就进身到灶房去。

毛弟的妈跟到后面来，笑笑的，走向烧火处。

这是毛弟家中一个顶有趣味的地方。一切按照习惯的铺排，都完全。这间屋，有灶，有桶，有大小缸子，及一切木陶器皿，为毛弟的妈将这些动用东西处理得井井有条，真有说不出的风味在。一个三眼灶位置在当中略偏左一点，一面靠着墙，墙边一个很大砖烟囱。灶旁边，放有两个大水缸、三个空木桶、一个碗柜、一个悬橱。墙壁上，就是那为历年烧柴烧草从灶口逸出的烟子熏得漆黑的墙上，悬挂各式各样的铁铲，以及木棒槌、木杈子。屋顶梁柱上，椽皮上，垂着十来条烟尘带子像死蛇。还有些木钩子——从那梁上用葛藤捆好垂下的粗大木钩子，都上了年纪，已不露木纹，色全黑，已经分不出是茶树是柚子木了。（这些钩子是专为冬天挂腊肉同干野猪肉山羊肉一类东西的，到如今，却只用来挂辣子篮了。）还有猪食桶，是在门外边，虽然不算灶房以内的陈设，可是常常总从那桶内发挥一些糟味儿到灶房来。还有天窗，在房屋顶上，大小同一个量谷斛一样，一到下午就有一方块太阳从那里进到灶房来，慢慢地移动，先是伏在一个木桶上，接着就过水缸上，接着就下地，一到冬天，还可以到灶

这地方，是毛弟的游艺室，又是各样的收藏库，一些权利，一些家产（毛弟个人的家产，如像蛐蛐罐、钓竿、陀螺之类）全都在此。

口那烧火凳上停留一会儿。这地方，是毛弟的游艺室，又是各样的收藏库，一些权利，一些家产（毛弟个人的家产，如像蛐蛐罐、钓竿、陀螺之类）全都在此。又可以说这里原是毛弟一个工作室，凡是应得背了妈做的东西，拿到这来做，就不会挨骂。并且刀凿全在这里，要用烧红的火箸在玩具上烫一个眼也以此处为方便。到冬天，坐在灶边烧火烤脚另外吃烧栗子自然最便利，夏天则到那张老的大的矮脚烧火凳上睡觉又怎样凉快！还有，到灶上去捕灶马，或者看灶马散

薯装满一钵，还有剩，剩下的，就把毛弟肚子装。娘笑了，要慢装一点，免服急了不消化。

步——总之，灶房对于毛弟是太重要了。毛弟到外面放牛，倘若说那算受自然教育，则灶房于毛弟，便可以算是家庭教育的课室了。

我且说这时的毛弟。锅内原是蒸有一锅红薯，熟透了，毛弟进了灶房就到锅边去，甩起锅盖看。毛弟的妈正于此时在灶腹内塞进一把草，用火箸一搅，草燃了，一些烟，不即打烟囱出去，便从灶口冒出来。

"娘，不用火，全好了。"

娘不作声。她知道锅内的薯已不用加火，便已熟了的。她想别一事。在癫子失踪几日来，这老娘子为了癫子的平安，曾在傩神面前许了一匹猪，约在年底了愿心；又许土地夫妇一只鸡，如今是应当杀鸡供土地的时候了。

"娘，不要再热了，冷也成。"

毛弟还以为妈是恐怕薯冷要加火。

"毛毛你且把薯装到钵里去，让我热一锅开水。我们今天不吃饭。剩下现饭全已喂鸡了。我们就吃薯。吃了薯，水好了，我要杀一只鸡谢土地。"

"好，我先去捉鸡。"那花鸡专横的样子，在毛弟眼前浮起来。毛弟听到娘说要杀一只鸡，想到一个处置那恶霸的方法了。

"不，你慢点。先把薯铲到钵里，等热水，水开了，再捉去，就杀那花鸡。"

妈也赞成处置那花鸡使毛弟高兴。真所谓"强梁者不得其死"。又应了"众人所指无病而死"那句话。花鸡遭殃是一定了。这时的花鸡，也许就在眼跳心惊吧。

妈吩咐，用铲将薯铲到钵里去。就那么办，毛弟便动手。薯这时已不很热了，一些汁已成糖，锅子上已起了一层糖锅巴。薯装满一钵，还有剩，剩下的，就把毛弟肚子装。娘笑了，要慢装一点，免服急了不消化。

是的，这老娘子生有一对能做工的手，手以外，还有一双翻山越岭的大脚，也是可贵的！

三

毛弟的妈就是我们常常夸奖那类可爱的乡下伯妈样子的，会用藠头做酸菜，会做豆腐乳，会做江米酒，会捏粑——此外还会做许多吃货，做得又干净，又好吃。天生着爱洁净的好习惯，使人见了不讨厌。身子不过高，瘦瘦的。脸是保有为干净空气同不饶人的日光所炙成的健康红色的。年四十五岁，照规矩，头上的发就有一些花的白的了。装束呢，按照湖南西部乡下小富农的主妇章法，头上不拘何时都搭一块花格子布帕。衣裳材料冬天是棉，夏天是山葛同苎麻，颜色冬天用蓝青，夏天则白的——这衣服，又全是家机织成，虽然粗，却结实。袖子平时是十九卷到肘以上，那一双能推磨的强健的手腕，便因了裸露在外同脸是一个颜色。是的，这老娘子生有一对能做工的手，手以外，还有一双翻山越岭的大脚，也是可贵的！人虽近中年，却无城里人的中年妇人的毛病，不病，不疼，身体纵有小小不适时，吃一点姜汤，内加上点胡椒末，加上点红糖，乘热吃下蒙头睡半天，也就全好了。腰是硬朗的，这从每天必到井坎去担水可以知道的。说话时，声音略急促，但这无妨于一个家长的尊严。脸庞上，就是我说的那红红的瘦瘦的脸庞上，虽不像那类在梨林场上一带开饭店的内掌柜那么永远有笑涡存在，不过不拘一个大人一个小孩见了这妇人，总都很满意。凡是天上的神给了中国南部接近苗乡一带乡下妇人的美德，毛弟的妈照例也得了全份。譬如像强健，像耐劳，像俭省治家对外复大方，在这个人身上全可以发现。她说话的天才，也并不缺少。我说的“全份”，真是得了全份了。

自从毛弟的爹因了某年的时疫，死到田里后，这妇人还只三十五岁，即便承担了命运为派定一个寡妇应有的担子。好好地埋葬了丈夫，到庙中念了一些经，从眼里流了一些泪，带了三年孝，才把堂屋中丈夫的灵座用火焚化了。毛弟的爹死了后，做了一家之主的她，接手过来管理着一切：照料到田地，照料到儿子，照料到栏里的牛，照料到菜猪和生卵的一群鸡。许多事，比起她丈夫在生时节勤快得多了。对于自己几亩田，这老娘子都不把它放空，督着长工好好地耕种，天旱雨打不在意。期先预备着了款，按时缴纳衙门的粮赋。每月终，又照例到保董处去缴纳地方团防捐。春夏秋冬各以其时承受一点小忧愁，同时承受一些小欢喜，又随便在各样忧喜事上流一些眼泪。一年将告结束时，就请一个苗巫师来到家里，穿起绣花衣裳，打锣打鼓还愿为全家祝福。——就这样，到如今，快十年了，一切依然一样，而自己，也并不曾老许多。

至于癫子怎样忽然就癫了呢？怎么就癫这难说。这是一桩大疑案，全大坳人不能知，伍娘也不知。

十年来，一切事情是一样，这是说，毛弟的妈所有的工作，是一个样子，一点都不变。然而一切物，一切人，已全异——纵不全，变得不同的终是太多了。毛弟便是变得顶不相同的一个人。当时毛弟做孝子那年，毛弟还只是两岁，戴纸冠就不知道戴的为哪一个人。到如今，加上是十年，已成半大孩子了。毛弟家癫子，当时亦只不过十二岁，并不痴，伶精得如同此时毛弟一模样，终日快快活活地放牛，耕田插秧晒谷子时候还能帮点忙，割穗时候能给长工送午饭。会用细篾织鸡罩；鸡罩织就又可拿了去到溪里捉鲫鱼。会制簟席，会削木陀螺，会唱歌，有时还会对娘发一点脾气，给娘一些不愉快（这最后一项本领，直到毛弟长大懂得同娘作闹以后才变好，但是同时也就变痴变呆了）。其他呢，毛弟家中栏内耕牛共换了三次，猪圈内，养了八次小菜猪，鸡下的蛋是简直无从计算卵的数，屋前屋后的树也都变大到一抱以外。倘若是毛弟的爹是出远门一共出十年，如今归来看看家，一样都会不认识，只除了毛弟的娘，其他当真都会茫然！

至于癫子怎样忽然就癫了呢？

怎么就癫这难说。这是一桩大疑案，全大坳人不能知，伍娘也不知。伍娘就是毛弟妈在大坳村子里得来的尊称，全都这样喊她，老的是，少的是，伍娘正像全村子人的姑母呀。癫子癫，据巫师说，他是非常清楚的（且有法术可禳解）。为了得罪了霄神，当神撒过尿，骂过神的娘，神一发气人就癫了。但霄神在大坳地方，即以巫师平时的传说，也只谓能生人死人给人以祸福的，使人癫，又像似乎非神本领办得到。且如巫师言，禳是禳解了，还是癫（以每年毛弟家中谷米收成人畜安宁为证据，神有灵，又像早已同毛弟家议了和），这显然知道癫子之所以癫另有原因了。

在伍娘私自揣度下，则以为这只是命运，如同毛弟的爹必定死在田里一个样，原为命运注定的。使天要发气，对一个正派人家的儿女，作弄得成了癫子，过错不是毛弟的哥哥，也不是父亲，也不是祖先，全是命运。诚然的，命运这东西，有时作弄一个人，更残酷无情的把戏也会玩得出。平空使你家中无风兴浪出一些怪事，这是可能的，常有的。一个忠厚老实人，一个纯粹乡下做田汉子，忽然碰官事，为官派人抓去，强说是与山上强盗有来往，要罚钱，要杀头，这比霄神来得还威风，还无端，大坳人认这是命运。命运不太坏，去了钱，救了人，算罢了。否则更坏也只是命运，没办法。命里是癫子，神也难保佑，因此伍娘在积极方面，也不再设法，癫子要癫就任他去了。幸好癫子是文癫，他平白无故又不闹过人。乡下人不比城里人聪明，也不会想方设法来作弄癫子取乐，所以也见不出癫子是怎样不幸。

关于癫子性格，我想也有来说几句的必要。普通癫子是有文武之分的；如像做官一个样，也有文有武。杀人放火高声喝骂狂歌痛哭不顾一切者，这属于武癫，很可怕。至于文癫呢？老老实实一个人寂寞活下来，与一切隔绝，似乎感情关了门，自己有自己一块天地在，

幸好癫子是文癫，他平白无故又不闹过人。乡下人不比城里人聪明，也不会想方设法来作弄癫子取乐，所以也见不出癫子是怎样不幸。

少同人说话。别人不欺凌他他是很少理别人，既不使人畏，也不搅扰过鸡犬。他又依然能够做他自己的事情，砍柴割草不会懒，看牛时节也不会故意放牛吃别人的青麦苗。他的手，并不因癫把推磨本事就忘去；他的脚，舂碓时力气也不弱于人。他比平常人要任性一点，要天真一点，（那是癫子的坏处？）他因了癫有一些乖僻，平空多了些无端而来的哀乐，笑不以时候，哭也很随便。他凡事很大胆，不怕鬼，不怕猛兽。爱也爱得很奇怪，他爱花，爱月，爱唱歌，爱孤独向天。大约一个人，有了上面的几项行为，就为世人目为癫子也是常有的事罢。实在说，一个人，就这样癫了，于社会既无损，于家中，也就不见多少害处的。如果世界上，全是一些这类人存在，也许地方还更清静点，是不一定的。有些癫，虽然属于文，不打人，不使人害怕，但终免不了使人讨嫌，“十个癫子九个脏”，这话很可靠。我们见到的癫子，头发照例是终年不剃，身上褴褛得不堪，虱婆一把一把抓，真叫人作呕。毛弟家癫子，可与这两样，是有例外脾气的。他是因了癫，反而一切更其讲究起来了。衣衫我们若不说它是不合，便应当说它是漂亮。他懂得爱美。布衣葛衣洗得一崭新。头发剃得光光同和尚一样。身边前襟上，挂了一个铜铗子（这是本乡团总保董以及做牛场经纪人的才有的装饰）。铗的用处是无事时对到一面小镜拔胡须。癫子口袋中，就有那么一面圆的小的背面有彩画的玻璃镜！癫子不吃烟，又没同人赌过钱，本来这在大坳人看来，也是以为除了不是癫子以外不应有的事。

这癫子，在先前，还不为毛弟的妈注意时，呆性发了失了一天踪。第二天归来，娘问他：

“昨天到什么地方去了？”

他却说：“听人说棉寨桃花开得好，看了来！”

棉寨去大坳，是二十五里，来去要一天，为了看桃花，去看了，还宿了一晚才转来！先是不能相信。到后另一次，又去两整天，回头说是赶过尖岩的场了，因为那场上卖牛的人多，有许多牛很好看，故去了两天。大坳去尖岩，来去七十里，更远了。然而为了看牛就走那么远的路，呆气真够！娘不信，虽然看到癫子脚上的泥也还不肯信。到后来问到向尖岩赶场做生意的人，说是当真见到过癫子，娘才真信家中有了癫子了。从此以后因了走上二十里路去看别的乡村为土地生日唱的木人戏，竟一天两天不归，成常事。娘明白他脾气后，禁是不能禁，只好和和气气同他说，若要出门想到什么地方去玩时，总带一点钱，有了钱，可买各样的东西，想吃什么有什么，只要不受窘，就随他意到各处去也不用担心了。

大坳村子附近小村落，一共数去是在两百烟火以上的。管理地方一切的，天王菩萨居第一，霄神居第二，保董乡约以及土地菩萨居第三，场上经纪居第四：只是这些神同人，对于癫子可还没能行使其威严。癫子当到高的胖的保董面前时，亦同面对一株有刺的桐树一样，树那么高，或者一头牛，牛是那么大：只睁眼来欣赏，无恶意地笑，看够后就走开了。癫子上庙里去玩，奇怪大家拿了纸钱来到此烧，又不是字纸。还有煮熟了的鸡，撒了白的盐，热热的，正好吃，人都不吃倒摆到这

左图：

大坳去尖岩，来去七十里，更远了。然而为了看牛就走那么远的路，呆气真够！

右图：

癫子上庙里去玩，奇怪大家拿了纸钱来到此烧，又不是字纸。还有煮熟了的鸡，撒了白的盐，热热的，正好吃……

土偶前面让它冷，这又使癫子好笑。大坳的神大约也是因了在乡下长大，很朴实，没有城中的神那样的小气，因此才不见怪于癫子。不然为了保持它尊严，也早应当显一点灵于这癫子身上了吧。

大坳村子的小孩子呢？人人欢喜这癫子，因为从癫子处可以得到一些快乐的缘故。癫子平常本不大同人说话，及与小孩在一块，马上他就有说有笑了。遇到村里唱戏时，癫子不厌其烦来为面前一些孩子解释戏中的故事。小孩子跟随癫子的，还可以学到许多俏皮的山歌，以及一些好手艺。癫子在村中，因此还有一个好名字，这名字为同村子大叔婶婶辈当到癫子来叫喊，就算大坳人的嘲谑了，名字乃是“代狗王”。代狗王，就是小孩子的王，这有什么坏？

四

大坳村子里的小孩子，从七岁到十二岁，数起来，总不止五十。这些猴儿小子在这一个时期内，是不是也有城市人所谓智慧教育不？有的。在场坪团防局内乡长办公地的体面下，就曾成立了一区初级小学的。学校成立后学生也并不是无来源，如那村中执政的儿子、庙祝的儿子，以及中产阶级家中父老希望本宗出个圣贤的儿子，由一个当前清在城中取过一次案首民国以来又入过师范讲习所的老童生统率，终日在团防局对面那天王庙戏楼上读新国文课本，蛮热闹。但学生数目还不到儿童总数五分之一分，并且有两个还只是六岁。余下的怎样？难道就是都像毛弟一样看牛以外就只蹲到灶旁用镰刀砍削木陀螺？在大坳学校以外还有教育的，倘若是我们拿学校来比譬僧侣贵族教育，则另外还有所谓平民的武士教育在。没有固定的须乡中供养的教师，也不见固定的挂名的学生，只是在每一天下午吃了晚饭后，在去场头不远一个叫做猫猫山的地方，这里有那自然的学校，是这地方儿童施以特殊教育的地点。遇到天雨便是放学时。若天晴，大坳村里小孩子，就是我所举例说是从七到十二岁的小猴儿崽子，至少有三十个到此。还有更小的。还有更大的。又还有娘女们，抱了三岁以下的小东西来到这个地方的。那些持着用大羊奶子树做的烟杆由他孙崽子领道牵来的老人，那些曾当过兵颈项上挂有银链子还配着崭新黄色麂皮抱肚的壮士，那些会唱山歌爱说笑话的孤身长年，那些懂得猜谜的精健老娘子，全都有。每一个人发言，每一个人动作，全场老少便都成了忠实的观众与热心的欣赏者；老者言语行为给小孩子以人生的经验，小孩子相打相扑给老年人以喜剧的趣味。这学校，究竟创始了许多年？没有人知道。不过很明白的是，如今已得靠小孩牵引来到这坪里的老头儿，当年做小孩时却曾在此玩大的，至少是，比天王庙小学生的年龄，总老过了十倍了。

感谢天，特为这村里留下一些老年人，由这些老年人口中，可以知道若干年前打长毛的故事。

每一天当太阳从寨西大土坡上落下后，这里就有人陆续前来了。住在大坳村子里的人，为了抱在手上的小孩嚷着要到猫猫山去看热闹，特意把一顿晚饭提早吃，也是常有的事情。保董有时宣布他政见，也总选这个处所。要探听本村消息，这里是个顶方便地方。找巫师还愿，尤其是除了到这里来找他那两个徒弟以外，让你打锣喊也白费神。另一个说法，这里是民众剧场，是地方参事厅，单说是学校，还不能把它的范围括尽！

到了这里有些什么样的玩意儿？多得很。感谢天，特为这村里留下一些老年人，由这些老年人口中，可以知道若干年前打长毛的故事。同辈硕果仅存是老年人的悲哀。因了这些故事的复述，眼看到这些孙曾后辈小小心中为给注入本村光荣的梦以后的惊讶，以及因此而来的人格的扩张，老年人当到此时节，也像即刻又成了壮年奋勇握刀横槊的英雄了。那些退伍的兵呢，他们能告给人以一些属于乡中人所知以外奇怪有趣的事迹，如像草烟作兴卖到一块钱一枚，且未吃以前是用玻璃纸包好。又能很大方地拿出一些银角子来做小孩子打架胜利的奖品。这小小白色圆东西，便是这本村壮士从湖北省或四川省

这里毛弟家的癫子大哥是一个重要人物，那是不问可知的。

归来带回的新闻。一个小孩子从这银角子上头就可以在脑子中描写一部英雄史，一个小孩子从这银角子上头也可以做着无涯境的梦。这小东西的休息处，是那伟大的人物胸前崭新的黄色麂皮抱肚中。当到一个小孩把同等身材孩子扑倒三次以上时，就成那胜利武士的奖品了。

遇到唱山歌时节，这里只有那少壮孤身长年的份。又要俏皮，又要逗小孩子笑，又同时能在无意中掠取当场老婆子的眼泪与青年少女的爱情的把戏，算是长年们最拿手的山歌。得小孩们山莓红薯一类供养最多的，是教山歌的师傅。把少女心中的爱情的火把燃起来，山歌是像引线灯芯一类东西。（艺术的地位，在一个原始社会里，无形中已得到较高安置了。）这些长年们，同一只阳雀样子自由唱他编成的四句齐头歌，可以说是他在那里施展表现“博取同情的艺术”，以及教小孩子以将来对女子的“爱的技术”。

猜谜呢，那大多数是为小女孩预备的游戏。这是在训练那些小小头脑，以目中所习见的一切的物件用些韵语说出来，男小子是不大相宜于这事情的。

男小孩子是来此缠腰，打斤斗，做蛤蟆吃水，栽天树，做老虎伸腰，同到各对各地打平和架。选出了对子，在大坪坝内，当到公证人来比武，那是这里男小子的唯一的事业，从这训练中，养成了强悍的精神以外，还给了老年人以愉快。

如今是初夏，这晚会，自然比天气还冷雨又很多的春天要热闹了许多！

这里毛弟家的癫子大哥是一个重要人物，那是不问可知的。癫子到这种场上，曾用他的一串山歌制伏许多年青人，博得大家的欢喜。他又在男孩比武上面立了许多条规则。当他为一个公证人时总能按到规则办，这尤显出他那首领的本事。他常常花费三天四天工夫用泥去抟一个张飞武松之类的英雄像，拿来给那以小敌大竟能出奇制胜的孩子。这一来，癫子在这一群人中间，“代狗王”是不做也不成了。把老人除开，看谁是这里孩子们的真真信服拥戴的领袖，只有癫子配！只要间上一天癫子不到猫猫山，大家便忽然会觉得冷淡起来了。癫子自己对于这地方，所感到的趣味当然也极深。

自从癫子失踪一连达五天以上，到最近，又明知道附近一二十里村集并无一处在唱木头傀儡戏，大家到此时，上年纪一点的人物便把这事长期来讨论，据公意，危险真是不可免的事了。倘若是，哪

大家到此时，上年纪一点的人物便把这事长期来讨论，据公意，危险真是不可免的事了。

一个人能从别一地方证实癞子是已经死亡，则此后猫猫山的晚上集会真要不知怎样的寂寞！大家为了怀想这“代狗王”的下落，便把到普通集会程序全给混乱了。唱歌的缺少了声音，打架的失去了劲帮，癞子这样的一去无踪真是给了大坳儿童以莫大损失。

上两天，许多儿童因了癞子无消息，就不再去猫猫山，其中那个住在寨西小万万，就有份。昨天晚上却是万万同到毛弟两人都不曾在场，癞子消息就不曾露出，如今可为万万到猫猫山把这新闻传遍了。大家高兴是自然的事。大家断定不出一两天，癞子总就又会现身出来了。

当毛弟为他娘扯着鸡脚把那花鸡杀死后，一口气就跑到猫猫山去告众人喜信。

“毛弟哎，毛弟哎，你家癞子有人见到了！”

毛弟没有到，别人见到毛弟就是那么大声高兴嚷，万万却先毛弟到了场，众人不待毛弟告，已先得到信息了。

毛弟走到坪中去，一众小孩子是就像一群蜂子围拢来。毛弟又把今天到峒中去的情形，告给大众听。大众手拉着手围到毛弟跳团团，互相纵声笑，庆祝大王的生存无恙。孩子们中有些欢喜得到坪里随意乱打滚，如同一匹才到郊野见了青草的小马。毛弟恐怕癞子会正当此时转家，就不贪玩先走了。

场里其他大小老少众人讨论了癞子一阵过后，大众便开始来玩着各样旧有的游戏，万万便把昨天上老虎峒去听到癞子躲在峒中所唱的歌及复唱给大众听。照例是用拍掌报答这唱歌的人。一众全鼓掌，万万今天可就得到一些例外光荣了。

“万万我妹子，你是生得白又白。”

万万听到有人在谑他，忙回头，回头却不明话语的来源，又不好单提某人出面来算账，只作不曾听到这丑话，仍然唱他那新歌。

“万万，你看谁个生得黑点谁就是你哥！”

刚刚走到傩巴身边时，猛伸手来扳着傩巴的肩只一掼，闪不知脚还是那么一拐，傩巴就拉斜跌倒，大众哄然笑。

万万不再回头也就听出这是顶憨赖的傩巴声音了。故作还不注意的万万，并不停止他歌喉，一面唱，一面斜斜走过去，刚刚走到傩巴身边时，猛伸手来扳着傩巴的肩只一掼，闪不知脚还是那么一拐，傩巴就拉斜跌倒，大众哄然笑。

傩巴爬起便扑到万万身上，想打个猛不知，但精伶便捷的万万只一让，加上是一掌，傩巴便又给人放倒到土坪上了。

傩巴可不爬起了，只在地下蓄力想乘势骤抱万万的脚杆。

“起来吧，起来吧，看这个！”一个退伍副爷大叔从他皮兜子内夹取一个银角子，高高举起给傩巴助威。傩巴像一匹狮子，一起身就缠着万万的腰身。

在一些星子拥护业已打斜的上弦月的夜景中，大家俨然如同坐在一只大麻阳乌篷船上顺水下流的欢乐……

“黑小鬼，你跟老子远去罢。”万万身一摆，傩巴登不住，弹出几步以外又躺下了。

“爬起再来呀！看这里，是袁世凯呀！”袁世凯也罢，鲁智深也罢，今天的傩巴，成了被孙大圣痛殴的猪八戒，坐在地上只是哼，说是承认输。真是三百斤野猪，只是一张嘴，傩巴在万万面前除了嘴毒以外没有法宝可亮了。

大叔把那角子丢到半空去，又用手捉着。“好兄弟，这应归万万——谁来同我们武士再比拼一番吧。”

“慢一点，我也有份的！”不知是谁在土堆上故意来捣乱，始终又不见人下。

“来就来，不然我可要去吃夜饭去了。”因此才知万万原是空肚子来专门告众人的癫子消息的。

“慢一点，不忙！”但是仍然不见下。

不久，一个经纪家的长年唱起橹歌来，天是全黑了。在一些星子拥护业已打斜的上弦月的夜景中，大家俨然如同坐在一只大麻阳乌篷船上顺水下流的欢乐，小孩子们帮同吆喝打号子，橹歌唱到洞庭湖时，钩子样的月已下沉了。

五

虽然说，癫子本身有了下落，证明了他是还好好地活在这世界上面。但是不是在明天后天就便可以如所预料地归来？这无从估定。因此这癫子，依旧远远地走去，是不是可能的？在这事上毛弟的娘也是依然全无把握的。土地得了一只鸡，也正如同供奉母鸡一只于本地乡约一个样：上年纪的神，并不比那上年纪的人能干多少，就是有力量，凡事也都不大肯负责来做的。天若欲把这癫子赶到另一个地方去，未必就能由这老头子行使权势为把这癫子赶回！

但是，癫子当真可就在这时节转到家中了。

癫子睡处是在大门楼上头，因为这里比起全家都清静，他欢喜。又不借用梯，又不借用凳，癫子上下全是倚赖门柱旁边那木钉。当他归来时，村子里没一人见，到了家以后，也不上灶房，也不到娘房里去望望，他只悄悄的，鬼灵精似的，不惊动一切，便就爬上自己门楼上头睡下了。

当到癫子爬那门柱时，毛弟同到他娘正在灶房煮那鸡。毛弟家那只横强恶霸花公鸡，如今已在锅子中央为那柴火煮出油来了。鸡是白水煮，锅上有个盖，水沸了，就只见从锅盖边，不断绝地出白气，一些香，在那热气蒸腾中，就随便发挥钻进毛弟鼻子孔。

土地得了一只鸡，也正如同供奉母鸡一只于本地乡约一个样……

毛弟的娘是坐在那烧火矮凳上，支颐思索一件事，打量到癞子躲藏峒中数日的缘故，面部同上身为那灶口火光映得通红。

毛弟的娘是坐在那烧火矮凳上，支颐思索一件事，打量到癞子躲藏峒中数日的缘故，面部同上身为那灶口火光映得通红。毛弟满灶房打转，灶头一盏清油灯，便把毛弟影子变成忽短忽长移到四面墙上去。

“娘，七顺长工带了我们的狗去到新场找癞子，要几时才回？”

娘不答理。

“我想那东西，莫又到他丈人老那里去喝酒，醉倒了。”

娘仍不作声。

“娘，我想我们应当带一个信到新场去，不然癞子回来了以后，恐怕七顺还不知道，尽在新场到处托人白打听！”

娘屈指算各处赶场期，新场是初八，后天本村子里当有人过新场去卖麻，就说明天托万万家爹报七顺一个信也成。

毛弟没话可说了，就只守到锅边闻鸡的香味。毛弟对于锅中的鸡只放心不下，从落锅到此时甩开锅盖瞧看总不止五次。毛弟意思是非到鸡肉上桌他

娘说，不会的，水蛮多。但娘明白毛弟的心思，顺水划，就又在结尾说："你就揭开锅盖看看罢。"

用手去攫取膊腿那时不算完成他的敌忾心！

"娘，甩开锅盖看看吧，恐怕汤会快已干了哩。"

是第七次的提议。明知道汤是刚加过不久，但毛弟愿意眼睛不眏望到那仇敌受白水的熬煮。若是鸡这时还懂得痛苦，他会更满意！

娘说，不会的，水蛮多。但娘明白毛弟的心思，顺水划，就又在结尾说："你就揭开锅盖看看罢。"

这没毛鸡浸在锅内汤中受煎受熬的模样，毛弟看不厌。凡是恶人作恶多端以后会到地狱去，毛弟以为这鸡也正是下地狱的。

当到毛弟用两只手把那木锅盖举起时节，一股大气往上冲，锅盖边旁蒸起水汽像出汗的七顺的脸部一样，锅中鸡是好久好久才能见到的。浸了鸡身一半的白汤，还是沸腾着。鸡是平平爬伏到锅中，脚杆直杪杪的真像在泅水！

“娘，你瞧，这光棍直到身子煮烂还昂起个头！”毛弟随即借了铁铲作武器，去用力按那鸡的头。

“莫把它颈项摘断，要昂就让它昂吧。”

“我看不惯那样子。”

“看不惯，又盖上吧。”

听娘的吩咐，两手又把锅盖盖上了。但未盖以前，毛弟可先把鸡身弄成翻天睡，让火熬它的背同那骄傲的脑袋。

这边鸡煮熟时那边癫子已经打鼾了。

毛弟为娘提酒壶，打一个火把照路，娘一手拿装鸡的木盘，一手拿香纸，跟到火把走。当这娘儿两人到门外小山神土地庙去烧香纸，将出大门时，毛弟耳朵尖，听出门楼上头鼾声了。

“娘，癫子回来了！”

娘便把手中东西放去，走到门楼口去喊。

“癫子，癫子，是你不是？”

“是的，”等了一会又说，“娘，是我。”

声音略略有点哑，但这是癫子声音，一点不会错。

癫子听到娘叫唤以后，于是把一个头从楼口伸出。毛弟高高举起火把照癫子，癫子眼睛闭了又睁开，显然是初醒，给火眩曜着了。癫子见了娘还笑。

“娘，出门去有什么事？”

“有什么事？你瞧你这人，一去家就四五天，我哪里不托人找寻！你急坏我了。……”

这妇人，一面絮絮叨叨用高兴口吻抱怨着癫子，一面望到癫子笑。

癫子是全变了。头发像很乱，瘦了些。但此时的毛弟的娘可不注意到这些上面。

“你下来吃一点东西吧，我们先去为你谢土地，感谢这老伯伯为了寻你不知走了多少路！你不来，还得让我抱怨他不济事啦。”

毛弟同他娘在土地庙前烧完纸，作了三个揖，把酒奠了后，不问老年缺齿的土地公公嚼完不嚼完，拿了鸡就转家了。

娘听到楼上还有声息，知道癫子尚留在上面。“癫子，下来一会儿吧，我同你说话。这里有鸡同鸡汤，饿了可以泡一碗阴米。”

那个乱发蓬蓬的头又从楼上出现了，他说他并不曾饿。到这次，娘可注意到癫子那憔悴的脸了。

“你瞧你样子全都变了。我晌晚还才听到毛说你是在老虎峒住的。他又听到西寨那万万告把他，还到峒里把你留下的水罐拿回。你要到那里去住，又不早告我一声，害得我着急，你瞧娘不也是瘦了许多么？”

娘用手摩自己的脸时，娘眼中的泪，有两点，沿到鼻沟流到手背了。

癫子见到娘样子，总是不作声。

“你要睡觉么？那就让你睡。你要不要一点水？要毛为你取两个地萝卜好吗？”

“都不要。”

“那就好好睡，不要尽胡思乱想。毛，我们进去吧。”

娘去了，癫子的蓬乱着发的头还在楼口边，娘嘱咐，莫要尽胡思乱想，这时的癫子，谁知道他想的是些什么事？但在癫子心中常常就是像他这时头发那么杂乱无章次，要好好地睡，办得到？然而像一匹各处逃奔长久失眠的狼样的毛弟家癫子大哥，终于不久就为疲倦攻

“你要睡觉么？那就让你睡。你要不要一点水？要毛为你取两个地萝卜好吗？”“都不要。”

击，仍然倒在自己铺上了。

第二天，天还刚亮不久娘就起来跑到楼下去探看癫子，听到上面鼾声还很大，就不惊动他，且不即放埘内的鸡，怕鸡在院子中打架，吵了这正做好梦的癫子。

这做娘的老早到各处去做她主妇的事务，一面想着癫子昨夜的脸相，为了一些忧喜情绪牵来扯去做事也不成，到最后，就不得不跑到酒坛子边喝一杯酒了。

六

显然是，癫子比起先前半月以来憔悴许多了。本来就是略带苍白痨病样的癫子的脸，如今毛弟的娘觉来是已更瘦更长了。

毛弟出去放早牛未回。毛弟的娘为把昨夜敬过土地菩萨煮熟的鸡切碎了，蒸在饭上给癫子做早饭菜。

到吃早饭时，娘看癫子不言不语的样子，心总是不安。饭吃了一碗。娘顺手方便，为癫子装第二碗，癫子把娘装就的饭赶了一半到饭箩里去。

娘奇诧了。在往日，这种现象是不会有的。

“怎么？是菜不好还是有病？”

“不。菜好吃。我多吃点菜。”

虽说是多吃一点菜，吃了两个鸡翅膊，同一个鸡肚，仍然不吃了。把箸放下后，癞子皱了眉，把视线聚集到娘所不明白的某一点上面。娘疑惑是癞子多少身上总有一点小毛病，不舒服，才为此异样沉闷。

“多吃一点呀。”娘像逼毛弟吃出汗药一样，又在碗中捡出一片鸡胸脯肉掷到癞子的面前。

劝也不能吃，终于把那鸡肉又掷回。

“你瞧你去了这几天，人可瘦多了。”

听娘说是人瘦许多了，癞子才记起他那衣扣上面悬垂的铜铗，觉悟似的开始摸出那面小圆镜子夹扯嘴边的胡须，且对着镜子作惨笑。

娘见这样子，眼泪含到眶子里去吃那未下咽的半碗饭。娘竟不敢再细看癞子一眼，她知道，再看癞子或再说出一句话，自己就会忍不住要大哭了。

饭吃完了时，娘把碗筷收拾到灶房去洗，癞子跟到进灶房，看娘洗碗盏，旋就坐到那张烧火凳上去。

一旁用丝瓜瓤擦碗一旁眼泪汪汪的毛弟的娘，半天还没洗完一个碗。癞子只是对着他那一面小小镜子反复看，从镜子里似乎还能看见一些别的东西的样子。

“癞子，我问你——”娘的眼泪这时已经不能够再忍，终于扯了挽在肘上的宽大袖子在揩了。

癞子先是口中还在嘘嘘打着哨，见娘问他就把嘴闭上，鼓气让嘴成圆球。

“你这几天究竟到些什么地方去？告给你娘吧。”

“我到老虎峒。”

“老虎峒，我知道。难道只在峒

左图：

娘奇诧了。在往日，这种现象是不会有的。“怎么？是菜不好还是有病？”“不。菜好吃。我多吃点菜。”

右图：

“癞子，我问你——”娘的眼泪这时已经不能够再忍，终于扯了挽在肘上的宽大袖子在揩了。

内住这几天吗？”

“是的。”

“怎么你就这样瘦了？”

癫子可不再作声。

娘又说：“是不是都不曾睡觉？”

“睡了的。”

睡了的，还这样消瘦，那只有病了。但当娘问他是不是身上有不舒服的地方时，这癫子又总说并不曾生什么病。毛弟的娘自觉自从毛弟的爹死以后，十年来，顶伤心的要算这个时候了。眼看到这癫子害相思病似的精神颓丧到不成样子，问他却又说不出怎样，最明显的是在这癫子的心中，此时又正汹涌着莫名其妙的波涛，世界上各样的神都无从求助。怎么办？这老娘子心想十年劳苦的担子，压到脊梁上头并不会把脊梁压弯，但关于癫子最近给她的忧愁，可真有点无从招架了。

一向癫子虽然癫，但在那混沌心中包含着的像是只有独得的快活，没有一点人世秋天模样的忧郁，毛弟的娘为这癫子的不幸，也就觉得很少。到这时，她不但看出她过去的许多的委屈，而且那未来，可怕的、绝望的、老来的生活，在这妇人脑中不断地开拓延展了。她似乎见到在她死去以后别人对癫子的虐待，逼癫子去吃死老鼠的情形。又似乎见癫子为人把他赶出这家中。又似乎见毛弟也因了癫子被人打。又似乎乡约因了知事老爷下乡的缘故，到猫猫山宣告，要把癫子关到一个地方去，免吓了亲兵。又似乎……

天气略变了，先是动了一阵风，屋前屋后的竹子，被风吹得像是一个人在用力摇。接到不久就落了小雨。冒雨走到门外土坳上去喊了一阵毛弟回家的毛弟的娘，回身到了堂屋中，望着才从癫子身上脱下洗浣过的白小褂，悲戚地摇着头——就是那用花格子布作首巾包着杂白头发的头，叹着从不曾如此深沉叹过的气。

毛毛雨，陪到毛弟的娘而落的，娘是直到烧夜火时见到癫子有了笑容以后泪才止，雨因此也落了大半天。

毛毛雨，陪到毛弟的娘而落的，娘是直到烧夜火时见到癫子有了笑容以后泪才止，雨因此也落了大半天。

一九二七年六月作

说话时脸就发红，十分羞涩，在生人面前总显得不知如何是好神气。

王嫂

厨房中忽然热闹起来，问一问，才知道帮工王嫂的女儿来了。年纪十八岁，眼睛明亮亮的。梳一饼大大的发髻。脸圆圆的，嘴唇缩小如一个小烟荷包。头上搭了一片月蓝布，白腰围裙上绣了一朵大红花，还钉上一些小小红绿镜片。说话时脸就发红，十分羞涩，在生人面前总显得不知如何是好神气。问问王嫂，才知道女儿还刚出嫁五个月，丈夫在乡下作田，住在离昆明四十里乡下，穿的衣还是新娘子衣服。主人说："王嫂，你大姑娘到这里来是客，炒几个鸡蛋，留她吃饭去！"王嫂就望着那女儿痴笑："太太说留你吃饭，不要走！"女儿不说什么也笑着。一家大小知道王嫂有个好女儿，都来看看，都交口称赞王嫂福气好。

王嫂只是笑，做事更热心了一些。王嫂不特有个好女儿，还有个好儿子！儿子十二岁，已到城西区茶叶局服务当差，净挣十五块钱一个月。局里管教严，孩子长得干净清秀，穿上一件灰色制服，走路脱脱脱，见过的都说人有福气，相并不贱，长大了一定会是个有用处的人。王嫂怕他不学好，所以一来就骂骂，装成生气样子，要孩子赶快回去。孩子虽是唯一宝贝，可并不溺爱娇惯，行为还守规矩，并且从不胡乱花钱。

有一天，因为另外一个乡下人，带了些豆子来看王嫂，一面说一面抽抽咽咽。

王嫂因事离开了这个家约五个月，大约在别处主仆之间，感情不大好，到后又回到这里来了。在这一家中的工作是洗衣烧饭，间或同卖鸡蛋清毛房的乡下人嚷嚷，一切动机无不出于护主。为人性情忠诚而快乐，爱清洁，又惜物不浪费，所以在一家中极得力，受一家重视。这点重视为王嫂感觉到时，引起她的自尊心，凡事便更做得有条有理。

有一天，因为另外一个乡下人，带了些豆子来看王嫂，一面说一面抽抽咽咽。来人去后，问起一年前那个做新媳妇的女儿，才知道已在五个月前死掉了。来的就是那女儿的婆婆。女儿因为生产，在乡下得不到帮助，孩子生下地两天，女儿流血不止，家里人全下了

这家里同别的人家一样，有鸡，有狗，有猫儿。这些生物在家中各有一个相当的地位。这一切却统由王嫂照管……

田，想喝水不得水喝，勉强到厨房去喝了些水缸脚沉淀，第二天腹痛就死去了。孩子活了两个月，也死去了。经过这么大变故的王嫂，竟还是一切照常，用来稳定她的生命或感情的，原来是古人的“生死有命，富贵在天”八个字。她相信八字。

说起女儿死去情形时，她说：“他们忙着收麦子，大麦裸麦，用车子装满一车一车马拖着走，下田去了。我女儿要喝水，喝不到，把水缸脚水喝下肚，可怜，她嚷痛也痛，就死了！死了她男人哭，不许棺材抬出门。自己可要去做壮丁，抽签到头上，过盘龙寺当兵去！现在江西南昌打日本人，生死有命。”

吃晚饭时，王嫂加上一碗新鲜蚕豆，原来就是白天那亲家送来的。亲家是女儿的婆婆。所以两人说起时，心酸酸的，眼睛湿莹莹的，都念着女儿。相对说了一阵又沉默一阵。可是女儿早已腐烂了。

王嫂女儿虽死了，儿子却好好的。一个月必来看看她，就便把工薪缴上，王嫂另外送他两块钱作零用。

这家里同别的人家一样，有鸡，有狗，有猫儿。这些生物在家中各有一个相当的地位。这一切却统由王嫂照管，和照料托儿所顽童差不多，常骂骂喝喝，可是却充满了一种母亲温爱。

把午饭开过，碗盏洗理清楚后，王嫂在大院中喂鸡，看鸡吃食。看见横蛮霸道的大公鸡欺侮小母鸡时，好像有点“物伤其类”情感，就追着那公鸡踢一脚，一面骂着：“你个良心不好的扁毛畜生，吃多少！我要打死你。”公鸡还是大模大样不在乎，为的是这扁毛畜生，已认识了王嫂实在是个“好人”。公鸡是哲学教授老金寄养下来的。每天大清早，家中小黑狗照例精神很好，无伴侣可以相互追逐取乐，因此一听公鸡伸长喉咙鸣叫，就似乎有点恶作剧，必特意来追逐公鸡玩。这种游戏自然相当激烈，公鸡不大受得了。因此这庄严生物，只好一面奔跑一面咖呵咖呵叫唤，表示对这玩笑并不同意，且盼望有人来援救出险。这种声唤自然引起了一家人的关心，但知道是小狗恶作剧，总不理会；到后真正来援救解围的，照例只有王嫂一人。

那时节王嫂也许已经起床，在厨房烧水了，就舞起铁火钳出来赶狗，同小狗在院中团团打转。也许还未起床，等于被小狗闹到自己头上，必十分气愤的，从房中拿了一根长竹竿出来打狗。这支竹竿白天放在院子中晒晾衣服，晚上特意收进房中，预备打狗。小狗虽聪明懂事，食料既由王嫂分配，对王嫂也相当敬畏，并且眼见那支竹竿是王嫂每天打它用的。只是大清早实在太寂寞了，精神兴趣又特别好，必依然折磨折磨大公鸡，自己也招来两下打，因此才好像一个顽皮孩子一般，搭搭讪讪跑到墙角去撒一泡尿，再不胡闹。尽管挨

事情永远做不完，可并不使她懊恼。一面搓衣一面间或还用本地花灯调子唱唱歌，喉咙窄，声调十分悦耳。

骂，挨打，小狗心中还是清楚明白，一家中惟有王嫂最关心它。

王嫂每天照例先喂狗，后喂鸡。狗吃饱后就去廊下睡觉。喂完了鸡，向几只鸡把手拍拍，表示所有东西完了完了，那几只鸡也就走过大尤加利树下刨沙土玩去了，因此来准备开始做自己事情。下半天是她洗衣服的时间，天气好时，王嫂更忙。院子中有两大盆待洗的衣服：老太爷的、老爷的、先生的、少爷的、太太的、小姐的，还加上自己在茶叶局做小勤务十二岁小儿子的。衣服虽不少，她倒不慌不忙地做去。事情永远做不完，可并不使她懊恼。一面搓衣一面间或还用本地花灯调子唱唱歌，喉咙窄，声调十分悦耳。为主人听到，特意要她好好唱下去时，就害臊，把个小扁脸羞得红红的，决不肯再开口。唱歌的用意只在自己听听，为自己催眠，凭歌声引带自己到一个光明梦境里去。

她目下有十二块钱一个月，儿子却有十五块，两人赚的钱都没有用处，积聚一年可捎回乡下去买一亩二分田地。抗战时期，米粮贵，一点收入虽少，利上翻利，五年不动用，会有多少！再过八年儿子长大了，所长保举他进军官学校，毕业后做连长，接一房新媳妇，陪嫁多的不要，只要有十亩地、两头水牯牛。一切事都简单具体，使这个简单的人生活下来觉得健康而快乐，世界虽不断地在变，人心也在变，鸡狗好坏都在变，惟有这个乡下进城的农妇人生观和希望，却始终不变。

三月后天气转好，城区常有空袭警报。警报来时，家中主人照例分成两组，一组外出，一组不动。王嫂对外出最匆忙的照例要笑笑，一面笑一面说："先生，来了来了，快走快走！"话说得极少，意思似乎倒很多。有点讽刺，有点爱娇，主要表示倒是她并不怕。飞机飞到头上也不怕。为什么不怕？孔子遗教在这颗简单的心上有了影响，"生死有命，富贵在天"。还记起一个故事：黄巢杀人八百万，在劫数的八方有路难逃，不在劫数的，坐下来判官点名不收你。两句简单话语和一个简单故事，稳定了这个简单的心。在平时，因此做事很尽力，做人很可靠；在乱时，她不怕，炸到头上点名机会既不多，炸不到头上她真不怕。

疏散的出门去后，不出门的还是各在房中做事读书，院中静静的，剩下王嫂一个人。她还是在院中一角大木盆边洗衣，一面洗衣一面计空中飞机数目，好等等报告给主人。或遇到什么人来院中时，有点话说。她需要听一两句好话，或是赞美，或表示敬服，听来她都十分高兴。哲学教授老金，照例每天午后四点来看他寄养的大公鸡，必

哲学教授老金必照样复述那两句话一次："是哪吗！是哪吗！这是圣人说的！"

带一个大烧饼，坐在屋檐下石砌上一面喂鸡一面和王嫂谈谈天。若有警报，或问："王嫂，你怕不怕？"知道她不怕后，就跷起大拇指说："王嫂，王嫂，你是这个。当真是这个。一家人你胆量最好！"王嫂听来带点羞涩神气笑着："咦，金先生你说得好！我不怕，生死有命，富贵在天！"俨然知道对面是教哲学的先生，就援引两句大哲人的话语，表示酬答。哲学教授老金必照样复述那两句话一次："是哪吗！是哪吗！这是圣人说的！"

王嫂笑着："圣贤说的，哪里会错！"

王嫂虽从不出城避空袭，可是这城中也就真如"有命在天"，直到如今还未被炸过第一次。王嫂看到的只是自己飞机三三五五在市空绕圈子，还不曾看到过日本飞机。五月九号天气特别好，照样有了警报，照样有万千人从门前走过疏散，家中也照样有人出门。这一次情形不同一点，三点左右竟真有二十七架飞机排队从市空飞过，到飞机场投了弹。日机的样子、声音、轰炸消息，综合在王嫂脑子中产生一个印象。晚饭时把菜汤端上了桌子，站在桌边听消息。一个客人问她：

"王嫂，你可看见了日本飞机？"

"二十七架，高也高！哪，那边高射炮蓬蓬地响了，那边机关

小狗忽然狂吠起来。原来那个在茶叶局当差的小儿子来了。小孩子脸黑黑的，裤子已破裂，要他母亲给缝补缝补。

枪咯咯咯响了。听嗵，兵嗵，飞机场炸了。我不躲，我不怕的。”

“真不怕吗？炸弹有水缸大，这房子经不起！”

“要炸让它炸，生死有命。”

“你命好！几个孩子！大姑娘？我会看相，你有儿有女有福气。”

王嫂不声不响，走到厨房去了。第二天到了下午，天气还是很好，并无警报。两点左右，她正一面洗衣一面用眼睛耳朵去搜索高空中自家飞机的方位，小狗忽然狂吠起来。原来那个在茶叶局当差的小儿子来了。

小孩子脸黑黑的，裤子已破裂，要他母亲给缝补缝补。

“福寿，你走哪里来？”

孩子说：“我从甘美医院来。”

“甘美医院去做什么？”

孩子话不对题：“妈，这只公鸡好威风，简直是架轰炸机。”

“昨天响警报你在哪里？”

孩子说：“我在河甸营。”

这一来王嫂呆住了。“你怎么到飞机场去。日本飞机不是把河甸营炸平了吗？炸死好多好多人。你去看热闹！有什么好看的！”

“我有事去。日本飞机来了，丢十二个炸弹、七个燃烧弹，房子烧了，倒了，我前前后后是人手人脚，有三匹马也炸个稀烂。机关枪答答答答乱打。最后我也死了，泥土把我埋了。救护队坐汽车来时，有人摸我心子，还有一点气，汽车装我到甘美医院。睡在大房子中大床上，后来我醒了。他们说：好，你醒了，你姓什么？好，王家孩子，命真大，回家去吧。在局里做事？那么，回到局里去吧。你妈找你！主任找你！裤子被车门拉破的，他们还当我是个死人！……”

孩子把事情叙述得清清楚楚，毫不觉得可怕，也毫不觉得这次经验有何得意处。坐在他母亲洗衣盆边，裤子破了一个大裂口，把手抹抹，瘦瘦的腿子全裸露出来了。王嫂声哑了：“咦，咦，咦，你不炸死！你看到死人？看到房子倒了烧起来？你看到人手人脚朝天上飞？人家抬你到医院去，多长时间才醒？回去主任骂不骂你？来，我看看你裤子！”

小孩子怯怯地走到她身边去，她把破裤子一拉，在孩子精光光的瘦臀上就巴巴地打了三下。“你不怕死？我自己打死你，省得吃日本水缸大炸弹五马分尸！”小孩子却嘻嘻笑着，因为看着母亲的眼睛，已湿莹莹的了。

“妈，我活着，不要紧的！”

“你活着，别人可死去不少！”

孩子说：“我不怕日本，我长大了要当兵去，打日本鬼子！”

王嫂一面拉围裙抹眼角，一面盛气地说：“好，你当兵去，人家让你豆子大人当兵去！老鸦看你以为是耗子，叼你上天去！你当救火兵！”

“日本人我才不怕！我要捉一个活的回来你瞧。一定捉活的，用电线丝把他绑来，带回家去帮我们作田！”

“你有力量捉灯草人。”

“我要长大的！我赌咒要去打日本。”

这种讨论自然是无结果的。王嫂不再同孩子争辩了，赶忙去取针

到晚上却悄悄地买了些香纸，拿到北门外去烧化。她想起死去的女儿，死得太苦了，命可不好！

线给孩子缝裤。把针线取来，坐到小竹椅边时，又拍打了孩子几下，孩子却感到一种爱抚的温情，问他母亲："娘，你怕不怕？"

"咄，我怕什么？天在头上。"

她看看天，天上蓝分分的，有一团白云镶在空间。恰有三只老鸦飞到院中尤加利树高枝上停下来，孩子一拍掌，老鸦又飞去了。王嫂把裤子缝好后，用口咬下那点余线，把针别到头髻上去，打抱不平似的，拉住孩子脏耳朵说："你当兵去，老鸦就这么撕你到树上去。福寿，你能当兵？"

孩子不作声，只快乐地一笑。他心想：我怎么不能当兵？人长大了，什么都做得了。

孩子走后，家中人知道了这件事，都以为王嫂人好、心好、命好。王嫂不作声，只是陪主人笑。到晚上却悄悄地买了些香纸，拿到北门外去烧化。她想起死去的女儿，死得太苦了，命可不好！有点伤心，躲在自己房中去哭了好一会，不曾吃晚饭。这件事一家人谁也不知道，因为她怕人知道要笑她，要问她要安慰她。这一切她都不需要。

一九四〇年初作

一九四一年改作于呈贡

天降了雪后，喇叭声音更低郁，住远一点的，就不能听到，这使许多茅屋下面孩子感到寂寞。

连长

一

军营中的上灯喇叭声音，在夏天时能使马听熟了也知道归回塞堡，入冬来，就只做了风的啮哨同伴，无聊无赖消失到那四面山林里去了。

天降了雪后，喇叭声音更低郁，住远一点的，就不能听到，这使许多茅屋下面孩子感到寂寞。

然而在军队中呆过的大人，就不闻号声，也能断出时间的。若尽靠营里喇叭打知会，那离营略远一点的地方就去不成了。指定时间的钟表一类东西不是凡是军人都有的，官佐也都看人来。而驻扎到此乡间这寨那寨喝酒吃肉是免不了常有的事情，在便利中找熟人谈天学古或者打一点小牌，也是军中许可的娱乐，还有不定要明白公开的各以其方法找个情人，这纵为长官知道也照例会得到通融。（一些是在别的村子五魁八马，一些是在学猪悟能招亲、姜子牙与申公豹斗法事，一些又是在陪到妇人身边唱小调。）若对于时间太无估计的能力，则类乎点名那种事情一误再误总太难为情了吧。这里的军营中人，要紧的事是，不拘离营三里两里内外，到晚上点名时节，总

地方是乡村，既清净，不必同土匪打仗，又无贼，当然像那每日三操二讲堂的常备兵苛刻军规，在此是用不着的。

能预先赶到营中站立在那坪里让那值日连副喊到自己名字大应一声“到”，才成其为营中的体统。地方是乡村，既清净，不必同土匪打仗，又无贼，当然像那每日三操二讲堂的常备兵苛刻军规，在此是用不着的。然而每天点三次名还误事，挨一点骂或罚一点钟立正，这在驻扎于此间的军队官佐士兵都以为是应该而且为必要的了。在普通军营中，点名是早午晚三次，晚上那次，在九点左右，即吹熄灯号以前不久。这里因为九点不适宜于全体的浪漫兴趣，于是又由连长连副集议改为与起更号相接近，这一来，还误点，则对自己也像对不起似的了。是以这里的军人，于上灯时间的知识，更准确。

此时，一个红着脸的穿着不相称的大灰布棉衣的号手，又站在那旗杆下头礅子石上吹他极得意的起更号了。凡是兵，就说驻扎在这旧庙里的一连人，已经各按照惯例，站到那盖满了雪的坪中。队伍成单行，班长则站在他那一班的后面。行列中，因为习惯，各人能记到自己地位，有些人告了假赴别地出差，就临时空出些地位来，经班长喊一声靠拢，其一班便即时缩短了。大家排了班以后，号音还未毕，值日连副就忙匆匆地从那蒙有格子花银封纸的一扇新白门内里出来，因为忙，帽子也戴不很正。大家全爱喝一杯御寒，连副也免不了此，这时就正是从那羊肉火锅子边抽身出来办公的。连副拿着一本名册出来了，领头班长喊一声立正，各人重新端正起来振作精神把藏在厚重棉衣下的身子弄成一块碑模样，雪是不容情地乘此就进衣领了。随即是稍息，聪明一点的兵士，懂得头向后昂便能拒绝雪片的侵入，就不妨装作搔痒或整理腰带来避难。

喊一声人名，就有一个人从队伍中骤地立正答应到，连副于是便在其名字下用铅笔一划。喊过一次二次以后并无应声的，班长就上前解释。点名完毕照例短短的训词，大家又得笔直起身来默听。最后是，又稍息，又立正，解散了。

队伍解散后，连副便同班长之类，围到炉边继续喝那羊杂碎的火锅酒，弟兄各分开，那大坪里雪尽落，却再无一个人肯用颈部去承受了。

照营规，点了这次名以后，这一天算已告了结束，大家可以一直到第二天清早点名再见面，因此凡是这里土著有着那军营中朋友情人的，听到吹号以后就可各以路途远近猜详他们的到来。喇叭的意义，在这里，又是怎样异于战地啊！

管领这一百个自由兵士的，是十个班长，每人手下有十人，如同自己的手指。

二

管领这一百个自由兵士的，是十个班长，每人手下有十人，如同自己的手指。在班长上面有三个连副，一个为中尉阶级，两个属少尉。连副上面是一个连长，按照例规有大操或战事发生，连长就得统率这一百余子弟指挥其进退。但是驻扎到这个地方，还有什么事要统率？做连长的除了拇战就是应团总约上山打野猪那工作了。然而这也只是连长一人事。做连长的真是简直闲到比庙里的和尚还少事做，若非亏他能够找出一些方法消磨这日子，恐怕早已生病倒床了。

连长因了年青而位尊，在来此不久，就得到一个为本地人艳称的妇人青睐，成了一个专为供给女子身体与精神两方面爱情的人物了。

连长究竟做些什么消遣？事是有的。按照通常习惯，一个长官总比其他下属多有一倍或是数倍机会得那驻地人民尊敬和切齿。这位连长也正是如此。譬如说，初初把队伍开到此地扎营到一处住户人家时，恰恰这位主人是一个年青寡妇，这寡妇，又正想从这些雄赳赳的男子汉中选那合意的替手，希望得到命运所许可的爱情与一切享受，那么总是先把她的身体奉献给那个位尊的长官。连长因了年青而位尊，在来此不久，就得到一个为本地人艳称的妇人青睐，成了一个专为供给女子身体与精神两方面爱情的人物了。关于军营中的事越少，则足以使连长感到新发现的职务越多。女人住的地方系在营盘一里外，入冬来，连长的勤务，就几几乎是每天早晚二趟来去！若非关于伙食账目得常常同司务长清算，连长似乎不回也无不可的。照一个班长说法，连长是为女人，已经迷到愿意放弃全部职务于中尉连副身上，不必充当管领百人的长官，自己单想侍候妇人终生，让那妇人管领自己就行了。

就令当真是如此，这算连长的过错吗？

从连长年龄体貌上作价，都正适宜于同一个妇人纠缠为缘。命运把他安排到这小地方来，又为安排一个年龄略长的女人在此地，这显见连长再要把爱情关闭在心中，也不是神所许可的事！

要一个纯粹青年军官受过良好军人教育的上尉，忘了自己的生活目的，迷恋妇人到不顾一切，如同一个情呆子，仍然是不可能的事情。且照常情说，如若短短分离不但不为爱情的障碍，且正可以借此休息从那终日拥抱得来的疲倦，则连长三日五日始能在营外别人家中宿一次，也是很自然的了。但把身子留在营中，心上仍然挂念着别处，年青人，究竟还是年青！

因了不能把身子同心分开在两地，有时节，连长是在夜静也曾偷偷起身，或是装作察哨溜过妇人处宿的。连长在这事上头，是一个诗人又是个英雄。当他轻轻敲着那门，妇人已经听出连长声音，拥着薄薄白色单衣开门时，妇人松散着发髻，以及惺忪的情态，在连长眼中，全成了神圣的诗质。一个缺少能力在文字上表现他的灵感的人，是能加倍在他行为中表现出他灵感的，因此连长在这妇人的面前，便把那军营中火气全化尽，越变越温

因此连长在这妇人的面前，便把那军营中火气全化尽，越变越温柔了。

柔了。妇人呢，从连长那面来的不可当的柔情使妇人做着无涯涘的梦，正同一个平常妇人在她年青情人身上一个样，自己是已像把心交给这个人，后来终生都是随着这人跑，就到天涯地角也愿意了。当连长因了一点小事未能在妇人处宿，约到吃早饭号音吹完以后出营时，那早上吃饭喇叭便同专为连长情妇所吹一个样。妇人也是年青人，人其所以谓之为年青，这事便是一种凭证！

连长看妇人，像是本营少校上司官，自己应直隶其调度。妇人是把连长当作未来的丈夫，全让连长占有了自己。爱这东西是没有因为人类事业不同而荒疏了某种人。在一个都市上精致青年男女应酬宴会中能生长的根芽，在此同样地也会发育完全开花结果了。

若把连长当作这里的总督，总督夫人的位置，在兵士心中，也都一致认定是这妇人了。

三

天落雪，气候冷到溪里水也结了冰。在雪中去嗾狗赶野兔，或者披了蓑衣让雪盖在蓑衣上面，伏在林里打斑鸠，那种游戏如今只有一个老年纪的连副同几个兵士有这种的趣味了。大多数的兵士是在营里围到火柴堆喝酒，少数的兵士是往别的人家打牌或找女人去谈谑。我们的上尉，不消说是正在情妇这边勾留！

用栗子下本地的烧酒，两人同在一个火塘旁边坐下来，连长就用一个军人经验谈着他的过去一切与驻扎各地不同的习惯。从葫芦里倒一杯酒到杯子中时，妇人总只喝五分之一，余下全到连长肚中去。从午时点名以后到如今，一葫芦酒有两斤，快完了。

“我瞧你今天吃酒量不同，怪！”

的确是不同。本来预备作两顿的一次就快完。妇人手摇着那长把漆有黑色花纹的酒器，奇怪了。

连长不作声，把空了的杯子送到妇人面前去，妇人无可如何似的于是又筛了一杯。又自解地说，天气太寒，多吃一点也并不碍事。

连长不说话，接着又是两口喝下了。

妇人担心地望连长："已经没有酒了。我看你脸色不好，醉了就睡吧。"

"不。"是不醉，不睡，并且不承认有什么不好过的地方，答词只是一个不。

然而事实是连长多喝了酒，从酒中引起一些烦恼了。

"我要回营了，劳你驾，为我把雨衣从钩上取下！"

"营里又无事，莫转去了呀。"

"非转去不可。喂，劳驾！"

在往日，也有这种情形。连长忽然想到要回营，像心上有一件事正要做，但劝一两次，虽然还在脸上保留着那放心不下的颜色，就仍然留下，是妇人所知道的脾气。说非转去不可，妇人就采用那往日所取的战略，故意说：

"是又不满意我了？"

连长听此话，颜色变得越发难看了。妇人即刻就知道所说的话是误了方向，就改口说天气冷，又快要断黑，有事明早回也得。

"好歹我要走。我同你说你也不明白。乘到天未即断黑，不用灯，我就走！"

妇人愕然了。但从过去性格认识连长并非就能够固持到底，仍然打趣模样地说，纵有事，也总不外同你们连里那位司务长算伙食账。

"我要走！"连长在语气上表明不是为酒醉，给妇人明白。

妇人问："为什么？"

"为什么？说不定在这样天气下头，忽然会奉到上司旅长命令，开拔到边界上去，我们还得走长路！"

"你胡思乱想。"

妇人问："为什么？""为什么？说不定在这样天气下头，忽然会奉到上司旅长命令，开拔到边界上去，我们还得走长路！"

"我胡思乱想？"

从反复的一句话上，妇人听着忽然像为一个炸雷把耳震聋了。

连长见到妇人愣住的情形，也悟出是自己答话太近乎真要开差了，就补充说这是恐怕会有的一种猜想。

"恐怕是"，这虽足以解释去那"当真是"还距离得有多远，然而无意中把开差事情嵌进到这一团火热的胸中，两人要拔出这虚无的刺却不是一时可做得到了。

"我不走了，"连长说，还把酒杯推过去，"请为我再倒一杯。"

妇人极颓丧地倒出葫芦一杯酒。虽然在把酒筛好以后就诚实实接过来，却又并不即时朝嘴边送去，连长也被自己一句话打伤了。

连长掉头过去避开妇人的目光。外面风，飘着雪的片，从窗口望去，是像正有人在空中轻轻撒下棉花那样的轻盈，又像并不是下落，有些还正在上升。那窗子格上，已是砌了好些雪了，还有些雪一粘到玻璃上面就融化不见。因为屋里温度高，窗子下面的一块玻璃，在屋中这面，便糊上了一层薄纱那样不再透明的冰雾，有两个小孩手掌那么大小。

若不是落雪，天已应当黑了。因了地上屋上遍是雪，一同反着哑的沉静的光辉，就不见得天比平时的晚。这时屋里人相对着，脸相都

在把一种温柔女性的浓情做面网，天下的罪人，没有能够自夸说是可以陷落在这网中以后是容易逃遁。

还很分明，但是渐渐的，屋中角落以及那些桌子下面坛罐器皿却已全为黑暗偷偷悄悄搂着了。

两人不说话，两人便都听到外面的雪落地作极微极匀声音，又可听到屋后竹园大堆的雪下坍以后竹子弹起的声音。此外可是全无响动了。全村子里没有狗叫，也没有人声，也没有锣鼓唢呐，一个村子里面的一切全像睡着，又像全死了。

天色渐渐暗下来，屋子中慢慢颜色暗默，火塘内的炽着的炭却益发熊明了。

两人都能知道对方是在追索那句开差的话的意义，就是细细称量那未来而又必然要来的忧愁分量。

连长借了足下炽炭的光望妇人，触目的是那双垂着的白手。把手拿过来，握着了。妇人也不作声。葫芦是为妇人放在桌子上，连长即时又抽出一只手去倒酒。妇人那只空手就去抢。连长声音戚戚地说：

“你就让我索性喝醉吧。”

先是劝，这时妇人不知怎样不愿连长再喝了。

“你让我，”连长说，“这样我好过一点。”

“酒完了。”

“多着咧。”

“你不能喝了，”妇人移开葫芦使连长手取不到，就摸连长的下巴，“瞧，全像火，醉了不吃亏么？”

“酒逢知己千杯少”，这意思，连长在另外一个情形下所感到的与此时完全不同。有过多回的过去，在连长，也就明白而且承认“千杯少”的话是实话了，但今天则真应喝尽无数杯。平常为功名，为遇合，为人生牢骚，得用酒来浇，如今为女人，连长以为最好为酒淹死了。

四

在把一种温柔女性的浓情做面网，天下的罪人，没有能够自夸说是可以陷落在这网中以后是容易逃遁。学成了神仙能腾云驾雾飞空来去自如的久米仙人，为一眼望到妇女的白胫也失了他的法术，何况我们凡人秉承了爱欲的丰富遗产，怎么能说某一类人便不会为这事情所缚缠？在把身子去殉情恋的道路上徘徊的人，其所有缠缚纠纷的苦闷，凡圣实没有很大区别的。一个皇帝同一个兵士，地位的不同，是相差到几乎用手可以摸得出，但一到恋着一个人，在与女好歹都得走，所有的情义，到时便当全丢下，这未来的必不可免的寂寞，使妇人把眼前怎样束缚连长的方法全忘记。

人为缘的应有心灵上的磨难，兵士所有的苦闷的量与皇帝可并不两样。一个状元同一个村塾师也不会不同。一个得文学博士的人同一个杂货店徒弟也总只会有一种头痛。因此在连长的身分上，就不必怎样去加以此时那尽量酗酒的解释，也很容易明白了。

露水的夫妇，是正因为那露水的易消易灭，对这固持的生着那莫可奈何的恋恋难于舍弃的私心，自然的事啊！

没有酒可喝的连长，借着身边炭盆飘着微微蓝焰的火光，望到妇人的侧身轮廓，终无一语。旋又极无聊赖将那散在膝上桌上以及炭盆边旁的花生栗子壳扫盖到那炽炭上，先是发着烟，爆响着，不久就全体燃着火燎熊熊了。从火光中连长见到妇人白白脸上流泻着眼泪，就摇摆那个剃得光光的军人式的头，哑声说是已依命令就不回营了。

妇人苦笑着，倒出葫芦里余酒，自己一口气喝尽。

“说没有酒又有了！”连长责难似的嚷妇人。

“我不愿你吃了。”

“那你也莫喝。”

答应说是不，把葫芦摇着，一转眼间又倒出些到杯中。妇人正欲去拿时，连长手快先抢到，朝火里一浇。酒是只剩下一些余沥，与火接触忽然便变成火焰向上蹿。妇人把手掩了脸。腕上套有银麻花圈镯，这时像真金。也不是因为连长把酒抢了去不让喝就生了气，但在掩着脸以后，妇人忽然幽幽哭泣起来了。

“我答应不走，你又哭呀。”

还是哭，并非不曾听到连长的话语。再哭下去把连长反而哭走，也是妇人所能料得到的事。然而连长说不走，是这时。终究仍然还得走啊！妇人想到这些本不必想的未来情形，不由得更伤心了。好歹都得走，所有的情义，到时便当全丢下，这未来的必不可免的寂寞，使妇人把眼前怎样束缚连长的方法全忘记。若是连长真为烧酒淹死，到腊月二十三，各家准备灶马糖送灶神上天的时节，连长办公改了个地方。

则妇人非把身子泡到泪中不可了。连长因了妇人一哭，倒觉能将预支的苦恼支票拒绝，心上反而轻松一点了。连长望着妇人的抽咽，怔怔的，不知怎么办好，就立起身来。妇人虽用手掩脸，可是听得出。

“要走你就走，横顺要散场！”

“说不走了呀！”本来是想立起身来伸一个懒腰，怕误会就不。说是说不走了呀，那是为这因立起身子响声得来的误会加一种解释。

然而妇人为了自己一句话，索性号啕了。

要连长去持刀杀一个人，其困难不会像这时情形。

浇在炭上的酒是只一忽儿的光明，所有的果壳，也无从持久，屋中是随即恢复以前黑暗了。从光明中骤来的黑暗，把对面的人轮廓也全体失去，妇人在黑暗中像是连长已真离开了，她哭得更浓了。

一个军人关于哄嘬妇人的方法，笨拙到像嗾兔拉车，连长不久就用手去拭额边的汗，酒醒一半了。

连长求助于手去抚慰妇人，妇人就拖着那手用牙齿啃着。

“不痛吗？”连长反问那妇人。

“痛到你手上，我的心子被你啃了有多久！”

连长用嘴擦妇人腮边的泪，两人莽莽撞撞抱着了。

五

到腊月二十三，各家准备灶马糖送灶神上天的时节，连长办公改了个地方。从此司务长得一天一趟来到连长家中清算一次伙食账。点名号仍然是每日吹三次，但从此以后，不再能使连长太太听到这声音心跳了。

一九二七年十月重阳后五日于北京

湘西

湘西就在这种情形中成为一个特殊区域，充满原始神秘的恐怖，交织野蛮与优美。换言之，地方、人与物，由外面人眼光中看来，俱不可解。

地有五溪，“五溪蛮”的名称即由此而来。传称马援征蛮，困死于壶头山。

题记

我这本小书只能说是湘西沅水流域的杂记，书名用《沅水流域识小录》，似乎还切题一点。因为湘西包括的范围甚宽，接近鄂西的桑植、龙山、大庸、慈利、临澧各县应当在内，接近湘南的武冈、安化、绥宁、通道、邵阳、溆浦各县也应当在内。不过一般记载说起湘西时，常常不免以沅水流域各县作主体，就是如地图所指，西南公路沿沅水由常德到晃县一段路，和西水各县一段路。本文在香港《大公报》发表时，即沿用这个名称，因此现在并未更改。

这是古代荆蛮由云梦洞庭湖泽地带被汉人逼迫退守的一隅。地有五溪，“五溪蛮”的名称即由此而来。传称马援征蛮，困死于壶头山。壶头山在沅水中部，因此沅水流域每一县城至今都还有一伏波宫。战国时被放逐的楚国诗人屈原，驾舟溯流而上，许多地方还约略可以推测得出。便是这个伟大诗人用作题材的山精洞灵，篇章中常借喻的臭草香花，也俨然随处可以发现。尤其是与《楚辞》不可分的酬神宗教仪式，据个人私意，如用凤凰县苗巫主持的大傩酬神仪式作根据，加以研究比较，必尚有好些事可以由今会古。土司制度为中国边远各省统治制度之一种，五代时马希范与彭姓土司夷长立约的铜柱，现今还矗于西水中部河岸边，地临近青鱼潭，属永顺县管辖。西

湘西虽号称偏僻，在千五百年前的《桃花源记》被形容为与世隔绝的区域，可是到如今，它的地位也完全不同了。

水流域几个县分，至今就还遗留下一些过去土司统治方式，可作专家参考。屯田练勇改土归流为清代两百年来治苗方策，且是产业共有共享一种雏形试验。民国以来，苗民常有问题，问题便与屯田制度的变革有关，与练勇事似二而一。所以一个行政长官，一个史学者，一个社会问题专家，对这地方的过去、当前、未来如有些关系，或不缺少研究兴味，更不能不对这地方多有些了解。

又如战争一起，我们南北较好的海口和几条重要铁路线都陆续失去了，谈建国复兴，必然要从地面的人事经营和地下的资源发掘做起。湘西人民常以为极贫穷，有时且不免因此发生“自卑自弃”感觉，俨若凡事为天所限制，无可奈何。事实上，湘西的桐油、茶叶、木材、竹、棕，都有很好的出产。地下的煤铁虽不如外人所传说富厚，至于特殊金属，如锑、砒、银、钨、锰、汞、金，地下蕴藏都相当多。尤其是经最近调查，几个金矿的发现，藏金量之丰富，与矿床之佳好，为许多专家所想象不到。湘西虽号称偏僻，在千五百年前的《桃花源记》被形容为与世隔绝的区域，可是到如今，它的地位也完全不同了。西南公路由此通过，贯串了四川、贵州、云南、广西的交通。并且战争已经到了长江中部，有逐渐向内地转移可能。湘西的咽喉为常德，地当洞庭湖口，形势重要，在沿湖各县数第一。敌如有心冒险西犯，这咽喉之地势所必争，将来或许会以常德为据点，作攻川攻黔准备。我军战略若系将主力离开铁路线，诱敌入山地，则湘西沅水流域必成为一个大战场—— 一个战场，换一句话，可能就是一片瓦砾场！“未来”湘西的重要，显而易见。然而这种“未来”是与“过去”“当前”不可分的。对于这个地方的“过去”和“当前”，我们是不是还应当多知道一点点？还值得多知道一点点？据个人意见，对于湘西各方面的知识，实在都十分需要。任何部门的专家，或是一个较细心谨慎客观的新闻记者，用“湘西”作为题材，写成他的著作，不问这作品性质是特殊的或一般的，我相信，都重要而有参考价值。因为一种比较客观的记载，纵简略而多缺点，依然无害于事，它多多少少可以帮助他人对于湘西的认识。至于我这册小书，在本书《引子》即说得明明白白：只能说是一点“土仪”，一个湘西人对于来到湘西或关心湘西的朋友们所作的一种芹献。我的目的只在减少旅行者不必有的忧虑，补充他一些不可免的好奇心，以及给他一点来到湘西为安全和快乐应当需要的常识，并希望这本小书的读者，

在掩卷时，能对这边鄙之地给予少许值得给予的同情，就算是达到写作目的了。若这本小书还可对这些专家或其他同乡前辈成为一种“抛砖引玉”的工作，那更是我意外的荣幸。

我生长于凤凰县，十四岁后在沅水流域上下千里各个地方大约住过七年，我的青年人生教育恰如在这条水上毕的业。我对于湘西的认识，自然较偏于人事方面，活在这片土地上的老幼贵贱、生死哀乐种种状况，我因性之所近，注意较多，也较熟习。去乡约十五年，去年回到沅陵住了约四个月，社会新陈代谢，人事今昔情形不同已很多。然而另外又似乎有些情形还是一成不变。我心想：这些人被历史习惯所范围、所形成的一切，若写它出来，当不是一种徒劳。因为在湘西我大约见过两百左右年青同乡，谈起国家大事、文坛掌故、海上繁华时，他们竟像比我还知道得很多。至于谈起桑梓过去当前情形，却茫然发呆。人人都知道说地方人不长进，老年多保守顽固，青年多虚浮繁华，地方政治不良，苛捐杂税太多。可是都近于人云亦云，不知所谓。大家对于地方坏处缺少真正认识，对于地方好处更不会有何热烈爱好。即从青年知识分子一方面观察，不特知识理性难抬头，情感勇气也日见薄

左图：

我生长于凤凰县，十四岁后在沅水流域上下千里各个地方大约住过七年，我的青年人生教育恰如在这条水上毕的业。

右图：

觉得故乡山川风物如此美好，一般人民如此勤俭耐劳，并富于热忱与艺术爱美心，地下所蕴聚又如此丰富，实寄无限希望于未来。

弱。所以当我拿笔写到这个地方种种时，心情实在很激动，很痛苦。觉得故乡山川风物如此美好，一般人民如此勤俭耐劳，并富于热忱与艺术爱美心，地下所蕴聚又如此丰富，实寄无限希望于未来。因此这本书的最好读者，也许应当是生于斯，长于斯，将来与这个地方荣枯永远不可分的同乡。

湘西到今日，生产、建设、教育、文化在比较之下，事事都显得落后，一般议论常认为是“地瘠民贫”，这实在是一句错误的老话。老一辈可以借着解嘲，年轻人决不宜用之卸责。二十岁以下的年

各县虽多财主富翁，这些人的财富，除被动的派捐绑票、自动的嫖赌逍遥，竟似乎别无更有意义的用途。

轻人更必须认识清楚：这是湘西人负气与自弃的结果！负气与自弃本来是两件事，前者出于山民的强悍本性，后者出于缺少知识养成的习惯；两种弱点合而为一，于是产生一种极顽固的拒他性，不仅仅对一切进步的理想加以拒绝，便是一切进步的事实，也不大放在眼里。譬如就湘西地方商业而论，规模较大的出口货如桐油、木材、烟草、茶叶、牛皮、生漆、白蜡、木油、水银，进口货如棉纱、煤油、烟卷、食盐、五金，近百年来习惯，就无不操纵在江西帮、汉口帮大商人手里，湘西人是从不过问的。湘西人向外谋出路时，人自为战，与社会环境奋斗的精神，很得到国人尊敬。至于集团的表现，遵循社会组织，从事各种近代化企业竞争，就大不如人。因此在政治上虽产生过熊希龄、宋教仁，多独张一帜，各不相附。军人中出过傅良佐、田应诏、蔡钜猷，对于湖南却无所建树。读书人中近二十年来更出了不少国内知名专门学者，然而沅水流域二十县，到如今却连一个像样的中学还没有！各县虽多财主富翁，这些人的财富，除被动的派捐绑票、自动的嫖赌逍遥，竟似乎别无更有意义的用途。这种长于此而拙于彼，仿佛精明能干，也糊涂到家的情形，无一不是负气与自弃结果。负气与自弃影响到政治方面，则容易有“马上得天下，马上治之”观念，少弹性，少膨胀性，少黏附团结性，少随时代应有的变通性。影响到普遍社会方面，则一切容易趋于保守，对任何改革都无热情，难兴奋，凡事惟以拖拖混混为原则，以不相信不合作保持负气，表现自弃。这自然不成的。负气与自弃使湘西地方被称为苗蛮匪区，湘西人被称为苗蛮土匪，这是湘西人全体的羞辱，每个人都有涤除这羞辱的义务。天时地利待湘西人并不薄，湘西人所宜努力的，是肯虚心认识人事上的弱点，并有勇气和决心改善这些弱点。第一是自尊心的培养，特别值得注意。因即以游侠者精神而论，若缺少自尊心，便不会成为一个站得住的大脚色。何况年青人将来对地方对历史的责任，远比个人得失荣辱为重要。

日月交替，因之产生历史。民族兴衰，事在人为。屈宋文章，曾左勋业，遗芳余烈，去今犹未甚远。我这本小书所写到的各方面现象，和各种问题，虽极琐细平凡，在一个有心人看来，说不定还有一点意义，值得深思！

日月交替，因之产生历史。民族兴衰，事在人为。屈宋文章，曾左勋业，遗芳余烈，去今犹未甚远。

引子

战事一延长，不知不觉间增加了许多人地理知识。另外一时，我们对于地图上许多许多地名，都空空泛泛，并无多少意义，也不能有所关心。现在可不同了。一年来有些地方，或因为敌我两军用炮火血肉争夺，或因为个人需从那里过身，都必然重新加以注意。例如丰台、台儿庄、富阳、嘉善、南京或长沙，这里或那里，我们好像全部都十分熟习。地方和军事有关，和交通有关，它的形势、物产，多多少少且总给我们一些概念。所以当前一个北方人，一个长江下游人，一个广东人（假定他是读书的），从不到过湖南，如今拟由长沙，经湘西，过贵州，入云南，人到长沙前后，自然从一般记载和传说，对湘西有如下几种片断印象或想象：

一、湘西是个苗区，同时又是个匪区。妇人多会放蛊，男子特别欢喜杀人。

二、公路极坏，地极险，人极蛮，因此旅行者通过，实在冒两重危险。若想住下，那简直是探险了。

三、地方险有险的好处，车过武陵，就是《桃花源记》上所说的渔人本家。武陵上面是桃源县，就是“桃花源”，那地方说不定还有避秦的遗民，可以杀鸡煮酒，可以招待客人。经过辰州，那地方出辰州

因此湘西就在这种情形中成为一个特殊区域，充满原始神秘的恐怖，交织野蛮与优美。

符，出辰砂。且有人会“赶尸”。若眼福好，必有机会见到一群死尸在公路上行走，汽车近身时，还知道避让路旁，完全同活人一样！

四、地方文化水准极低，土地极贫瘠，人民蛮悍而又十分愚蠢。

这种想法似乎十分可笑，可是有许多人就那么心怀不安与好奇经过湘西。经过后一定还有人相信传说，不大相信眼睛。这从稍前许多过路人和新闻记者的游记或通信就可看出。这种游记和通信刊载出来时，又给另外一些陌生人新的幻觉与错觉，因此湘西就在这种情形中成为一个特殊区域，充满原始神秘的恐怖，交织野蛮与优美。换言之，地方、人与物，由外面人眼光中看来，俱不可解。造成这种印象的，最先自然是过去游宦的外来人，一瞥而过，作成的荒唐记载。其次便是到过湘西来做官做吏，因贪污搜刮不遂，或因贪污搜刮吃过地方人的苦头这种人的传说。因为大家都不明白湘西，所以在长沙临时大学任教，谈文化史的陈序经教授，在一篇讨论研究西南文化的文章里，说及湖南苗民时，就说："八十年前湖南还常有苗患，然而湖南苗民在今日已不容易找出来。"（见《新动向》二期）陈先生是随同西南联合大学在长沙住过好几个月的，既不知道湘西还有几县地方，苗民占全县人口比例到三分之二以上，更不注意湘主席何键的去职，荣升内政部长，就是苗民"反何"作成的。一个"专家"对于湘西尚如此生疏隔膜，别的人就可想而知了。

本文的写作，和一般游记通讯稍微不同。作者是本地人，可谈的问题极多，譬如矿产、农村、教育、军事一切大问题，然而这些问题，这时节不是谈它的时节。现在仅就一个旅行者沿湘黔公路所见，下车时容易触目，住下时容易发生关系，谈天时容易引起辩论，开发投资时有选择余地，这一类琐细小事，分别写点出来，作为关心湘西各种问题或对湘西还有兴味的过路人一份"土仪"。如能对于旅行者和寄居者减少一点不必有的忧虑，补充一点不可免的好奇心，此外更能给他一点常识——对于旅行者到湘西来安全和快乐应当需要的常识，或一点同情——对这个边鄙之地值得给予的同情，就可说是已经达到拿笔的目的了。

一个外省人想由公路乘车入滇，总得在长沙候车，多多少少等些日子。长沙人的说话，以善于扩大印象描绘见长，对于湘西的印象，不外把经验或传闻复述一次。杀人放火，执枪弄刀，知识简陋，地方神秘，如此或如彼，叙说得一定有声有色。看看公路局的记名簿，轮到某某买票上车了，于是这个客人担着一份忧虑，怀藏一点

左图：

杀人放火，执枪弄刀，知识简陋，地方神秘，如此或如彼，叙说得一定有声有色。

右图：

地方气候虽如汉朝贾谊所说，卑湿多雨，人物如屈原所咏，臭草与香花杂植，无论如何总会给人一种活泼兴旺印象。

好奇心，由长沙上车，一离城区就得过渡，待渡时，对长沙留下的印象，在饮食方面必然是在大圆桌上的大盘、大碗、大调羹和大筷子。私人住宅门墙上园庐名称字样大，商店铺子门面招牌也异常大，东东西西都大——正好像一切东西都放大了。凡事不能例外，所以购买什物时，做生意人的脾气也特别大（尤其是洋货铺对于探头探脑想买点什么的乡下人，邮局的办事员对于普通人……）。为一点点小事大吵大骂，到处可见。也许天时阴雨太多了一点，发扬的民族性与古怪的天气相冲突，结果便表现于这些触目可见的问题上。长沙出名的是湘绣，湘绣中合乎实用的是被面，每件定价六十四元到一百二十元，事实上给他十五元，交易就办好了。虚价之大也是别地方少有

的。在人事方面，却各凭机会各碰运气，或满意，或失望。最容易放在心上的，必然是前主席一筹防空捐，六百万元，毫不费力即可收齐，说明湖南并不十分穷。现主席拟用五万年青学生改造地方政治，证明湖南学生相当多。地方气候虽如汉朝贾谊所说，卑湿多雨，人物如屈原所咏，臭草与香花杂植，无论如何总会给人一种活泼兴旺印象。市面活泼也许是装潢的，政治铺排也许是有意为之的，然而地方绝不是死气沉沉的。时代若流行标语口号，它的标语口号会比别的地方大得多，响亮得多，前进得多。（北伐后马日事变前可以作例。）时代若略略向回头路走，中国老迷信有露面机会，那么，和尚、道士、同善社、佛学会，无不生意兴隆，号召广大。（清党后全省军人

如上路适当三月里，还到处可见赤如火焰的杜鹃花，在斜风细雨里听杜鹃鸟在山谷里啼唤！

忽然“佛化”，可以作例。）过路人只要肯留心一看，就可到处看出夸张，这点夸张纵与地方真实进步无关，与市面繁荣可大有关系。长沙是个并未完全工业化的半老都城，然而某几种手工业，如刺绣、鞭炮、雨伞、夏布，不特可供给本省需要，还可向外埠夺取市场。矿产与桐油、木材，更增加本省的财富与购买力。所以外来丝织品、毛织品及奢侈品，也可在省会上得到广大的出路。民气既发扬，政治上负责的只要肯办事，会办事，什么事都办得通。目前它在动，在变，在发展，人和物无不如此。

汽车过河后，长沙和旅行者离远了。爆竹声、吵骂声、交通器具形成的嘈杂声，慢慢地在耳根边消失了。汽车上了些山，转了些弯，窗外光景换了新样子。且还继续时时在变换。平田角一栋房子，小山头三五株树，干净洒脱处，一个学中国画的旅客当可会心于“新安派”的画上去。旅行者会觉得车是向湘西走去，向那个野蛮而神秘、有奇花异草与野人神话的地方走去，添上一分奇异的感觉，杂糅愉快与惊奇。且一定以为这里将如此如此，那里必如此如此。可是这种担心显然是白费的。因为益阳和宁乡，给过路人的印象都不是旅行者所预料得到的。公路坦平而宽阔，有些地方可并行四辆卡车，经雨后路面依然很好。路旁树木都整齐如剪。两旁田亩如一块块毯子，形色爽人心目。小山头全种的是马尾松和茶树、栎树，著名的松菌、茶油和白炭，就出于这些树木。如上路适当三月里，还到处可见赤如火焰的杜鹃花，在斜风细雨里听杜鹃鸟在山谷里啼唤！有人家处多丛竹绕屋，竹干带斑的、起云的、紫黑的、中节忽然胀大的，北方人当作宝贝的各种竹科植物，原来这地方乡下小孩子正拿它来赶猪赶鸭子。小孩子眼睛光明，聪明活泼，驯善柔和处，会引起旅行者的疑心：这些小东西长大时就会杀人放蛊？或者不免有点失望，因为一切人和物都与理想中的湘西的野蛮光景不大相称。或者又觉得十分满意，因为一切和江浙平原相差不多，表现的是富足、安适，无往不宜。

可是慢慢地看罢。对湘西断语下得太早了一点不相宜。我们应当把武陵以上称为湘西，它的个性特性方能见出。由长沙到武陵，还得坐车大半天！也许车辆应当在那个地方休息，让我们在车站旁小旅馆放下行李，过河先看看武陵，一个词章上最熟习的名称。

常德就是武陵，陶潜的《搜神后记》上《桃花源记》说的渔人老家，应当摆在这个地方。

常德的船

常德就是武陵，陶潜的《搜神后记》上《桃花源记》说的渔人老家，应当摆在这个地方。德山在对河下游，离城市二十余里，可说是当地唯一的山。汽车也许停德山站，也许停县城对河另一站。汽车不必过河，车上人却不妨过河，看看这个城市的一切。地理书上告给人说这里是湘西一个大码头，是交换出口货与入口货的地方。桐油、木料、牛皮、猪肠子和猪鬃毛，烟草和水银，五倍子和鸦片烟，由川东、黔东、湘西各地用各色各样的船只装载到来，这些东西全得由这里转口，再运往长沙、武汉的。子盐、花纱、布匹、洋货、煤油、药品、面粉、白糖，以及各种轻工业日用消耗品和必需品，又由下江轮驳运到，也得从这里改装，再用那些大小不一的船只，分别运往沅水各支流上游大小码头去卸货的。市上多的是各种庄号。各种庄号上的坐庄人，便在这种情形下成天如一个磨盘、一种机械，为职务来回忙。邮政局的包裹处，这种人进出最多。长途电话的营业处，这种坐庄人是最大主顾。酒席馆和妓女的生意，靠这种坐庄人来维持。

除了这种繁荣市面的商人，此外便是一些寄生于湖田的小地主、做过知县的小绅士、各县来的男女中学生，以及外省来的参加这个市面繁荣的掌柜、伙计、乌龟、王八。全市人口过十万，街道延长近十里，一个过路人到了这个城市中时，便会明白这个湘西的咽喉，真如所传闻，地方并不小。可是却想不到这咽喉除吐纳货物和原料以外，还有些什么东西。做这种吐纳工作，责任大，工作忙，性质杂，又是些什么人。假若一旦没有了他们，这城市会不会忽然成为河边一个废墟？

这种人照例触目可见，水上城里无一不可以碰头，却又最容易为旅行者所疏忽。我想说的是真正在控制这个咽喉，支配沅水流域的几万船户。

我想说的是真正在控制这个咽喉，支配沅水流域的几万船户。

这个码头真正值得注意令人惊奇处，实也无过于船户和他所操纵的水上工具了。要认识湘西，不能不对他们先有一种认识。要欣赏湘西地方民族特殊性，船户是最有价值材料之一种。

一个旅行者理想中的武陵，渔船应当极多。到了这里一看，才知道水面各处是船只，可是却很不容易发现一只渔船。长河两岸浮泊的大小船只，外行人一眼看去，只觉得大同小异，事实上形制复杂不一，各有个性，代表了各个地方的个性。让我们从这方面来多知道一点，对于我们也许有些便利处。

船只最触目的三桅大方头船，这是个外来客，由长江越湖来

左图：

船家叫它作“大鳅鱼头”,《金陀粹编》上载岳飞在洞庭湖水擒杨幺故事，这名字就见于记载了，名字虽俗，来源却很古。

右图：

船身异常秀气，头尾突然收敛，令人入目起尖锐印象，全身是黑的，名叫“乌江子”。

的，运盐是它主要的职务。它大多数只到此为止，不会向沅水上游走去。普通人叫它作“盐船”，名实相符。船家叫它作“大鳅鱼头”,《金陀粹编》上载岳飞在洞庭湖水擒杨幺故事，这名字就见于记载了，名字虽俗，来源却很古。这种船只大多数是用乌油漆过，所以颜色多是黑的。这种船按季候行驶，因为要大水大风方能行动。杜甫诗上描绘的“荡荡万斛船，影若扬白虹”，也许指的就是这种水上东西。

比这种盐船略小，有两桅或单桅，船身异常秀气，头尾突然收敛，令人入目起尖锐印象，全身是黑的，名叫“乌江子”。它的特长是不怕风浪，运粮食越湖。它是洞庭湖上的竞走选手。形体结构上的

特点是桅高、帆大、深舱、锐头。盖舱篷比船身小，因为船舷外还有护舱板。弄船人同船只本身一样，一看很干净，秀气斯文。行船既靠风，上下行都使帆，所以帆多整齐。船上用的水手不多，仅有的水手会拉篷、摇橹、撑篙，不会荡桨——这种船上便不常用桨。放空船时妇女还可代劳掌舵。这种船间或也沿河上溯，数目极少，船身材料薄，似不宜于冒险。这种船在沅水流域也算是外来客。

在沅水流域行驶，表现得富丽堂皇，气象不凡，可称为巨无霸的船只，应当数“洪江油船”。这种船多方头高尾，颜色鲜明，间或且有一点金漆装饰。尾梢有舵楼，可以安置家眷。大船下行可载三四千

每年水大至多上下三五回，其余大多时节都在休息中，成排结队停泊河面，俨然是河上的主人。

桶桐油，上行可载两千件棉花，或一票食盐。用橹手二十六人到四十人，用纤手三十人到六七十人。必待春水发后方上下行驶，路线系往返常德和洪江。每年水大至多上下三五回，其余大多时节都在休息中，成排结队停泊河面，俨然是河上的主人。船主照例是麻阳人，且照例姓滕，善交际，礼数清楚。常与大商号中人拜把子，攀亲家。行船时站在船后檀木舵把边，庄严中带点从容不迫神气，口中含了个竹马鞭短烟管，一面看水，一面吸烟。遇有身分的客人搭船，喝了一杯酒后，便向客人一五一十叙述这只油船的历史，载过多少有势力的军人、阔佬，或名驰沅水流域的妓女。换言之，就是这只船与当地历史发生多少关系！这种船只上的一切东西，无一不巨大坚实。船主的装束在船上时看不出什么特别处，上岸时却穿长袍（下脚过膝三四寸），罩青羽绫马褂，戴呢帽或小缎帽，佩小牛皮抱肚，用粗大银链系定，内中塞满了银元。穿生牛皮靴子，走路时踏得很重。个子高高的，瘦瘦的。有一双大手，手上满是黄毛和青筋。会喝酒、打牌，且豪爽大方，吃花酒应酬时，大把银元钞票从抱肚掏出，毫不吝啬。水手多强壮勇敢，眉目精悍，善唱歌、泅水、打架、骂野话。下水时如一尾鱼，上岸接近妇人时像一只小公猪。白天弄船，晚上玩牌，同样做得极有兴致。船上人虽多，却各有所事，从不紊乱。舱面永远整洁如新。拔锚开头时，必擂鼓敲锣，在船头烧纸烧香，煮白肉祭神，燃放千子头鞭炮，表示人神和乐，共同帮忙，一路福星。在开船仪式与行船歌声中，使人想起两千年前《楚辞》发生的原因，现在还好好地保留下来，今古如一。

比洪江油船小些，形式仿佛也较笨拙些（一般船只用木板做成，这种船竟像用木柱做成），平头大尾，一望而知船身十分坚实，有斗拳师的神气，名叫“白河船”。白河即酉水的别名。这种船只即行驶于沅水由常德到沅陵一段，酉水由沅陵到保靖一段。酉水滩流极险，船只必经得起磕撞。船只必载重方能压浪，因此尾部如臀，大而圆。下行时在船头缚大木桡一两把。木桡的用处是船只下滩，转头时比舵切于实际。照水上人俗谚说：“三桨不如一篙，三橹不如一桡。”桡读作招。酉水浅而急，不常用橹，篙桨用处多，因此篙多特别长大，桨较粗硕，肥而短。船篷用粽子叶编成，不涂油。船主多永顺保靖人，姓向姓王姓彭占多数。酉水河床窄，滩流多，为应付自然，弄船人所需要的勇敢能耐也较多。行船时常用相互诅骂代替共同唱歌，为的是受自然限制较多，脾气比较坏一点。酉水是传说中古代藏书洞穴所在地，多的是高大宏敞、充满神秘的洞穴。由沅陵起到酉阳止，沿酉水流域的每个县分总有几个洞穴。可是如沅陵的大酉洞、二酉洞，保靖这种船上的席篷照例是不大完整的，布帆是破破碎碎的，给人印象如一个破落户。

的狮子洞，酉阳的龙洞，这些洞穴纵有书籍也早已腐烂了。到如今这条河流最多的书应当是宝庆纸客贩卖的石印本历书，每一条船上照例都有一本皇历。船家禁忌多，历书是他们行动的宝贝。河水既容易出事情，个人想减轻责任，因此凡事都俨然有天做主，由天处理，照书行事，比较心安，也少纠纷。酉水流域每个县分的船只，在形式上又各不相同，不过这些小船不出白河，在常德能看到的白河油船，形体差不多全是一样。

沅水中部的辰溪县，出白石灰和黑煤，运载这两种东西的本地船叫做“辰溪船”，又名“广舶子”。它的特点和上述两种船只比较起来，显得材料脆薄而缺少个性。船身多是浅黑色，形状如土布机上的梭子，款式都不怎么高明。下行多满载这些不值钱的货物，上行因无回头货便时常放空。船身脏，所运货又少时间性，满载下驶，危险性多，搭客不欢迎，因之弄船人对于清洁、时间就不甚关心。这种船上的席篷照例是不大完整的，布帆是破破碎碎的，给人印象如一个破落户。弄船人因闲而懒，精神多显得萎靡不振。

洞河（即泸溪）发源于乾城苗乡大小龙洞，和凤凰苗乡乌巢河，两条小河在乾城县的所里相汇。向东流，到泸溪县，方和沅水同流，在这条河里的船就叫“洞河船”。河源由苗乡梨林地方两个洞穴中流出，河床是乱石底子，所以水特别清，水性特别猛。船身必须从撞磕中挣扎，河身既小，船身也较轻巧。船舷低而平，船头窄窄的。在这种船上水手中，我们可以发现苗人。不过见着他时我们不会对他有何惊奇，他也不会对我们有何惊奇。这种人一切和别的水上人都差不多，所不同处，不过是他那点老实、忠厚、纯朴、戆直性情——原人的性情，因为住在山中，比城市人保存得多点罢了。乾城人极聪明文雅，小手小脚小身材，唱山歌时嗓子非常好听，到码头边时可特别沉默安静。船只太小了，不常有机会到这大码头边靠船。这种船停泊在河面时似乎很羞怯，正如水手们上街时一样羞怯。

乾城用所里作本县吐纳货物的水码头。地方虽不大，小小石头城却很整齐干净，且出了几个近三十年来历史上有名姓的人物。段祺瑞时代的陆军总长傅良佐将军，是生长在这个小县城里的。东北军宿将，国内当前军人中称战术权威的杨安铭将军，也是这地方人。

在河上显得极活动，极有生气，而且数量极多的，是普通的中型“麻阳船”。这种船头尾高举，秀拔而灵便。这种船只的出处是麻阳河（即辰溪）。每只船上都可见到妇人、孩子、童养媳。弄船人一面担负商人委托的事务，一面还担负上帝派定的工作，两方面都异常称职。沅水流域的转运事业，大多数由这地方人支配，人口繁荣的结果，且因此在常德城外多了一条麻阳街。“一切成功都必需争斗”，这

原则也可用作麻阳街的说明。据传说，这条街是个姓滕的水手滕老九双拳打出来的。我们若有兴趣特意到那条街上走走，可知道开小铺子的、做理发店生意的、卖船上家伙的、经营皮肉生涯的，全是麻阳人，我们就会明白，原来参加这种争斗，每人都有一份。麻阳人的精力绝伦处，或者与地方出产有点关系。麻阳出各种橘子，糯米也极好，做甜酒特别相宜。人口加多，船只也越来越多，因此沅水水面的世界，一大半是麻阳人的。大凡船只停靠处，都有叫乡亲的麻阳人。乡亲所得的便利极多，平常外乡人，坐船时于是都叫麻阳人作“乡亲”。乡亲的特点是面目精悍而性情快乐，做水手的都能吃、能做、能喝、能打架。船主上岸时必装扮成为一个小乡绅，如驾洪江油船的大老板一样穿袍穿褂，着生牛皮盘云长统钉靴，戴有皮封耳的毡帽或博士帽，手指套上分量沉重的金戒指，皮抱肚里装上许多大洋钱，短烟管上悬个老虎爪子，一端还镶包一片镂花银皮。见人就请教仙乡何处，贵府贵姓。本人大多数姓滕，名字“代富”“宜贵”。对三十年来的本省政治，比起任何地方船主都熟习，都关心。欢喜讲礼教，臧否人物，且善于称引经典

左图：

船只太小了，不常有机会到这大码头边靠船。这种船停泊在河面时似乎很羞怯，正如水手们上街时一样羞怯。

右图：

人口加多，船只也越来越多，因此沅水水面的世界，一大半是麻阳人的。大凡船只停靠处，都有叫乡亲的麻阳人。

在常德水码头船只极小，漂浮水面如一片叶子，数量之多如淡干鱼，是专载客人用的“桃源划子”。

格言和当地俗谚，作为谈天时章本。恭维客人时必从恭维上增多一点收入，被客人恭维时便称客人为“知己”，笑嘻嘻地请客人喝酒。妇女在船上不特对于行船毫无妨碍，且常常是一个好帮手。妇女多壮实能干，大脚大手，善于生男育女。

麻阳人中另外还有一双值得称赞的手，在湘西近百年实无匹敌，在国内也是一个少见的艺术家，是塑像师张秋潭那双手。小件艺术品多在烟盘边靠灯时用烟签完成的，无一不做得栩栩如生，至今还留下些在湘西私人手中。大件是各县庙宇天王观音等神像，民国以后破除迷信，毁去极多。

在常德水码头船只极小，漂浮水面如一片叶子，数量之多如淡干鱼，是专载客人用的“桃源划子”。木商与烟贩，上下办货的庄客，过路的公务员，放假的男女学生，同是这种小船的主顾。船身既轻小，上下行的速度较之其他船只快过一倍，下滩时可从边上小急流

走，绝不会出事。在平潭中且可日夜赶程，不会受关卡留难。因此在有公路以前，这种小小船只实为沅水流域交通利器。弄船人工作不需如何紧张，开销又少，收入却较多。装载客人且多阔老，同时桃源县人的性格又特别随和（沅水一到桃源后就变成一片平潭，再无恶滩急流，自然影响到水上人性情很大），所以弄船人脾气就马虎得多，很多是瘾君子，白天弄船，晚上便靠灯。有些家中人说不定还留在县里，经营一种不必要本钱的职业，分工合作，都不闲散。且能做客人向导，带访桃源洞的客人到所要到的新奇地方去。

在沅水流域上下行驶，停泊到常德码头应当称为“客人”的船只，共有好几种，有从芷江上游黔东玉屏来的，有从麻阳河上游黔东铜仁来的，有从白河上游川东龙潭来的。玉屏船多就洪江转口，下行不多。龙潭船多从沅陵换货，下行不多。铜仁船装油碱下行的，有些庄号在常德，所以常直放常德。船只最引人注意处是颜色黄明照眼，式样轻巧，如竞赛用船。船头船尾细狭而向上翘举，舱底平浅，材料脆薄，给人视觉上感到灵便与愉快，在形式上可谓秀雅绝伦。弄船人语言清婉，装束素朴，有些水手还穿齐膝的长衣，裹白头巾，风度整洁和船身极相称。船小而载重，故下行时船舷必缚茅束挡水。这种船停泊河中，仿佛极其谦虚，一种作客应有的谦虚。然而比同样大小的船只都整齐，一种作客不能不注意的整齐。

此外常德河面还有一种船只，数量极多，有的时常移动，有的又长久停泊。这些船的形式一律是方头、方尾，无桅、无舵。用木板作舱壁，开小小窗子，木板作顶。有些当作船主的金屋，有些又作逋

这些船的形式一律是方头、方尾，无桅、无舵。用木板作舱壁，开小小窗子，木板作顶。

逃者的窟穴。船上有招纳水手客人的本地土娼，有卖烟和糖食、小吃、猪蹄子粉面的生意人。此外算命卖卜的、圆光关亡的，无不可以从这种船上发现。船家做寿成亲，也多就方便借这种水上公馆举行，因此，一遇黄道吉日，总是些张灯结彩，响器声、弦索声、大小炮仗声、划拳歌呼声，点缀水面热闹。

常德县城本身也就类乎一只旱船，女作家丁玲、法律家戴修瓒、国学家余嘉锡，是这只旱船上长大的。较上游的河堤比城中高得多，涨水时水就到了城边，决堤时城四围便是水了。常德沿河的长街，街市上大小各种商铺不下数千家，都与水手有直接关系。杂货店铺专卖船上用件及零用物，可说是它们全为水手而预备的。至如油盐、花纱、牛皮、烟草等等庄号，也可说水手是为它们而有的。此外如茶馆、酒馆和那经营最素朴职业的户口，水手没有它不成，它没水手更不成。

常德城内一条长街，铺子门面都很高大（与长沙铺子大同小异，近于夸张），木料不值钱，与当地建筑大有关系。地方滨湖，河堤另一面多平田泽地，产鱼虾、莲藕，因此鱼栈、莲子栈延长了长街数里。多清真教门，因此牛肉特别肥鲜。

常德沿沅水上行九十里，才到桃源县，再上行二十五里，方到桃源洞。千年前武陵渔人如何沿溪走到桃花源，这路线尚无好事的考古家说起。现在想到桃源访古的风雅人，大多数只好坐公共汽车去。到过了桃源，兴趣也许在彼而不在此，留下印象较深刻的东西，不是那个传说的洞穴，倒是另外一些传说不载的较新洞穴。在桃源县想看到老幼黄发垂髫、怡然自乐的光景，并不容易。不过或者因为历史的传统，地方人倒很和气，保存一点古风。也知道欢迎客人，杀鸡作黍，留客住宿。虽然多少得花点钱，数目并不多。可是一个旅行者应当知道，这些人赠送游客的礼物，有时不知不觉太重了点，最好倒是别大意，莫好奇，更不要因为记起宋玉所赋的高唐神女，刘晨、阮肇天台所遇的仙女，想从经验中去证实故事。不妨学个“老江湖”，少生事！当地纵多神女仙女，可并不是为外来读书人游客预备的，沅水流域的木竹簰商人是唯一受欢迎者。好些极大的木竹簰，到桃源后不久就无影无踪不见了的，照俚话所说，是“进了桃源的洞穴”的。

政治家宋教仁，老革命党覃振，同是桃源县人。桃源县有个省立第二女子师范学校，五四运动谈男女解放平等，最先要求男女同校，且实现它，就是这个学校的女学生。

山脚下一带树林，一些俨如有意为之布局恰到好处的小小房子，绕河洲树林边一湾溪水，一道长桥，一片烟。

沅陵的人

由常德到沅陵，一个旅行者在车上的感触，可以想象得到，第一是公路上并无苗人，第二是公路上很少听说发现土匪。

公路在山上与山谷中盘旋转折虽多，路面却修理得异常良好，不问晴雨都无妨车行。公路上的行车安全的设计，可看出负责者的最大努力。旅行的很容易忘了车行的危险，乐于赞叹自然风物的美秀。在自然景致中见出宋院画的神采奕奕处，是太平铺过河时入目的光景。溪流萦回，水清而浅，在大石细沙间漱流。群峰竞秀，积翠凝蓝，在细雨中或阳光下看来，颜色真无可形容。山脚下一带树林，一些俨如有意为之布局恰到好处的小小房子，绕河洲树林边一湾溪水，一道长桥，一片烟。香草山花，随手可以掇拾。《楚辞》中的山鬼、云中君，仿佛如在眼前。上官庄的长山头时，一个山接一个山，转折频繁处，神经质的妇女与懦弱无能的男子，会不免觉得头目晕眩。一个常态的男子，便必然对于自然的雄伟表示赞叹，对于数年前裹粮负水来在这高山峻岭修路的壮丁更表示敬仰和感谢。这是一群没灭无闻沉默不语真正的战士！每一寸路都是他们流汗做成的。他们有的从百里以外小乡村赶来，沉沉默默地在派定地方担土，打石头，三五十人躬着腰肩共同拉着个大石滚子碾压路面，淋雨，挨饿，忍受各式各样虐待，完成了分派到头上的工作。把路修好了，眼看许多的各色各样稀奇古怪的物件吼着叫着走过了，这些可爱的乡下人，知道事情业已办完，笑笑的，各自又回转到那个想象不到的小乡村里过日子去了。中国几年来一点点建设基础，就是这种无名英雄做成的。他们什么都不知道，可是所完成的工作却十分伟大。

单从这条公路的坚实和危险工程看来，就可知道湘西的民众，是可以为国家完成任何伟大理想的。只要领导有人，交付他们更困难的工做，也可望办得很好。

看看沿路山坡桐茶树木那么多，桐茶山整理得那么完美，我们且会明白这个地方的人民，即或无人领导，关于求生技术，各凭经验在不断努力中，也可望把地面征服，使生产增加。

只要在上的不过分苛索他们，鱼肉他们，这种勤俭耐劳的人民，就不至于铤而走险发生问题。可是若到任何一个停车处，试同附近乡民谈谈，我们就知道那个“过去”是种什么情形了。任何捐税，乡

只要在上的不过分苛索他们，鱼肉他们，这种勤俭耐劳的人民，就不至于铤而走险发生问题。

凡其他地方男子所能做的劳役，在这地方统由女子来做。

下人都有一份，保甲在糟蹋乡下人这方面的努力，成绩真极可观！然而促成他们努力的动机，却是照习惯把所得缴一半，留一半。然而负责的注意到这个问题时，就说“这是保甲的罪过”，从不认为是当政的耻辱。负责者既不知如何负责，因此使地方进步永远成为一种空洞的理想。

然而这一切都不妨说已经成为过去了。

车到了官庄交车处，一列等候过山的车辆，静静地停在那路旁空阔处，说明这公路行车秩序上的不苟。虽在军事状态中，军用车依然受公路规程辖制，不能占先通过，此来彼往，秩序井然。这条公路的修造与管理统由一个姓周的工程师负责。

车到了沅陵，引起我们注意处，是车站边挑的、抬的、负荷的、推挽的，全是女子。凡其他地方男子所能做的劳役，在这地方统由女子来做。公民劳动服务也还是这种女人。公路车站的修成，就有不少女子参加。工作既敏捷，又能干。女权运动者在中国二十年来的运动，到如今在社会上露面时，还是得用“夫人”名义来号召，并不以为可羞。而且大家都集中在大都市，过着一种腐败生活。比较起这种女劳动者把流汗和吃饭打成一片的情形，不由得我们不对这种人充满尊敬与同情。

这种人并不因为终日劳作就忘记自己是个妇女，女子爱美的天性依然还好好保存。胸口前的扣花装饰，裤脚边的扣花装饰，是劳动得闲在茶油灯光下做成的。（围裙扣花工作之精和设计之巧，外路人一见无有不交口称赞。）这种妇女日常工作虽不轻松，衣衫却整齐清洁。有的年纪已过了四十岁，还与同伴竞争兜揽生意。两角钱就为

好一片水！好一座小小山城！尤其是那一排渡船，船上的水手，一眼看去，几乎又全是女子。

客人把行李背到河边渡船上，跟随过渡，到达彼岸，再为背到落脚处。外来人到河码头渡船边时，不免十分惊讶，好一片水！好一座小小山城！尤其是那一排渡船，船上的水手，一眼看去，几乎又全是女子。过了河，进得城门，向长街走走，就可见到卖菜的、卖米的、开铺子的、做银匠的，无一不是女子。再没有另一个地方女子对于参加各种事业、各种生活，做得那么普遍那么自然了。看到这种情形时，真不免令人发生疑问：一切事儿几乎都由女子来办，如《镜花缘》一书上的女儿国现象了。本地的男子，是出去打仗，还是在家纳福看孩子？

不过一个旅行者自觉已经来到辰州时，兴味或不在这些平常问题上。辰州地方是以辰州符闻名的，辰州符的传说奇迹中又以赶尸著闻。公路在沅水南岸，过北岸城里去，自然盼望有机会弄明白一下这种老玩意儿。

可是旅行者这点好奇心会受打击。多数当地人对于辰州符都莫名其妙，且毫无兴趣，也不怎么相信。或许无意中会碰着一个“大”人物，体魄大，声音大，气派也好像很大。他不是姓张，就是姓李（他应当姓李），会告你辰州符的灵迹，就是用刀把一只鸡颈脖扎断，把它重新接上，噀一口符水，向地下抛去，这只鸡即刻就会跑去，撒一把米到地上，这只鸡还居然赶回来吃米！你问他：“这事曾亲眼见过吗？”他一定说：“当真是眼见的事。”或许慢慢地想一想，你便也会觉得同样是在什么地方亲眼见过这件事了。原来五十年前的什么书上，就这么说过的。这个大人物是当地著名会说大话的。世界上事什么都好像知道得清清楚楚，只不大知道自己说话是假的还是真的，是书上有的还是自己造作的。多数本地人对于“辰州符”是个什么东西，照例都不大明白的。

对于赶尸传说呢，说来实在动人。凡受了点新教育，血里骨里还浸透原人迷信的新绅士，想满足自己的荒唐幻想，到这个地方来时，总有机会温习一下这种传说。绅士、学生、旅馆中人，俨然因为生在当地，便负了一种不可避免的义务，又如为一种天赋幽默同情心所激发，总要把它的神奇处重述一番。或说朋友亲戚曾亲眼见过这种事情，或说曾有谁被赶回来。其实他依然和客人一样，并不明白，也不相信，客人不提起，他是从不注意这个问题的。客人想“研究”它（我们想象得出有许多人最乐于研究它的），最好还是看《奇门遁甲》，这部书或者对他有一点帮助，本地人可不会给他多少帮助。本地人虽乐于答复这一类傻不可言的问题，却不能说明这事情的真实性。就中有个“有道之士”，姓阙，当地人统称之为阙五老，年纪将近六十岁，谈天时精神犹如一个小孩子。据说十五岁时就远走云贵，跟名师学习过这门法术。作法时口诀并不稀奇，不过是念文天祥的《正气歌》罢了。死人能走动便受这种歌词的影响。辰州符主要的工具是一碗水；这个有道之士家中神主前便陈列了那么一碗水，据说已经有了三十五年，碗里水减少时就加添一点。一切病痛统由这一碗水解决。一个死尸的行动，也得用水迎面地一噀，这水且能由浑浊与沸腾表示预兆，有人需要帮忙或家事吉凶的预兆，登门造访者若是一个读书人、一个教授，他把这一碗水的妙用形容得将更惊心动魄。使他舌底翻莲的原因，或者是他自己十分寂寞，或者是对于客人具有天赋同情，所以常常把书上没有的也说到了。客人要老老实实发问：“五老，那你看过这种事了？”他必装作很认真神气说：“当然的。我还亲自赶过！那是我一个亲戚，在云南做官，死在任上，赶回湖南，每天为死者换新草鞋一双，到得湖南时，死人脚趾头全走脱了。只是功夫不练就不灵，早丢下了。”至于为什么把它丢下，可不说明。客人目的在表演，主人用意在故神其说，末后自然不免使客人失望。不过知道了这玩意儿是读《正气歌》作口诀，同儒家居然大有关系时，也不无所得。关于赶尸的传说，这位有道之士可谓集其大成，所以值得找方便去拜访一次。他的住处在上西关，一问即可知

辰州符主要的工具是一碗水；这个有道之士家中神主前便陈列了那么一碗水，据说已经有了三十五年……

道。可是一个读书人也许从那有道之士伏尔泰风格的微笑、伏尔泰风格的言谈，会看出另外一种无声音的调笑：“你外来的书呆子，世界上事你知道许多，可是书本不说，另外还有许多就不知道了。用《正气歌》赶走了死尸，你充满好奇的关心，你这个活人，是被什么邪气歌赶到我这里来？”那时他也许正坐在他的杂货铺里面（他是隐于医与商的），忽然用手指着街上一个长头发的男子说：“看，疯子！”那真是个疯子，沅陵地方唯一的疯子，可是他的语气也许指的是你拜访者。你自己试想想看，为了一种流行多年的荒唐传说，充满了好奇心来拜访一个透熟人生的人，问他死了的人用什么方法赶上路，你

这个人的言谈，倒真是一种杰作，三十年来当地的历史，在他记忆中保存得完完全全，说来时庄谐杂陈，实在值得一听。

用意说不定还想拜老师，学来好去外国赚钱出名，至少也弄得哲学博士回国，在他饱经世故的眼中，你和疯子的行径有多少不同！

这个人的言谈，倒真是一种杰作，三十年来当地的历史，在他记忆中保存得完完全全，说来时庄谐杂陈，实在值得一听。尤其是对于当地人事所下批评，尖锐透入，令人不由得想起法国那个伏尔泰。

至于辰砂的出处，出产于离辰州地还远得很，远在三百里外凤凰县的苗乡猴子坪。

凡到过沅陵的人，在好奇心失望后，依然可从自然风物的秀美上得到补偿。由沅陵南岸看北岸山城，房屋接瓦连椽，较高处露出雉堞，沿山围绕；丛树点缀其间，风光入眼，实不俗气。由北岸向南望，则河边小山间，竹园、树木、庙宇、高塔、民居，仿佛各个都位置在最适当处。山后较远处群峰罗列，如屏如障，烟云变幻，颜色积翠堆蓝。早晚相对，令人想象其中必有帝子天神，驾螭乘蜺，驰骤其间。绕城长河，每年三四月春水发后，洪江油船颜色鲜明，在摇橹歌呼中连翩下驶。长方形大木筏，数十精壮汉子，各据筏上一角，举桡激水，乘流而下。就中最令人感动处，是小船半渡，游目四瞩，俨然四围是山，山外重山，一切如画。水深流速，弄船女子，腰腿劲健，胆大心平，危立船头，视若无事。同一渡船，大多数都是妇人，划船的是妇女，过渡的也是妇女较多。有些卖柴卖炭的，来回跑五六十里路，上城卖一担柴，换两斤盐，或带回一点红绿纸张同竹篾做成的简陋船只，小小香烛。问她时，就会笑笑地回答："拿回家去做土地会。"你或许不明白"土地会"的意义，事实上就是酬谢《楚辞》中提到的那种云中君——山鬼。这些女子一看都那么和善，那么朴素，年纪四十以下的，无一不在胸前土蓝布或葱绿布围裙上绣上一片花，且差不多每个人都是别出心裁，把它处置得十分美观，不拘写实或抽象的花朵，总那么妥帖而雅相。在轻烟细雨里，一个外来人眼见到这种情形，必不免在赞美中轻轻叹息。天时常常是那么把山

天时常常是那么把山和水和人都笼罩在一种似雨似雾使人微感凄凉的情调里，然而却无处不可以见出“生命”在这个地方有光辉的那一面。

和水和人都笼罩在一种似雨似雾使人微感凄凉的情调里，然而却无处不可以见出“生命”在这个地方有光辉的那一面。

外来客自然会有个疑问发生：这地方一切事业女人都有份，而且像只有“两截穿衣”的女子有份，男子到哪里去了呢？

在长街上，我们固然时常可以见到一对少年夫妻，女的眉毛俊秀，鼻准完美，穿浅蓝布衣，用手指粗银链系扣花围裙，背小竹笼。男的身长而瘦，英武爽朗，肩上扛了各种野兽皮向商人兜卖，令人一见十分感动。可是这种男子是特殊的。

男子大部分都当兵去了。因兵役法的缺憾，和执行兵役法的中间层保甲制度人选不完善，逃避兵役的也多，这些壮丁抛下他的耕牛，向山中走，就去当匪。匪多的原因，外来官吏苛索实为主因。乡下人照例都愿意好好活下去，官吏的老式方法居多是不让他们那么好好活下去。乡下人照例一入兵营就成为一个好战士，可是办兵役的，却觉得如果人人都乐于应兵役，就毫无利益可图。土匪多时，当局另外派大部队伍来“维持治安”，守在几个城区，别的不再过问。土匪得了相当武器后，在报复情绪下就是对公务员特别不客气，凡搜刮过多的外来人，一落到他们手里时，必然是先将所有的得到，再来取那个“命”。许多人对于湘西民或匪都留下一个特别蛮悍嗜杀的印象，就由这种教训而来。许多人说湘西有匪，许多人在湘西虽遇匪，却从不曾遭遇过一次抢劫，就是这个原因。

一个旅行者若想起公路就是这种蛮悍不驯的山民或土匪，在烈日和风雪中努力做成的，乘了新式公共汽车由这条公路经过，既感觉公路工程的伟大结实，到得沅陵时，更随处可见妇人如何认真称职，用劳力讨生活，而对于自然所给的印象，又如此秀美，不免感慨系之。这地方神秘处原来在此而不在彼。人民如此可用，景物如此美好，三十年来牧民者来来去去，新陈代谢，不知多少，除认为“蛮悍”外，竟别无发现。外来为官作宦的，回籍时至多也只有把当地久已消灭无余的各种画符捉鬼荒唐不经的传说，在茶余酒后向陌生者一谈。地方真正好处不会欣赏，坏处不能明白。这岂不是湘西的另一种神秘？

沅陵算是个湘西受外来影响较久较大的地方，城区教会的势力，造成一批吃教饭的人物，蛮悍性情因之消失无余，代替而来的或许是一点青年会办事人的习气。沅陵又是沅水几个支流货物转口处，商人势力较大，以利为归的习惯，也自然很影响到一些人的打

算行为。沅陵位置在沅水流域中部，就地形言，自为内战时代必争之地。因此麻阳县的水手，一部分登陆以后，便成为当地有势力的小贩。凤凰县屯垦子弟兵官佐，留下住家的，便成为当地有产业的客居者。慷慨好义，负气任侠，楚人中这类古典的热诚，若从当地人寻觅无着时，还可从这两个地方的男子中发现。一个外来人，在那山城中石板作成的一道长街上，会为一个矮小、瘦弱，眼睛又不明，听觉又不聪，走路时匆匆忙忙，说话时结结巴巴，那么一个平常人引起好奇心。说不定他那时正在大街头为人排难解纷，说不定他的行为正需要旁人排难解纷！他那样子就古怪，神气也古怪。一切像个乡下人，像个官能为嗜好与毒物所毁坏，心灵又十分平凡的人。可是应当

找机会去同他熟一点，谈谈天。应当想办法更熟一点，跟他向家里走（他的家在一个山上。那房子是沅陵住户地位最好，花木最多的）。如此一来，结果你会接触一点很新奇的东西，一种混合古典热诚与近代理性在一个特殊环境特殊生活里培养成的心灵。你自然会“同情”他，可是最好倒是“赞美”他。他需要的不是同情，因为他成天在同情他人，为他人设想帮忙尽义务，来不及接受他人的同情。他需要人“赞美”，因为他那种古典的做人的态度，值得赞美。同时他的性情充满了一种天真的爱好，他需要信托，为的是他值得信托。他的视觉同听觉都毁坏了，心和脑可极健全。凤凰屯垦兵子弟中出壮士，体力胆气两方面都不弱于人。这个矮小瘦弱的人物，虽出身世代武人的家庭中，因无力量征服他人，失去了做军人的资格。可是那点有遗传性的军人气概，却征服了他自己，统制自己，改造自己，成为沅陵县一个顶可爱的人。他的名字叫做“大老爷”，或“大大”，一个古怪到家的称呼。商人、妓女、屠户、教会中的牧师和医生，都这样称呼他。到沅陵去的人，应当认识认识这位大老爷。

沅陵县沿河下游四里路远近，河中心有个洲岛，周围高山四合，名“合掌

左图：

到得沅陵时，更随处可见妇人如何认真称职，用劳力讨生活，而对于自然所给的印象，又如此秀美，不免感慨系之。

右图：

慷慨好义，负气任侠，楚人中这类古典的热诚，若从当地人寻觅无着时，还可从这两个地方的男子中发现。

洲”，名目与情景相称。洲上有座庙宇，名“和尚洲”，也还说得去。但本地的传说，却以为是“和涨洲”，因为水涨河面宽，淹不着，为的是洲随河水起落！合掌洲有个白塔，由顶到根雷劈了一小片，本地人以为奇，并不足奇。河北岸村名黄草尾，人家多在橘柚林里，橘子树白华朱实，宜有小腰白齿出于其间。一个种菜园的周家，生了四个女儿，最小的一个四妹，人都呼为夭妹，年纪十七岁，许了个成衣店学徒，尚未圆亲。成衣店学徒积蓄了整年工钱，打了一副金耳环给夭妹，女孩子就戴了这副金耳环，每天挑菜进东门城卖菜。因为性格好繁华，人长得风流俊俏，一个东门大街的人都知道卖菜的周家夭妹。

左图：

沅陵县沿河下游四里路远近，河中心有个洲岛，周围高山四合，名“合掌洲”，名目与情景相称。

右图：

女孩子虽又惊又怕，还是从容地说：“你抢我，把我箱子也抢去，我才有衣服换！”

因此县里的机关中办事员，保安司令部的小军佐，和商店中小开，下黄草尾玩耍的就多起来了。但不成，肥水不落外人田，有了主子。可是“人怕出名猪怕壮”，夭夭的名声传出去了，水上划船人全都知道周家夭夭。去年（民国二十六年）冬天一个夜里，忽然来了四百武装喽啰攻打沅陵县城，在城边响了一夜枪，到天明以前，无从进城，这一伙人依然退走了。这些人本来目的也许就只是在城外打一夜枪。其中一个带队的称团长，却带了兄弟伙到夭妹家里去拍门。进屋后别的不要，只把这女孩子带走。

女孩子虽又惊又怕，还是从容地说：“你抢我，把我箱子也抢去，我才有衣服换！”

带到山里去时那团长问：“夭夭，你要死，要活？”

女孩子想了想，轻声地说：“要死。你不会让我死。”

团长笑了：“那你意思是要活了！要活就嫁我，跟我走。我把你当官太太，为你杀猪杀羊请客，我不负你。”

女孩子看看团长，人物实在英俊标致，比成衣店学徒强多了，就说：“人到什么地方都是吃饭，我跟你走。”

于是当天就杀了两个猪、十二只

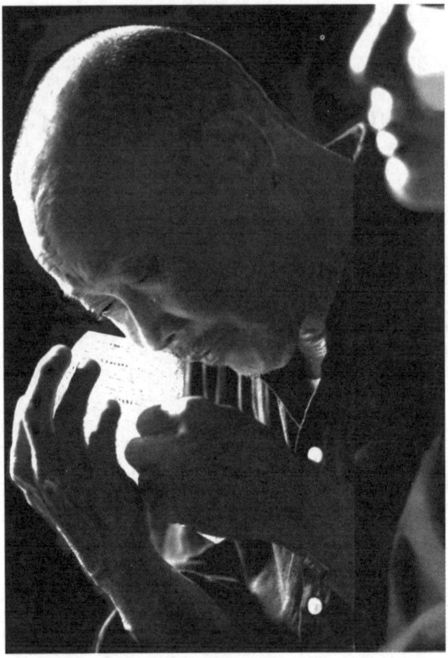
过三天后，那团长就派人送信给黄草尾种菜的周老夫妇，称岳父岳母，报告夭妹安好，不用挂念。

羊、一百对鸡鸭，大吃大喝大热闹，团长和夭妹结婚。女孩子问她的衣箱在什么地方，待把衣箱取来打开一看，原来全是预备陪嫁的！英雄美人，可谓美满姻缘。过三天后，那团长就派人送信给黄草尾种菜的周老夫妇，称岳父岳母，报告夭妹安好，不用挂念。信还是用红帖子写的，词句华而典，师爷的手笔。还同时送来一批礼物！老夫妇无话可说，只苦了成衣店那个学徒，坐在东门大街一家铺子里，一面裁布条子做纽襻，一面垂泪。

这也可说是沅陵县人物之一型。

至于住城中的几个年高有德的老绅士，那倒正像湘西许多县城里的正经绅士一样，在当地是很闻名的，庙宇里照例有这种名人写的屏条，名胜地方照例有他们题的诗词。儿女多受过良好教育，在外做事。家中种植花木，蓄养金鱼和雀鸟，门庭规矩也很好。与地方关系，却多如显克维支在他《炭画》那本书里所说的贵族，凡事取“不干涉主义”。因为名气大，许多不相干的捐款、不相干的公事、不相干的麻烦不会上门。乐得在家纳福，不求闻达，所以也不用有什么表现。对于生活劳苦认真，既不如车站边负重妇女生命活跃，也不如卖菜的周家夭妹，然而日子还是过得很好，这就够了。

由沅水下行百十里到沅陵属边境地名柳林岔——就是湘西出产金子，风景又极美丽的柳林岔。那地方过去一时也有个人，很有意思。这个人据说母亲貌美而守寡，住在柳林岔镇上。对河高山上有个庙，庙中住下一个青年和尚，诚心苦修。寡妇因爱慕和尚，每天必借烧香为名去看看和尚，二十年如一日。和尚诚心苦修，不作理会，也同样二十年如一日。儿子长大后，慢慢地知道了这件事。儿子知道后，不敢规劝母亲，也不能责怪和尚，唯恐母亲年老眼花，一不小心，就会堕入深水中淹死。又见庙宇在一个圆形峰顶，攀援实在不容易。因此特意雇定一百石工，在临河悬岩上开辟一条小路，仅可容足，更找一百铁工，制就一条粗而长的铁链索，固定在上面，作为援手工具。又在两山间造一拱石头桥，上山顶庙里时就可省一大半路。这些工作进行时自己还参加，直到完成。各事完成以后，这男子就出远门走了，一去再也不回来了。

这座庙，这个桥，濒河的黛色悬崖上这条人工凿就的古怪道路，路旁的粗大铁链，都好好地保存在那里……

这座庙，这个桥，濒河的黛色悬崖上这条人工凿就的古怪道路，路旁的粗大铁链，都好好地保存在那里，可以为过路人见到。凡上行船的纤手，还必须从这条路把船拉上滩。船上人都知道这个故事。故事虽还有另一种说法，以为

庙中屋角树梢栖息的红嘴红脚小小乌鸦，成千累万，遇下行船必飞往接船送船，船上人把饭食糕饼向空中抛去，这些小黑鸟就在空中接着，把它吃了。

一切是寡妇所修的，为的是这寡妇……总之，这是一个平常人为满足他的某种愿心而完成的伟大工程。这个人早已死了，却活在所有水上人的记忆里。传说和当地景色极和谐，美丽而微带忧郁。

沅水由沅陵下行三十里后即滩水连接，白溶、九溪、横石、青浪……就中以青浪滩最长，石头最多，水流最猛。顺流而下时，四十里水路不过二十分钟可完事，上行船有时得一整天。

青浪滩滩脚有个大庙，名伏波宫，敬奉的是汉老将马援。行船人到此必在庙里烧纸献牲。庙宇无特点，不出奇。庙中屋角树梢栖息的红嘴红脚小小乌鸦，成千累万，遇下行船必飞往接船送船，船上人把饭食糕饼向空中抛去，这些小黑鸟就在空中接着，把它吃了。上行船可照例不光顾。虽上下船只极多，这小东西知道向什么船可发利市，什么船不打抽丰。船夫说这是马援的神兵，为迎接船只的神兵，照老规矩，凡伤害的必赔一大小相等银乌鸦，因此从不会有人敢伤害它。

几件事都是人的事情。与人生活不可分，却又杂糅神性和魔性。湘西的传说与神话，无不古艳动人。同这样差不多的还很多。湘西的神秘，和民族性的特殊大有关系。历史上楚人的幻想情绪，必然孕育在这种环境中，方能滋长成为动人的诗歌。想保存它，同样需要这种环境。

秋冬来时，房屋在悬崖上的，滨水的，无不朗然入目，黄泥的墙，乌黑的瓦，位置却永远那么妥帖！

白河流域几个码头

白河便是历史上知名的酉水。白河到沅陵与沅水汇流后，便略显浑浊，有出山泉水的意思。若溯流而上，则三丈五丈的深潭清澈见底。深潭中为白日所映照，河底小小白石子，有花纹的玛瑙石子，全看得明明白白。水中游鱼来去，皆如浮在空气里。两岸多高山，山中多可以造纸的细竹，长年作深翠颜色，逼人眼目。近水人家多在桃杏花里，春天时只需注意，凡有桃花处必可沽酒。夏天则晒晾在日光下耀目的紫花布衣裤，可以作为人家所在的旗帜。秋冬来时，房屋在悬崖上的，滨水的，无不朗然入目，黄泥的墙，乌黑的瓦，位置却永远那么妥帖！且与四周环境极其调和，使人得到的印象非常愉快。（引自《边城》）

由沅陵沿白河上行三十里名“乌宿”，地方风景清奇秀美，古木丛竹，滨水极多。传说中的大酉洞即在附近。洞中高大宏敞，气象万千。但比起凤凰苗乡中的齐梁洞，内中平坦能容避难的人一万以上，就可知道大酉洞其所以著名，或系邻近开化较早的沅陵所致。白河中山水木石最美丽清奇的码头，应数王村，属永顺县管辖，且为永顺县货物出口地方。夹河高山，壁立拔峰。竹木青翠，岩石黛黑。水深而清，鱼大如人。河岸两旁黛色庞大石头上，在晴朗冬天里，尚有野莺画眉鸟，从山谷中竹篁里飞出来，休息在石头上晒太阳，悠然自得啭唱悦耳的曲子，直到有船近身时，方从从容容一齐向林中飞去。水边还有许多不知名水鸟，身小轻捷，活泼快乐，或颈脖极红，如缚上一条彩色带子，或尾如扇子，花纹奇丽，鸣声都异常清脆。白日无事，平潭静寂，但见小渔船船舷船顶站满了沉默黑色鱼鹰，缓缓向上游划去。傍山作屋，重重叠叠，如堆蒸糕，入目景象清而壮。一派清芬的影响，

白河中山水木石最美丽清奇的码头，应数王村，属永顺县管辖，且为永顺县货物出口地方。

本县老诗人向伯翔的诗，因之也见得异常清壮。

白河多滩，凤滩、茨滩、绕鸡笼、三门、驼碑五个滩最著名。弄船人有两个口号：“凤滩茨滩不为凶，上面还有绕鸡笼。”上行船到两大滩时，有时得用两条竹纤在两岸拉挽，船在河中小小溶口破浪逆流上行。绕鸡笼因多曲折石坎，下行船较麻烦，一不小心撞触河床中的大石，即成碎片，船上人必借船板浮沉到下游三五里方能得救。三门附近山道名白鸡关，石壁插云，树身大如桌面，茅草高至二丈五尺以上。山中出虎豹，大白天可听到虎吼。

由三门水行七十里，到保靖县。（过白鸡关陆行只有四十余里）保靖是酉水流域过去土司之一所在地。酉水流域多洞穴，保靖濒河两个洞为最美丽知名。一在河南，离县城三里左右，名石楼洞，临长河，据悬崖。对河一山，山上老松数列，错落布置，十分自然。景物清疏，有渐江和尚画意。但洞穴内多人工铺排，并无可观。一在河北大山下面，和县城相对，名狮子洞，洞被庙宇掩着，庙宇又被老树大竹古藤掩着。洞口并不十分高大，进到里面去后，用火燎高照，既不见边，也不见顶，才看出这洞穴何等宏敞阔大，令人吃惊。四面石壁白润如玉，地下铺满白色细沙。洞中还另有一小小天然道路，可上升到一个石屋里去。道路踏脚处带朱砂红斑，颜色极鲜艳。石屋中有石床石桌，似为昔日方士修炼住处。蝙蝠展翅约一尺长大，不知从何处求食。洞中既宽阔，又黑暗，必用三五个火燎烛照，由庙中人引导，视火燎燃到三分之二后，即寻路外出，不然恐迷路不易走出。火燎用枯竹枝做成，由守庙道士出卖给游洞者，点燃时枯竹枝在洞中爆炸，声音如枪响，如大雷公鞭炮响。洞中夏天有一小小泉水，水味甘美。水中还有小小鱼虾，到冬天时仅一空穴，鱼虾亦不知去处。

近城大山名杀鸡坡，一眼看去，山并不如何高大，但山下人有人上山时杀一鸡，等待人到山顶，山下人的鸡在锅中已熟了。因此名叫杀鸡坡。对河亦有一大山，名野猪坡，出野猪。坡上土地丛林和洞穴，为烧山种田人同野兽大蛇所割据。一到晚上，虎豹就傍近种田开山人家来吃小猪，从被咬去的小猪锐声叫喊里，可以知道虎豹走去的方向。这大虫有时在大白天也昂头一吼，山谷响应许久。

种田人因此常常拿了刀矛火器种种家伙，往树林山洞中去寻觅，用绳网捕捉大蛇，用毒烟设陷阱猎捕野兽。岭上最多的还是集群结伙蹂躏农产物成癖的野猪，喜欢偷吃山田中包谷白薯，为山民真正仇敌。正因为这种损害庄稼的仇敌太多，岭上人打锣击鼓猎野猪的事，也就成为一种常有的仪式、常有的娱乐了。

本地出好梨，皮色淡赭，味道香而甜，名“洋冬梨”，皮较厚韧，因此极易保藏。产材质坚密的黄杨木，乡下人常常用绳索系身，悬空下垂到溪谷绝壁间，把黄杨木从高崖上砍下，每段锯成两尺长短，背负入城找求售主，同卖柴一样。碗口大的木料，在本地人眼中看来，十分平常。这种良好木材，照当地人习惯，多用来做筷子和天

出好茶叶，和邻近山城那个古丈县的茶叶比较，味道略淡。然而清醇之中，别有一种芬馥之气。

九牌。需要多，供给少，所以一部分就用柚子木充数。出大头菜，比龙山的略差。湘西大头菜应当数接近鄂西的边县龙山最好，颜色金黄，味道甜而香。出好茶叶，和邻近山城那个古丈县的茶叶比较，味道略淡。然而清醇之中，别有一种芬馥之气。陈家茶园在湘西实得风气之先，出品佳美，可惜数量不多，无从外运。

永绥县离保靖四十五里。保靖县苗人居住较少。永绥县却大部分是苗人。逢场时交易十分热闹，猪、牛、羊、油、盐、铁器和农具，以至于一段木头、一根竹子、一个石臼、一撮火绒，无不可以买卖。大场坪中百物杂陈，五色缤纷，可谓奇观。石宏规是本县苗民中优秀分子之一，对苗民教育极热心，对苗民问题极熟习。一个大学毕业生，做了几次县长。

三个县分清中叶还由土司统治，土司既由世袭，永顺的姓向，保靖的姓彭，永绥的姓宋，到如今这三姓还为当地巨族。土司的统治

已成过去，统治方法也不可考究了，除了许多大土堆通称土司坟，但留下一个传说尚能刺激人心，就是做土司的，除同宗外，对于此外任何人新婚都保有“初夜权”。新妇应当送到土司府留下三天，代为除邪气，方能发达。也许就是这种原因，三姓方成为本地巨族。土司坟多，与《三国演义》曹操七十二个疑冢不无关系，与“初夜权”执行也有关系。

白河上游商业较大，水码头名“里耶”。川盐入湘，在这个地方上税。边地若干处桐油，都在这个码头集中。

站在里耶河边高处，可望川湘鄂三省接壤的八面山。山如一个桶

四面陡削悬绝，只一条小路可以上下。上面一坦平阳，且有很好泉水，出产好米和杂粮……

形，周围数百里，四面陡削悬绝，只一条小路可以上下。上面一坦平阳，且有很好泉水，出产好米和杂粮，住了约一百户人家。若将那条山路塞断，即与一切隔绝，俨然别有天地。过去二十年常为落草大王盘据，不易攻打。惟上面无盐，所以不易久守。

白河上游分支数处，其一到龙山。龙山出好大头菜。山水清寒，鱼味旨美，六月不腐，水源出鄂西。其一河源在川东，湖南境到茶峒为止。因为这是湖南境最后一个水码头，小虽小，还有意思。这地方事实上虽与人十分陌生，可是说起来又好像十分熟习。下面是从我一个小说上摘引下来的，白河流域像这样的地方，似乎不止一处。

> 凭水倚山筑城，近山的一面，城墙如一条长蛇，缘山爬去。临水一面则在城外河边留出余地设码头，湾泊小小篷船。船下行时运桐油、青盐、染色用的五倍子。上行则运棉花、棉纱，以及布匹杂货同海味。贯串各个码头有一条河街，人家房子多一半着陆，一半在水，因为余地有限，那些房子莫不设吊脚楼。河中涨了春水，到水进街后，河街上人家，便各用长长的梯子，一端搭在房檐口，一端搭在城墙上，人人皆骂着嚷着，带了包袱、铺盖、米缸，从梯子上爬进城里去，水退时方又

人家房子多一半着陆，一半在水，因为余地有限，那些房子莫不设吊脚楼。

此外饭店、杂货铺、油行、盐栈、花衣庄，莫不各有地位，装点了这条河街。

从城门口出城。水落特别猛一些，沿河吊脚楼，必有一处两处为水冲去，大家只在城头上呆望，受损失的也同样呆望，对于所受损失仿佛无话可说，与在自然安排下眼见其他无可挽救的不幸来临时相似。涨水时在城上还可望着骤然展宽的河面，流水浩浩荡荡，随同山水从上流浮沉而来的有房子、牛、羊、大树。于是在水势较缓处税关趸船前面，便常常有人驾了小舢板，一见河心浮沉而来的是一匹牲畜、一段小木，或一只空船，船上有一个妇人或小孩哭喊的声音，便急急地把船桨去。在下游一些迎着那个目的物，把它用长绳系定，再向岸边桨去。这些勇敢的人，也爱利，也好义，同一般当地人相似。不拘救人救物，却同样在一种愉快冒险行为中做得十分敏捷勇敢。

城外河街也有商人落脚的客店，坐镇不动的理发馆。此外饭店、杂货铺、油行、盐栈、花衣庄，莫不各有地位，装点了这条河街。还有卖船上檀木活车、竹缆与锅罐铺子，介绍水手职业吃码头饭的人家。小饭店门前，常有煎得焦黄的鲤鱼豆腐，身上装饰了红辣椒丝，卧在浅口钵头里，钵旁大竹筒中插着大把红筷子，不拘谁个愿意花点钱，这人就可以傍了门前长案坐下来，抽出一双筷子到手上，那边一个眉毛扯得极细脸上擦了白粉的妇人，就走来问："要甜酒？要烧酒？"男子火焰高一点的，谐趣的，对内掌柜有点意思的，必装成生气似的说："吃甜酒？又不是小孩，还问人吃甜酒！"那么，醇冽的烧酒，从大瓮里用木滤子舀出，倒进土碗里，即刻就来到身边案桌上了。

大都市随了商务发达而产生的某种寄食者，因为商人同水手的需要，这小小边城河街，也居然有那么一群人，聚集在一些有吊脚楼的人家。这种妇人穿了假洋绸的衣服，印花布的裤子，把眉毛扯成一条细线，大大的发髻上敷了香味极浓俗的油类，白日里无事，就坐在门口做鞋子，在鞋尖上用红绿丝线挑绣双凤，或靠在临河窗口看水手起货，听水手爬桅子唱歌。到了晚间，却轮流接待商人同水手，切切实实尽一个妓女应尽的义务。

由于边地的风俗淳朴，便是做妓女，也永远那么浑厚，遇不相熟的主顾，做生意时得先交钱，再关门撒野。人既相熟后，钱便在可有可无之间了。妓女多靠商人维持生活，但恩情所结，却多在水手方面。感情好的，互相咬着嘴唇咬着颈脖发了誓，约好了"分手后各人不许胡闹"。四十天或五十天，在船上浮着的那一个，同在岸上蹲着的这一个，便同样呆着打发这一堆日子，尽把自己的心紧紧地缚定远远的一个人。尤其是妇人，痴到无可形容，男子过了约定时间不回来，做梦时，就常常梦船拢了岸，那一个人摇摇荡荡地从船跳板到了岸上，直向身边跑来。或日中有了疑心，则梦里必见男子在桅上向另一方向唱歌，却不理会自己。性格弱一点儿的，接着就在梦里投河吞鸦片烟，强一点的便手执菜刀，直向那水手奔去。他们生活虽那么同一般社会疏远，但是眼泪与欢乐，在一种爱憎得失间揉进了这些人生活里时，也便同另外一片土地另外一些人相似，全个身心为那点爱憎所浸透，见寒作热，忘了一切。(引自《边城》)

一九四一年一月七日在昆明野外校改

那种赭色木柜一般方形木器，现今还有三五具好好搁在嶄削岩石半空石缝石罅间。

泸溪·浦市·箱子岩

由沅陵沿沅水上行，一百四十里到湘西产煤炭著名地方辰溪县。应当经过泸溪县，计程六十里，为当日由沅陵出发上行船一个站头，且同时是洞河（泸溪）和沅水合流处。再上六十里，名叫浦市，属泸溪县管辖，一个全盛时代业已过去四十年的水码头。再上二十里到辰溪县，即辰溪入沅水处。由沅陵到辰溪的公路，多在山中盘旋，不经泸溪，不经浦市。

在许多游记上，多载及沅水流域的中段，沿河断崖绝壁古穴居人住处的遗迹，赭红木屋或仓库，说来异常动人。倘若旅行者以为这东西值得一看，就应当坐小船去。这个断崖同沅水流域许多濒河悬崖一样，都是石灰岩做成的。这个特别著名的悬崖，是在泸溪浦市之间，名叫箱子岩。那种赭色木柜一般方形木器，现今还有三五具好好搁在崭削岩石半空石缝石罅间。这是真的原人住居遗迹，还是古代蛮人寄存骨殖的木柜，不得而知。对于它产生存在的意义，应当还有些较古的记载或传说，年代久，便遗失了。

下面称引的几段文字，是从我数年前一本游记上摘下的：

【泸溪】泸溪县城四面是山，河水在山峡中流去。县城位置在洞河与沅水汇流处，小河泊船贴近城边，大河泊船去城约三分之一里。（洞河通称小河，沅水通称大河。）洞河来源远在苗乡，河口长年停泊五十只左右小小黑色洞河船。弄船者有短小精悍的花帕苗，头包花帕，腰围裙子。有白面秀气的所里人，说话时温文尔雅，一张口又善于唱歌。洞河既水急山高，河身转折极多，上行船到此，已不适宜于借风使帆，凡入洞河的船只，到了此地，便把风帆约成一束，做上个特别记号，寄存于城中店铺里去，等待载货下行时，再来取用。由辰州开行的沅水商船，六十里为一大站，停靠泸溪为必然的事。浦市下行船若预定当天赶不到辰州，也多在此过夜。然而上下两个大码头把生意全已抢去，每天虽有若干船只到此停泊，小城中商业却清淡异常。沿大河一方面，一个青石码头也没有，船只停靠皆得在泥滩头与泥堤下。

左图：

洞河既水急山高，河身转折极多，上行船到此，已不适宜于借风使帆……

右图：

石头城恰当日落一方，雉堞与城楼都为夕阳落处的黄天衬出明明朗朗的轮廓。

到落雨天，冒着小雨，从烂泥里走进县城街上去。大街头江西人经营的布铺，铺柜中坐了白发皤然老妇人，庄严沉默如一尊古佛。大老板无事可做，只腆着肚皮，叉着两手，把脚拉开成为八字，站在门限边对街上檐溜出神。窄巷里石板砌成的行人道上，小孩子扛了大而朴质的雨伞，响着很寂寞的钉鞋声。若天气晴明，石头城恰当日落一方，雉堞与城楼都为夕阳落处的黄天衬出明明朗朗的轮廓。每一个山头都镀上一片金，满河是橹歌浮动。就是这么一个小城中，却出了一个写《日本不足惧》的龚德柏先生。

【浦市】这是一个经过昔日的繁荣而衰败了的码头。三十年前是这个地方繁荣的顶点，原因之一是每三个月下省请领凤凰

木材浮江而下时，常常半个河面都是那种木筏。

厅镇筸道守兵那十四万两饷银，船只多到此为止，再由旱路将银子运去。请饷官和押运兵在当时是个阔差事，有钱花，会花钱。那时节沿河长街的油坊，尚常有三两千新油篓晒在太阳下。沿河七个用青石做成的码头，有一半常停泊了结实高大的四橹五舱运油船。此外船只多从下游运来淮盐、布匹、花纱，以及川黔所需的洋广杂货。川黔边境由旱路来的朱砂、水银、苎麻、五倍子，莫不在此交货转载。木材浮江而下时，常常半个河面都是那种木筏。本地市面则出炮仗，出肥人，出肥猪。河面既异常宽平，码头又干净整齐。街市尽头为一长潭，河上游是一小滩，每当黄昏薄暮，落日沉入大地，天上暮云被落日余晖所烘炙，剩

全船坐满了青年桡手，头腰各缠红布。鼓声起处，船便如一支没羽箭，在平静无波的长潭中来去如飞。

余一片深紫时，大帮货船从上而下，摇船人泊船近岸，在充满了薄雾的河面，浮荡在黄昏景色中的催橹歌声，正是一种如何壮丽稀有的歌声！

如今一切都成过去了，沿河各码头已破烂不堪。小船泊定的一个码头，一共有十二只船。除了有一只船载运了方柱形毛铁，一只船载辰溪烟煤，正在那里发签起货外，其他船只似乎已停泊了多日，无货可载。有几只船还在小桅上或竹篙上悬了一个用竹缆编成的圆圈，作为“此船出卖”的标志。

【箱子岩】那天正是五月十五，乡下人过大端阳节。箱子岩洞窟中最美丽的三只龙船，全被乡下人拖出浮在水面上。船只狭而长，船舷描绘有朱红线条，全船坐满了青年桡手，头腰各缠红布。鼓声起处，船便如一支没羽箭，在平静无波的长潭中来去如飞。河身大约一里路宽，两岸都有人看船，大声呐喊助兴。且有好事者从后山爬到悬岩顶上去，把百子鞭炮从高岩上抛下，尽鞭炮在半空中爆裂，嘭嘭嘭嘭的鞭炮声与水面船中锣鼓声相应和，引起人对于历史发生一种幻想，一点感慨。

两千年前那个楚国逐臣屈原，若本身不被放逐，疯疯癫癫来到这种充满了奇异光彩的地方，目击身经这些惊心动魄的景物，两千年来的读书人，或许就没有福分读《九歌》那类文章，中国文学史也就不会如现在的样子了。在这一段长长岁月中，世界上多少民族都已堕落了，衰老了，灭亡了。即如号称东亚大国的一片土地，也已经有过多少次被沙漠中的蛮族，骑了膘壮的马匹，手持强弓硬弩、长枪大戟，到处践踏蹂躏！然而这地方

的一切，虽在历史中也照样发生不断的杀戮、争夺，以及一到改朝换代时，派人民担负种种不幸命运，死的因此死去，活的被逼迫留发、剪发，在生活上受种种限制与支配。然而细细一想，这些人根本上又似乎与历史毫无关系。从他们应付生存的方法与排泄感情的娱乐方式看来，竟好像今古相同，不分彼此。

日头落尽云影无光时，两岸渐渐消失在温柔暮色里。两岸看船人呼喝声越来越少。河面被一片紫雾笼罩，除了从锣鼓声中尚能辨别那些龙船方向，此外已别无所见。

然而岩壁缺口处却人声嘈杂，且闻有小孩子哭声，有妇女尖锐叫唤声，综合给人一种悠然不尽的感觉。……

过了许久，那种锣鼓声尚在河面飘着，表示一班人还不愿意离开小船，回转家中。待到把晚饭吃过，爬出舱外一看，呀，好一轮圆月！月光下石壁同河面，一切都镀了银，已完全变换

从他们应付生存的方法与排泄感情的娱乐方式看来，竟好像今古相同，不分彼此。

每日看过往船只摇橹扬帆来去，看落日同水鸟。

了一种调子。岩壁缺口处水码头边，正有人用废竹缆或油柴燃着火燎，火光下只见许多穿白衣人的影子移动。那些人正把酒食搬移上船，预备分派给龙船上人。原来这些青年人划了一整天船，看船的已散尽了，划船的还不尽兴，三只船还得在月光下玩个上半夜。

提起这件事，使人重新感到人类文字语言的贫俭，那一派声音，那一种情调，真不是用文字语言可以形容尽致的。

这些人每到大端阳时节，都得下河玩一整天的龙船，平常日子却各个按照一种分定，很简单地把日子过下去。每日看过往船只摇橹扬帆来去，看落日同水鸟。虽然也有人事上的得失，到恩怨纠纷成一团时，就陆续发生庆贺或仇杀。然而从整个说来，这些人生活却仿佛同“自然”已相互融合，很从容地各在那里尽其性命之理，与其他无生命物质一样，惟在日月升降寒暑交替中放射、分解。而且在这种过程中，人是如何渺小的东西，这些人比起世界上任何哲人，也似乎还更知道的多一点。

这些不辜负自然的人，与自然妥协，对历史毫无担负，活在这无人知道的地方。另外尚有一批人，与自然毫不妥协，想出种种方法来支配自然，违反自然的习惯，同样也那么尽寒暑交替，看日月升降。然而后者却在改变历史，创造历史。一份新的日月，行将消灭旧的一切。我们要用一种什么方法，就可以使这些人心中感觉一种“惶恐”，且放弃对自然和平的态度，重新来一股劲儿，用划龙船的精神活下去？这些人在娱乐上的狂热，就证明这种狂热使他们还配在世界上占据一片土地，活得更愉快更长久一些。但有谁来改造这些人的狂热到一件新的竞争方面去？（引自《湘行散记》）

这希望于浦市人本身是毫无结论的。

浦市镇的肥人和肥猪，既因时代变迁，已经差不多“失传”，问当地人也不大明白了。保持它的名称，使沅水流域的人民还知道有个“浦市”地方，全靠鞭炮和戏子。沅水流域的人遇事喜用鞭炮，婚丧事用它，开船上梁用它，迎送客人亲戚用它，卖猪买牛也用它。几乎无事不需要它。做鞭炮需要硝磺和纸张，浦市出好硝，又出竹纸。浦市的鞭炮很贱，很响，所以沅水流域鞭炮的供给，大多数就由浦市商店包办。浦市人欢喜戏，且懂戏。二八月农事起始或结束时，乡下人需要酬谢土地，同时也需要公众娱乐。因此常常有头行人出面敛钱集份子，邀木傀儡戏班子来演戏。这种戏班子角色既整齐，行头美好，以浦市地方的最著名。浦市镇河下游有三座塔，本地传说塔里有妖精住，传说实在太旧了，因为戏文中有水淹金山寺，然而正因为传说流行，所以这塔倒似乎很新。市镇对河有一个大庙，名江东寺。庙内古松树要五人连手方能抱住，老梅树有三丈高，开花时如一树绛雪，花落时藉地一寸厚。寺侧院竖立一座转轮藏，木头做的，高三四丈，上下用斗大铁轴相承。三五个人扶着有雕刻龙头的木把手用力转动它时，声音如龙鸣，凄厉而绵长，十分动人。据记载是仿龙声制作的，半夜里转动它时，十里外还可听得清清楚楚。本地传说天下共有三个半转轮藏，浦市占其一。庙宇还是唐朝黑武士尉迟敬德建造的。就建筑款式看来，是明朝的东西，清代重修过。本地人既长于木傀儡戏，戏文中多黑花脸杀进红花脸杀出故事，尉迟敬德在戏文中既是一员骁将，因此附会到这个寺庙上去，也极自然。浦市码头既已衰败，三十年前红极一时的商家，迁移的迁移，破产的破产，那座大庙一再驻兵，近年来花树已全毁，庙宇也破成一堆瓦砾了。就只唱戏的高手，还有三五人，在沅水流域当行出名。傀儡戏大多数唱的是高腔，用唢呐伴和，在田野中唱来，情调相当悲壮。每到菜花黄庄稼熟时节，这些人

左图：

因此常常有头行人出面敛钱集份子，邀木傀儡戏班子来演戏。

右图：

到十冬腊月，这些唱戏的又带上另外一份家业，赶到凤凰县城里去唱酬傩神的愿戏。

便带了戏箱各处走去，在田野中小小土地庙前举行时，远近十里的妇女老幼，多换上新衣，年青女子戴上粗重银器，有些还自己扛了板凳，携带饭匣，跑来看戏，一面看戏一面吃点东西。戏子中嗓子好，善于用手法使傀儡表情生动的，常得当地年青女子垂青。到十冬腊月，这些唱戏的又带上另外一份家业，赶到凤凰县城里去唱酬傩神的愿戏。这种酬神戏与普通情形完全不同，一切由苗巫作主体，各扮着乡下人，跟随苗籍巫师身后，在神前院落中演唱。或相互问答，或共同合唱，一种古典的方式。戏多夜中在火燎下举行，唱到天明方止。参加的多义务取乐性质，照例不必需金钱报酬，只大吃大喝几顿了事。这家法事完了又转到另外一家去。一切方式令人想起《仲夏夜

这水鸟无事可做时，常蹲在船舷船顶上扇翅膀，或沉默无声打瞌盹。盈千累百一齐在平潭中下水捕鱼时，堪称一种奇观……

之梦》的乡戏场面，木匠、泥水匠、屠户、成衣人，无不参加。戏多就本地风光取材，诙谐与讽刺，多健康而快乐，有希腊《拟曲》趣味。不用弦索，不用唢呐，惟用小锣小鼓，尾声必须大家合唱，观众也可合唱。尾声照例用“些”字，或“禾和些”字，借此可知《楚辞》中《招魂》末字的用处。戏唱到午夜后，天寒土冻，锣鼓凄清，小孩子多已就神坛前盹睡，神巫便令执事人重燃大蜡，添换供物，神巫也换穿朱红绣花缎袍，手拿铜剑锦拂，捶大鼓如雷鸣，吭声高唱，独舞娱神，兴奋观众。末后撤下供物酒食，大家吃喝。俟人人都恢复精神后，新戏重新上场。这些唱戏的到岁暮年末时，方带了所得猪羊肉（羊肉必取后腿，带上那个小小尾巴）、大小米糍粑，以及快乐和疲劳，各自回家过年。

在浦市镇头上向西望，可以看见远山上一个白塔，尖尖的，向透蓝天空矗着。白塔属辰溪县的风水，位置在辰溪县下边一点。塔在河边山上，河名“斤丝潭”，打鱼人传说要放一斤生丝方能到底。斤丝潭一面是一列悬崖，五色斑驳，如锦如绣。崖下常停泊百十只小渔船，每只船上照例蓄养五七只黑色鱼鹰。这水鸟无事可做时，常蹲在船舷船顶上扇翅膀，或沉默无声打瞌盹。盈千累百一齐在平潭中下水捕鱼时，堪称一种奇观，可见出人类与另一种生物合作，在自然中竞争生存的方式，虽处处必需争斗，却又处处见出谐和。箱子岩也是一列五色斑驳的石壁，长约三四里，同属石灰岩性质。石壁临江一面崭削如割切。河水深而碧，出大鱼，因此渔船也多。岩下多洞穴，可收藏当地人五月节用的狭长龙船。岩壁缺口处有人家，如为造物者增加画意，似经心似不经心点缀上这些大小房子。最引人注意处还是那半空中石壁罅穴处悬空的赭色巨大木柜。上不沾天，下不及泉，传说中古代穴居者的遗迹。端阳竞渡时水面的壮观，平常人不容易得到这种眼福，就不易想象它的动人光景。遇晴明天气，白日西落，天上薄云由银红转成灰紫。停泊崖下的小渔船，烧湿柴煮饭，炊烟受湿，平贴水面，如平摊一块白幕。绿头水凫三只五只，排阵掠水飞去，消失在微茫烟波里。一切光景静美而略带忧郁。随意割切一段勾勒纸上，就可成一绝好宋人画本。满眼是诗，一种纯粹的诗。生命另一形式的表现，即人与自然契合，彼此不分的表现，在这里可以和感官接触。一个人若沉得住气，在这种情境里，会觉得自己即或不能将全人格融化，至少乐于暂时忘了一切浮世的营扰。现实并不使人沉醉，倒令人深思。越过时间，便俨然见到五千年前腰围兽皮手持石斧的壮士，如何精心设意，用红石粉涂染木材搭架到悬崖高空上情景。且

目睹山川美秀如此，“爱”与“不忍”会使人不敢堕落，不能堕落。

想起两千年前的屈原，忠直而不见信，被放逐后驾一叶小舟飘流江上，无望无助的情景。更容易关心到这地方人将来的命运，虽生活与自然相契，若不想法改造，却将不免与自然同一命运，被另一种强悍有训练的外来者征服制驭，终于衰亡消灭。说起它时使人痛苦，因为明白人类在某种方式下生存，受时代陶冶，会发生一种无可奈何的痛苦。悲悯心与责任心必同时油然而生，转觉隐遁之可羞，振作之必要。目睹山川美秀如此，“爱”与“不忍”会使人不敢堕落，不能堕落。因此一个深心的旅行者，不妨放下坐车的便利，由沅陵乘小船沿沅水上行，用两天到达辰溪。所费的时间虽多一点，耳目所得也必然多一点。

一九四一年一月七日校，时在昆明

辰溪的煤

湘西有名的煤田在辰溪。一个旅行者若由公路坐车走，早上从沅陵动身，必在这个地方吃早饭。公路汽车须由此过河，再沿麻阳河南岸前进。旅行者一瞥的印象，在车站旁所能看到的仅仅是无数煤堆，以及远处煤堆间几个黑色烟筒。过河时看到的是码头上人分子杂，船夫多，矿工多，游闲人也多。半渡之际看到的是山川风物，秀气而不流于纤巧。水清且急，两丈下可见石子如樗蒲在水底滚动。过渡后必想到，地方虽不俗，人好像很呆，地下虽富足，一般人却极穷相。以为古怪，实不古怪。过路人虽关心当地荣枯和居民生活，但一瞥而过，对地方问题照例是无从明白的。

辰河弄船人有两句口号，旅行者无不熟习，那口号是："走尽天下路，难过辰溪渡。"事实上辰溪渡也并不怎样难过，不过弄船人所见不广，用纵横千里一条沅水与七个支流小河作准，说说罢了。

辰溪县的位置恰在两条河流的交汇处，小小石头城临水倚山，建立在河口滩脚崖壁上。河水清而急，深到三丈还透明见底。河面长年来往湘黔边境各种形体美丽的船只。山头是石灰

山头是石灰岩，无论晴雨，都可见到烧石灰的窑上飘扬青烟和白烟。

岩，无论晴雨，都可见到烧石灰的窑上飘扬青烟和白烟。房屋多黑瓦白墙，接瓦连椽紧密如精巧图案。对河与小山城成犄角，上游为一个三角形小阜，小阜上有修船造船的宽坪。位置略下，为一个山嘴，濒河拔峰，山脚一面接受了沅水激流的冲刷，一面被麻阳河长流淘洗，近水岩石多玲珑透空。山半有个壮丽辉煌的庙宇，庙宇外岩石间且有成千大小不一的石佛。在那个悬岩半空的庙里，可以眺望上行船的白帆，听下行船摇橹人唱歌。小船把流而渡，艰难处与美丽处实在可以平分。

> 地方为产煤区，似乎无处无煤，故山前山后都可见到用土法开掘的煤洞煤井。沿河两岸常有百十只运煤船停泊，上下洪江与常德码头间无时不有若干黑脸黑手脚汉子，把大块黑煤运送到船上，向船舱中抛去。若到一个取煤的斜井边去，就可见到无数同样黑脸黑手脚人物，全身光裸，腰前围一片破布，头上戴一盏小灯，向那个俨若地狱的黑井爬进爬出。矿坑随时可以坍陷或被水灌入，坍了，淹了，这些到地狱讨生活的人，自然也就完事了。(引自《湘行散记》)

战事发生后，国内许多地方的煤田都丢送给日本人了，东三省热河的早已完事，绥远、河北、山东、安徽的全得不着了。可是辰溪县的煤，直到二十七年二月里，在当地交货，两块钱一吨还无买主。运到一百四十里距离的沅陵去，两毛钱一百斤很少人用它。山上沿河两岸遍山是杂木杂草，乡下人无事可做，无生可谋，挑柴担草上城换油盐的太多，上好栎木炭到年底时也不过卖一分钱一斤，除作坊槽坊和较大庄号用得着煤，人人都因习惯便利用柴草和木炭。这种热力大质量纯的燃料，于是同过去一时当地的青年优秀分子一样，在湘西竟成为一种肮脏累赘毫无用处的废物。地方负责的虽知道这两样东西都极有用，可不知怎样来用它。到末了，年青人不是听其飘流四方，就是听他腐化堕落。廉价的燃料，只好用本地民船运往五百里外的常德，每吨一块半钱到二块六毛钱。同时却用二百五十块钱左右一吨的价钱，运回美孚行的煤油，作为湘西各县城市点灯用油。

富源虽在本地，到处都是穷人，不特下井挖煤的十分穷困，每天只能靠一点点收入，一家人挤塞在一个破烂逼窄又湿又脏的小房子里住，无望无助地混下去。孩子一到十岁左右，就得来参加这种生活竞争。许多开矿的小主人，也因为无知识，捐项多，耗费大，运输不便利，煤又太不值钱，弄得毫无办法，停业破产。

这应当是谁的责任？瞻望河边的风景，以及那一群肮脏瘦弱的负煤人，两相对照，总令人不免想得很远很远。过去的，已成为过去了。来在这地面上，驾驭钢铁，征服自然，使人人精力不完全浪费到这种简陋可怜生活上，使多数人活得稍像活人一点，这责任应当归谁？是不是到明日就有一群结实精悍的青年，心怀雄心与大愿，来担当这个艰苦伟大的工作？是不是到明日，还不免一切依然如旧？答复这个问题，应在青年本身。

这是一个神圣矿工的家庭故事——

向大成，四十四岁，每天到后坡 ×× 公司第三号井里去工作，坐箩筐下降四十三丈，到工作处。每天做工十二小时，收入一毛八分

钱。妇人李氏，四十岁，到河码头去给船户补衣裳裤子，每天可得三两百钱。无事做或往相熟处，给人用碎瓷片放放血，用铜钱蘸清油刮刮痧。男女共生养了七个，死去五个，只剩下两个女儿，大的十六岁，十三岁时就被驻防军排长看中，出了两块钱引诱破了身。父亲知道这事情时，就痛打女孩一顿，又为这两块钱，两夫妇大吵大闹一阵，妇人揪着自己髻发在泥地里滚哭。可是这事情自然同别的事一样，很快就成为过去了。到十五岁这女孩子已知道从新生活上取乐，且得点小钱花，买甘蔗糍粑吃。于是常常让水手带到空船上去玩耍，不怕丑也不怕别的。可是母亲从熟人处听到她什么时候得了钱，在码头上花了，不拿回来，就用各种野话痛骂泄气。到十六岁父亲却出主张，把她押给一个“老怪物”，押二十六块钱。这女孩子于是换了崭新印花标布衣裳，把头梳得光油油的，脸上擦了脂粉，很高兴地来在河边一个小房子里接待当地军、警、商、政各界，照当地规矩，五毛钱关门一回。不久就学会了唱小曲子、军歌、党歌、爱国歌、摇船人催橹歌。母亲来时就偷偷地塞十个当一百铜子或一些角子票到母亲手中，不让“老怪物”看见。阅世多，经验多，应

左图：

是不是到明日就有一群结实精悍的青年，心怀雄心与大愿，来担当这个艰苦伟大的工作？

右图：

到十五岁这女孩子已知道从新生活上取乐，且得点小钱花，买甘蔗糍粑吃。

读书人面对这种人生时，不配说同情，实应当自愧。正因为这些人生命的庄严，读书人是毫不明白的。

酬主顾自然十分周到。且身体给生活蹂躏也给营养，臀部长阔了，奶子也圆大了，生意更好了一点，已成为本地“观音”。船上人无不知道河码头的“观音”。有一次，县衙门一个传达，同船上人吃醋，便用个捶衣木杵把这个活“观音”痛殴一顿，末了，且把小妇人裤子也扒脱抛到河水中去。又气又苦，哭了半天，心里结了个大疙瘩，总想不开，抓起烟匣子向口里倒，咽了三钱烟膏，到第二天便死掉了。父母得到消息，来哭了一阵，拿了点“烧埋钱”走了。死了的人过不久也就装在白木匣子里抬走埋了。小女儿十一岁，每天到河滩上修船处去捡劈柴，带回家烧火煮饭，有一天造船匠故意扬起斧头来恐吓她，她不怕。造船匠于是更当着这孩子撒尿，想用另外一个方法来恐吓她。这女孩子受了辱，就坐在河边堆积的木料上，把一切耳朵中听来的丑话骂那个老造船匠，骂厌后方跑回家里去。回到家里，见母亲却在灶边大哭，原来老的在煤井里被煤块砸死了。……到半夜，那个母亲心想，公司有十二块钱安埋费。孩子今年十二岁，再过四年，就可挣钱了。命虽苦，还有一点希望。……

这就是我们所称赞的劳工神圣，一个劳工家庭的真实故事。旅行者的好奇心，若需要证实它，在那里实在顶方便不过，正因为这种家庭是很普遍的，故事是随处可以掇拾的。

读书人的同情，专家的调查，对这种人有什么用？若不能在调查和同情以外有一个办法，这种人总永远用血和泪在同样情形中打发日子。地狱俨然就是为他们而设的。他们的生活，正说明生命在无知与穷困包围中必然的种种。读书人面对这种人生时，不配说同情，实应当自愧。正因为这些人生命的庄严，读书人是毫不明白的。

大家都知道辰溪县有煤，此外还有什么，就毫无所知了。在湘西各县裱画店，常有个署名髯翁米子和的口书字幅，用笔极浓重，引人注意。这个米先生就是辰溪县人。

洪江商务增加了地方的财富与市面繁荣，同时也增加了军人的争夺机会。

沅水上游几个县分

由辰溪大河上行，便到洪江，洪江是湘西中心。出口货以木材、桐油、鸦片烟为交易中心。市区在两水汇流一个三角形地带，三面临水，通常有“小重庆”称呼。地方归会同县管辖。湖南人吃的“洪江柚子”，就是由会同、黔阳、溆浦各县属乡下集中到洪江来的。洪江商务增加了地方的财富与市面繁荣，同时也增加了军人的争夺机会。民国三十年来贵州省的政治变局，都是洪江地方直接间接促成的。贵州军人王殿轮、王小珊、周西成、王家烈，全用洪江为发祥地。湖南军人周则范、蔡钜猷、陈汉章，全用洪江为根据地，负隅自固，周陈二人并且同样是在洪江被刺的。可是这些事对本地又似乎竟无多少关系。这些无知识的小军阀尽管新陈代谢，打来打去，除洪江商人照例吃点亏，与会同却并无关系。地方既不因此而衰败，也不因此而繁荣。溆浦地方在湘西文化水准特别高，读书人特别多，不靠洪江的商务，却靠一片田地、一片果园——蔗糖和橘子园的出产，此外便是几个热心地方教育的人。女子教育的基础，是个姓向女子做成的（即十年前在共产党中做妇女运动被杀的向警予，五四时代写工运文章最有声色的蔡和森的夫人）。史学家向达、经济学家武堉干、出版家舒新城，同是溆浦人。洪江沿沅水上行到黔阳，县城里有一个

洪江沿沅水上行到黔阳，县城里有一个阳明书院，留下王阳明的一点传说。

阳明书院，留下王阳明的一点传说，此外这个地方竟似乎不能引起外人的关心注意，也引不起本地人的自信或自骄。地方在外面读书做事的人相当多，湘西人的个性强悍处，似乎也因之较少。黔阳毗连芷江，“澧兰沅芷”在历史上成一动人名词。芷江的香草香花，的确不少。公路由辰溪往芷江，不经过溆浦黔阳，是由麻阳河沿河上行一阵，到后向西走，经芷江属的东乡两个市镇，方到芷江。

车由辰溪过渡，沿麻阳河南岸上行时，但见河身平远静穆，嘉树四合，绿竹成林，郁郁葱葱，别有一种境界。沿河多油坊、祠堂，房子多用砖砌成立体方形或长方形，同峻拔不群的枫杉相衬，另是一种格局，有江浙风景的清秀，同时兼北方风景的厚重。河身虽不

河面宽而平，平潭中黄昏时静寂无声，惟见水鸟掠水飞去，消失在烟浦里。一切光景美丽而忧郁……

大，然而屈折平衍，因之引水灌溉两岸，十分便利，土地极其膏腴。急流处本地人多缚大竹作圆形，安置在河边小水堰道间，引水灌高处田地，且联接视筒长数十丈，将水远引。两岸树木多，因之美丽水鸟也特别多。弄船人除少数铜仁船水手，此外全部是麻阳人，在二百五十里内，这一条河中有多少滩、多少潭，有多少碾坊，有多少出名石头，无不清清楚楚。水手们互相谈论争吵的事，也常不离这条河流所有的故事，和急流石头的情形。有一个地方名“失马湾”，四围是山，山下有大小村落无数，都隐在树丛中。河面宽而平，平潭中黄昏时静寂无声，惟见水鸟掠水飞去，消失在烟浦里。一切光景美丽而忧郁，见到时不免令人生“大好河山”之感。公路虽不经从失马湾过，失马湾地方有一个故事，却常常给人带走很远。

公路入芷江境后，较大站口名怀化镇。经过的旅客除了称羡草木田地美好，以及公路宽广平坦，此外将无何等奇异感想。可是事实上这个地方的过去，正是中国三十年来的缩影。地方民性强悍，好械斗，多相互仇杀。强梁好事者既容易生事，老实循良的为生存也就力图自卫。蔡锷护法军兴，云南部队既在这里和北洋军作战，结果遗下枪支不少。本地人有钱的买枪，称为团总，个人有枪，称为练丁。枪支一多，各有所恃，于是由仇怨变成劫掠。杂牌军来，收枪裹匪膨胀势力。军队打散后，于是或入山落草保存实力，或收编成军以图挟制。内战既多，新陈代谢之际，唯一可做的事就是相互杀戮。二十年间的混乱局面，闹得至少有一万良民被把头颅割下示众（作者个人即眼见到有三千左右农民被割头示众），为本地人留下一笔结不了的血账。然而时间是个古怪东西，这件事到如今，当地人似乎已渐渐忘掉了。遗忘不掉且居然还能够引起旅客一点好奇心对之注意的，是一座光头山顶上留下一列堡垒形的石头房子，不像庙宇也不像住户人家，与山下简陋小市镇对照时，尤其显得两不调和。一望而知这房子是有个动人故事的。这是一个由地主而成团绅，由团绅而做大王，由大王升充军长，由军长获得巨富，由巨富被人暗杀，一个姓陈的产业。这座房子同中国许多地方堂皇富丽的建筑相似，大部分可说是用人血做成的。这房子结束了当地人对于由土匪而大王做军官成巨富的浪漫情绪。如今业已成为一个古迹，只能供过路人凭吊了。车站旁的当地妇人多显得和平而纯良，用惊奇眼光望着外来车辆和客人。客人若问："那房子是谁的产业？谁在那里住？"一定会听到那些老妇人可怜的回答"房子是我们这里陈军长的，军长名陈汉章，五年前在洪江被人杀了，房子空空的"，且可怜的微笑。也许这妇人正想起自己被杀死的丈夫、被打死的儿子，也许想起的却是那军长死后三百五十条金子，和几个美丽姨太太的下落。谁知道她想的是什么事。

怀化镇过去二十里有小村市，名“石门”，出产好梨，大而酥脆，甜如蜜汁，也和中国别的地方一样，虽有好出产，并不为人注意，专家也从不曾在他著作上提及，县农场和农校更不见栽培过这种果木。再过去二十五里名“榆树湾”，地方出好米、好柿饼。与怀化镇历史相同，小小一片地面几乎用血染赤，然而人性善忘，这些事已成为过去了。民性强直，二十年前乡下人上场决斗时，尚有手携着手，用分量同等的刀相砍的公平习惯，若凑巧碰着，很可能增长旅行者一分见识。一个商人的十八岁闺女死了，入土三天后，居然还有一个卖豆腐的青年男子，把这女子从土中刨出，背到山洞中去睡她三夜的热情。这种生命洋溢的情感，到近年来自然早消灭了，成为

与怀化镇历史相同，小小一片地面几乎用血染赤，然而人性善忘，这些事已成为过去了。

稀有事物了。新来的便是无个性无特性的庸碌人生观，养成这种人生观就是使人去掉那点勇气而代替一点诈气的普通教育。一部分人自然还以为教育成功，因此为多数人所扶持。正因为如此一来，住城市中的地主阶级，方不至于田园荒芜，收租无着。按规矩，芷江的佃户对地主除缴纳正租外，还应当在每一石租谷中认缴鸡肉一斤，数量多少照算，所以有千来石净收入的人家，到收租时照例可从各佃户处捉回百十只肥鸡。常日吃鸡，吃到年底，还有富余。单是这一点，东乡的民俗如何宜于改造，便很显然了。可是这些地主一定想象不到，东乡民俗一经改变，芷江的命运也就从此注定成为一个被支配者。

榆树湾离芷江还有九十里，公路上行，一部分即沿沅水西岸拉船人纤路扩大改造而成。公路一面傍山，一面临水。地势到此形成一小盆地，无高山重岭，汽车路因之较宽大，较平直。到芷江时，一个过路人一瞥所得印象必不怎么坏。城南有个明代的古塔，名雁塔，形制拙而壮，约略与杭州坍圮的雷峰塔相似。城楼与城中心望楼，从万户人家屋瓦上浮，气象相当博大厚重，像一个府治。河流到了这里忽然展宽许多，约一里三分之二。一个十七墩的长桥，由南城外河边接连西岸，南岸名王家街，住户店铺也不少。三十年前通云贵的大驿道由此通过（传说中的赶尸必由之路），现在又成为公路站头。城内余地有限，将来发展自然还在南岸。表示这繁荣的起点，是小而简陋的木房子无限量地增加。

有个大佛寺，明朝人建筑的；殿中大佛头耳朵可容八个人盘旋而上，佛顶可摆四桌酒席绰绰有余。好风雅的当地绅士，重阳节便到佛头上登高，吃酒划拳，觉得十分有趣。本地绅士有一“维新派”，知去掉迷信不知道保存古迹，民国九年佛殿圮坍后，因此各界商议，决定打倒大佛。当时南区的警察所长是个麻脸大胖子，凤凰县人，人大心细，身圆姓方，性情恰恰如吉诃德先生的仆人，以为这是一件极有意义的工作，就亲自用锹头去掘佛头，并督率警士参加这种

一个十七墩的长桥，由南城外河边接连西岸，南岸名王家街，住户店铺也不少。

工作。事后向熟人说：“今天真做了一件平生顶痛快事情（不说顶蠢事情），打倒了一尊五百年的偶像。人说大佛是金肝银肠朱砂心，得到它岂不是可以大发一笔洋财？哪知道打倒了它，什么也得不到。肚子里一堆古里古怪的玩意儿，手写的经书，泥做的小佛，绸子上画花——鬼知道有什么用。五百年宝贝，一钱不值。脑子里装了六十担茶叶、一个茶叶库，一点味道都没有，谁都不要，只好堆在坪里，一把火烧掉。”把话说完时，伸出两只蒲扇手：“狗 × 的，一把火烧完了，痛快。”总而言之，除了大殿，当时能放火烧的都被这位开明警察所长烧了。保存得上好的五百卷手抄本经卷，和五彩壁画的版子、若干漆胎的佛像，全烧光了。大佛泥土堆积如一座小山。这座山的所在处，现在本地年青人已经不大知道了。当地毁去了那么一座偶像，其实却保存另外一个活偶像。城里东门大街福音堂里，住下一个基督教包牧师，在当时是受本城绅士特别爱护尊敬的。受尊敬的原因，为的是当时土匪不敢惊动洋人。有时城中绅士被当作肥羊吊去时，无从接头，这牧师便放下侍奉上帝神圣的职务，很勇敢慷慨深入匪区去代人说票。离县城三十里的西望山，早已成为匪区，有枪兵一排人还不敢通过，大六月天这位牧师去避暑，却毫不在意，既不引起众人对于这个牧师身分的怀疑，反而增加这个牧师在当地“所向无敌”的威信。这事说来已二十年，上帝大约已把那牧师收回天国，也近于一篇故事了。

二十年来本地绅士半数业已谢世，余下的都渐渐衰老了，子侄辈长大成人，当前问题恐不是毁佛学道，必是如何想法不让子侄辈向西北走。担心的并不是社会革命，倒是家庭革命。家庭一革命，做严父做慈父两不讨好。

芷江的绅士多是地主，正因为有钱，因此历来受两重压迫：土匪和外来驻防剿匪军。两者的苛索都不容易侍候，因此性情特别温和。近年来一切都不同了，最大的压迫，恐怕是自己家里的子女“自由”。子女在外受教育的多，对于本地是一种转机，对于少数人，看来却似乎是一种危机。

广西民政厅厅长邱昌渭先生，是这个地方人。

芷江大桑和蚕种都相当好，白蜡收成也极可观。又出产好米，西旺山下有一种特别玉腰米，作饭时长到五分。此外桃子和冬菌，在湖南应当首屈一指。可是当地农校林场却只能发现些不高不矮的洋槐树、黄金树。稻种改良，蚕桑推广，蜡虫研究和果木栽培，都不曾

芷江大桑和蚕种都相当好，白蜡收成也极可观。又出产好米……

做，做来也无良好成绩可言。这就要后来者想办法了。后来者可做的事正多。

由芷江往晃县，给人的印象是沿公路山头渐低渐小，山上树木转增密蒙。一个初到晃县的人，爱热闹必觉得太不热闹，爱孤僻又必觉得不够孤僻。就地形看来，小小的红色山头一个接连一个，一条河水弯弯曲曲地流去，山水相互环抱，气象格局小而美，读过历史的必以为传说中的古夜郎国，一定是在这里。对湘西人民生活状况有兴味的人，必立刻就可发现当地妇女远不如沅陵妇女之勤苦耐劳而富于艺术爱好。妇女比例数目少一点，重视一点，也就懒惰一点。男子呢，与产烟区域的贵州省太接近，并且是贵州烟转口的地方，许多人血里都似乎有了烟毒。一瞥印象是愚、穷、弱。三种气氛表现在一般市民的脸上、服饰上、房屋建筑上。

晃县的市场在龙溪口。公路通车以前，烟贩、油商、木商等客人，收买水银坐庄人，都在龙溪口做生意。地方被称为“小洪江”，由于繁荣的原因和洪江大同小异。地方离老县城约三里，有一段短短公路可通行，公路上且居然还有十多辆人力车点缀，一里两毛，还是求过于供。主顾最多的大约是本地小土娼，因为奔跑两处，必须以车代步，不然真不免夜行多露，跋涉为劳。

烟土既为本地转口货大宗生意，烟帮客人是到处受欢迎的客人，护送烟帮出差为军人最好的差事，特税查缉员在中国公务员中最称尽职。本地多数人的生存意义或生存事实，都和烟膏烟土不可分。因之令人发生疑问，假若禁烟事对于禁吸禁运办法实行以后，这地方许多人家许多商务如何维持？也许有人真那么想到，结果却默然无言。

四月里一个某某部队过路，在河西车站边借了一个民居驻防，开拔后，屋主人去清查房屋，才发现有个兵士模样的男子，被反缚两手，胸脯上戳了三刀，抛在粪坑边死了。部队还是当天开拔的。谁做的事，不知道。被杀的是谁？传说是查缉处兵士。官方对于这事只好搁下，保留。过不久，大家一定就忘记这件不愉快事情了。

另外有个烟贩，由贵阳乘车到达，行李衣箱内藏了一万块钱法币，七千块钱烟土印花。落店后，半夜里突然有人来“检查”。翻了一阵，发现了那个衣箱，打开一看，把那个钱拿跑了。这烟贩不声不响，第二天就包赁一辆汽车回转贵阳。好像一抢便已完事。县知事不知道是谁做的事，烟贩倒似乎知道，除老乡外别无他人，只是不说。君子报仇三年，冤有头，债有主，不用麻烦官家。

两件事都发生在车站近旁，所谓边境，从这两件事情上可知道一二。边境的悲剧或喜剧，常常与烟土有密切关系。

边境有边境古风，每夜查铺子共计警务人员四位，高举扁方纸糊灯笼，进门问问姓氏，即刻就走了。查铺子的怕“委员”，怕“中央”，怕“军人”，怕以及许多许多，灯笼高举各家走去为的是尽职。更主要的还是旅客必须将姓名注上循环簿，旅馆用完时好到警局去领，每本缴三毛法币。就市价估计，成本约一毛五分。

小公务员还保留一种特别权利，在小客栈中开一房间，叫两个条子打麻将取乐，消遣此有涯之生。这种公务员自然也有从外路来到此地，享受这种特别权利的。总之多数人都认为这是一种权利、一种娱乐，不觉得可羞，所以在任何地方都可见到。

本地入口货销行最好的是纸烟。许多普通应用药品，到这地方都不容易得到，至于纸烟，无不应有尽有。各种甜咸罐头也卖得出。只是无一个书店，可知书籍在这地方并无多大用处。

经营“最古职业”的娘儿们，多数身子小小的、瘦瘦的，露出睡眠不足营养不足的神气，着短衣大脚裤，并在腰边系一条粉红绸巾，会唱多种小曲，也会唱党歌、军歌、抗战歌，因为得应酬当地军警政商各界，必须懂流行的歌曲。世人常说妓女生活很苦，大都会中妓女给人的印象的确很苦，每日与生活挣扎，受自然限制，为人事挫折，事事可以看出。这小小边城妓女，与其说是在挣扎生活，不如说是在混生活。生存是无目的的无所谓的，正与若干小公务员小市民情形极其相同，同样是混日子，迷迷糊糊混下去，听机会分派哀乐得失，在小小生活范围内转。活时，活下去；死了，完事。“野心”在多数人生活中都不存在，“希望”也不会存在。航空奖券和百龄机发卖地方相去太远，对于这类人的刺激也无多大意义。若说这些妇女生活可悯，公务员和小市民同样可悯。这是传说中的古夜郎国，可是到如今来“自大”两字也似乎早已消灭了。

多数人一眼望去都很老实，这老实另一面即表现“愚”与“惰”。妇人已很少看到胸前有精美扣花围裙，男子雄赳赳担着山兽皮上街

湖南境的沅水到此为止，自然景物到此越加美丽，人事无章次处也就到此越加显著。

找主顾的也不多见，贵州人在这里势力特别大，由于烟土是贵州省运来的，妇人小孩都患瘰疬，营养不良是一般人普遍现象。

木材在这里不大值钱，然而处置木材的方式，亦因无知与懒惰，多不得其法，这事从当地各式建筑就可见出。

湖南境的沅水到此为止，自然景物到此越加美丽，人事无章次处也就到此越加显著。正如造物者为求均衡，有意抑彼扬此，恰到好处。本地见出受战事影响，直接使本地人受拘束、在改造、有变化的，是壮丁训练。每早上六点钟左右，汽车西站旁大坪里就有个老妇人筛锣示众，告大家应当起床。于是来了一个着军服的年青人，精神饱满，挟了三四个薄薄本子（唱歌的抄本），吹唿哨集合，各处人家于是走出二十来个大小不等制服不齐的候补壮丁，在坪里集合点名，训话后即上操，唱歌。大约训练工作还不很久，因此唱歌得一句一句教。教者十分吃力，学者对于歌中意义也不很懂。而且所有歌曲都是城里人编的，实在不大好听，调子也古怪难记，对于乡下人真是一种“训练”。若把调子编成沅水流域弄船摇橹人打呼号的声音，一定好听得多，易学得多了。可是这个指导训练工作人员，在本地却是唯一见出有生气有朝气的青年。地方一切会在他们努力下慢慢改变过来的。青年之觉醒是必然的。

十五年前在沅水上游称一霸，由教学先生而变为土匪，由大王而变为军人，由司令而变为……外县人来到晃县，提出这个人的名字时，如今尚可以听到许多故事。这人名姚继虞，就是晃县人。十年前又有个北京农科大学毕业生，领导两万武装农民入城示威，清党时死于芷江南城城门前。这人名唐伯赓，也是晃县人。

那地方给我的印象，有顶好的也有顶坏的，我都把它保存下来。

凤凰

这是从一个作品里摘录出关于凤凰的轮廓。

一个好事的人，若从百年前某种较旧一点的地图上寻找，一定可在黔北、川东、湘西一处极偏僻的角隅上，发现了一个名为“镇筸”的小点。那里同别的小点一样，事实上应有一个小小城市，在那城市中，安顿了数千户人口的，不过一切城市的存在，大部分皆在交通、物产、经济的情形下面，成为那个城市荣枯的因缘。这一个地方，却以另外意义无所依附而独立存在。将那个用粗糙而坚实巨大石头砌成的圆城作为中心，向四方展开，围绕了这边疆僻地的孤城，约有五百余苗寨，各有千总守备镇守其间。有数十屯仓，每年屯数万石粮食为公家所有。五百左右的碉堡，二百左右的营汛。碉堡各用大石做成，位置在山顶头，随了山岭脉络蜿蜒各处；营汛各位置在驿路上，布置得极有秩序。这些东西是在一百八十年前，按照一种精密的计划，各保持到相当距离，在周围数百里内，平均分配下来，解决了退守一隅常作暴动的边苗叛变的。两世纪来清的暴政，以及因这暴政而引起的反抗，血染赤了每一条官道同每一个碉堡。到如今，一切完事了。碉堡多数业已残毁了，营汛多数成为民房了，人民已大半同化了。落日黄昏时节，站到那个巍然独在万山环绕的孤城高处，眺望那些远近残毁碉堡，还可依稀想见当时角鼓火炬传警告急的光景。这地方到今日此时，因为另一军事重心，一切均以一种迅速的姿势在改变，在进步，同时这种进步，也就正消灭到过去一切……

地方统治者分数种，最上为天神，其次为官，又其次才为村长同执行巫术的神的侍奉者。人人洁身信神，守法爱官。每家俱有兵役，可按月各到营上领取一点银子、一份米粮，且可从官家领取二百年前被政府所没收的公田播种。

这地方本名镇筸城，后改凤凰厅，入民国后，才改名凤凰县。清时辰沅永靖兵备道、镇筸镇总兵均驻节此地。辛亥革命后，湘西镇守使、辰沅道仍在此办公。除屯谷外，国家每月约用银八万两经营此小小山城。地方居民不过五六千，驻防各处的正

这地方本名镇筸城，后改凤凰厅，入民国后，才改名凤凰县。清时辰沅永靖兵备道、镇筸镇总兵均驻节此地。

规兵士却有七千。由于环境不同，直到现在其地绿营兵役制度尚保存不废，为中国绿营军制唯一残留之物。(引自《凤子》)

苗子放蛊的传说，由这个地方出发。辰州符的实验者，以这个地方为集中地。三楚子弟的游侠气概，这个地方因屯丁子弟兵制度，所以保留得特别多。在宗教仪式上，这个地方有很多特别处，宗教情绪(好鬼信巫的情绪)因社会环境特殊，热烈专诚到不可想象。湘西之所以成为问题，这个地方人应当负较多责任。湘西的将来，不拘好或坏，这个地方人的关系都特别大。湘西的神秘，只有这一个区域不易了解，值得了解。

它的地域已深入苗区，文化比沅水流域任何一县都差得多，然而民国以来湖南的政治家熊希龄先生，却出生在那个小小县城里。地

然而民国以来湖南的政治家熊希龄先生，却出生在那个小小县城里。

方可说充满了迷信，然而那点迷信却被历史很巧妙地糅合在军人武德里，因此反而增加了军人的勇敢性与团结性。去年在嘉善守兴登堡国防线抗敌时，作战之沉着，牺牲之壮烈，就见出迷信实无碍于它的军人职务。县城一个完全小学也办不好，可是许多青年却在部队中当过一阵兵后，辗转努力，得入正式大学，或陆军大学，成绩都很好。一些由行伍出身的军人，常识且异常丰富；个人的浪漫情绪与历史的宗教情绪结合为一，便成游侠者精神，领导得人，就可成为卫国守土的模范军人。这种游侠精神若用不得其当，自然也可以见出种种短处。或一与领导者离开，即不免在许多事上精力浪费。甚焉者即糜烂地方，尚不自知。总之，这个地方的人格与道德，应当归入另一型范。由于历史环境不同，它的发展也就不同。

凤凰军校阶级不独支配了凤凰，且支配了湘西沅水流域二十县。它的弱点与二十年来中国一般军人弱点相似，即知道管理群众，不大知道教育群众。知道管理群众，因此在统治下社会秩序尚无问题。不大知道教育群众，因此一切进步的理想都难实现。地方边僻，且易受人控制，如数年前领导者陈渠珍被何健压迫离职，外来贪污与本地土劣即打成一片，地方受剥削宰割，毫无办法。民性既刚直，团结性又强，领导者如能将这种优点成为一个教育原则，使湘西群众普遍化，人人各有一种自尊和自信心，认为湘西人可以把湘西弄好，这工作人人有份，是每人责任也是每人权利，能够这样，湘西之明日，就大不相同了。

典籍上关于云贵放蛊的记载，放蛊必与仇怨有关，仇怨又与男女事有关。换言之，就是新欢旧爱得失之际，蛊可以应用作争夺工具或报复工具。中蛊者非狂即死，惟系铃人可以解铃。这倒是“蛊”字古典的说明，与本意相去不远。看看贵州小乡镇上任何小摊子上都可以公开地买红砒，就可知道蛊并无如何神秘可言了。但蛊在湘西却有另外一种意义，与巫，与此外少女的落洞致死，三者同源而异流，都

穷而年老的，易成为蛊婆，三十岁左右的，易成为巫，十六岁到二十二三岁、美丽爱好而婚姻不遂的，易落洞致死。

源于人神错综，一种情绪被压抑后变态的发展。因年龄、社会地位和其他分别，穷而年老的，易成为蛊婆，三十岁左右的，易成为巫，十六岁到二十二三岁、美丽爱好而婚姻不遂的，易落洞致死。三者都以神为对象，产生一种变质女性神经病。年老而穷，怨愤郁结，取报复形式方能排泄感情，故蛊婆所作所为，即近于报复。三十岁左右，对神力极端敬信，民间传说如“七仙姐下凡”之类故事又多，结合宗教情绪与浪漫情绪而为一，因此总觉得神对她特别关心，发狂，呓语，天上地下，无往不至，必须作巫，执行人神传递愿望与意见工作，经众人承认其为神之子后，中和其情绪，狂病方不再发。年青貌美的女子，一面为戏文才子佳人故事所启发，一面由于美貌而有才情，婚姻不谐，当地武人出身中产者规矩又严，由压抑转而成为人神错综，以为被神所爱，因此死去。

善蛊的通称“草蛊婆”，蛊人称“放蛊”。放蛊的方法是用蛊类放果物中，毒虫不外蚂蚁、蜈蚣、长蛇，就本地所有且常见的。中蛊的多小孩子，现象和通常害疳疾腹中生蛔虫差不多，腹胀人瘦，或梦见虫蛇，终于死去。病中若家人疑心是同街某妇人放的，就往去见见她，只作为随便闲话方式，客客气气地说：“伯娘，我孩子害了点小病，总治不好，你知道什么小丹方，告我一个吧。小孩子怪可怜！”那妇人知道人疑心到她了，必说：“那不要紧，吃点猪肝（或别的）就好了。”回家照方子一吃，果然就好了。病好的原因是“收蛊”。蛊婆的家中必异常干净，个人眼睛发红。蛊婆放蛊出于被蛊所逼迫，到相当时日必来一次。通常放一小孩子可以经过一年，放一树木（本地凡树木起瘿有蚁穴因而枯死的，多认为被放蛊死去）只抵两月，放自己孩子却可抵三年。蛊婆所住的街上，街邻照例对她都敬而远之地客气，她也就从不会对本街孩子过不去（甚至于不会对全城孩子过不去）。但某一时若迫不得已使同街孩子或城中孩子因受蛊致死，好事者激起公

“伯娘，我孩子害了点小病，总治不好，你知道什么小丹方，告我一个吧。小孩子怪可怜！”

愤，必把这个妇人捉去，放在大六月天酷日下晒太阳，名为“晒草蛊”。或用别的更残忍方法惩治。这事官方从不过问。即或这妇人在私刑中死去，也不过问。受处分的妇人，有些极口呼冤，有些又似乎以为罪有应得，默然无语。然情绪相同，即这种妇人必相信自己真有致人于死的魔力。还有些居然招供出有多少魔力，施行过多少次，某时在某处蛊死谁，某地方某大树枯树自焚也是她做的。在招供中且俨然得到一种满足的快乐。这样一来，照习惯必在毒日下晒三天，有些妇人被晒过后病就好了，以为蛊被太阳晒过就离开了，成为一个常态的妇人。有些因此就死掉了，死后众人还以为替地方除了一害。其实呢，这种妇人与其说是罪人，不如说是疯婆子。她根本上就并无如此特别能力蛊人致命。这种妇人是一个悲剧的主角，因为她有点隐性的疯狂，致疯的原因又是穷苦而寂寞。

行巫者其所以行巫，加以分析，也有相似情形。中国其他地方巫术的执行者，同僧道相差不多，已成为一种游民懒妇谋生的职业。视个人的诈伪聪明程度，见出职业成功的多少。他的作为重在引人迷信，自己却清清楚楚。这种行巫，已完全失去了他本来性质，不会当真发疯发狂了。但凤凰情形不同。行巫术多非自愿的职业，近于“迫不得已”的差使。大多数本人平时为人必极老实忠厚，沉默寡言。常忽然发病，卧床不起，如有神附体，语音神气完全变过。或胡唱胡闹，天上地下，无所不谈。且哭笑无常，殴打自己。长日不吃，不喝，不睡觉。过三两天后，仿佛生命中有种东西，把它稳住了，因极度疲乏，要休息了，长长地睡上一天，人就清醒了。醒后对病中事竟毫无所知，别的人谈起她病中情形时，反觉十分羞愧。

可是这种狂病是有周期性的（也许还同经期有关系），约两三个月一次。每次总弄得本人十分疲乏，欲罢不能。按照习惯，只有一个方法可以治疗，就是行巫。行巫不必学习，无从传授，只设一神坛，放一平斗，斗内装满谷子，插上一把剪刀。有的什么也不用，就可

正式营业。执行巫术的方式，是在神前设一座位，行巫者坐定，用青丝绸巾覆盖脸上。重在关亡，托亡魂说话，用半哼半唱方式，谈别人家事长短、儿女疾病、远行人情形。谈到伤心处，谈者涕泗横溢，听者自然更嘘泣不止。执行巫术后，已成为众人承认的神之子，女人的潜意识，因中和作用，得到解除，因此就不会再发狂病。初初执行巫术时，且照例很灵，至少有些想不到的古怪情形，说来十分巧合。因为有事前狂态作宣传，本城人知道得多，行巫近于不得已，光顾的老妇人必甚多，生意甚好。行巫虽可发财，本人通常倒不以所得多少关心，受神指定为代理人，不作巫即受惩罚，设坛近于不得已。行巫既久，自然就渐渐变成职业，使术时多做作处，世人的

好奇心同时又转移到新近设坛的别一妇人方面去。这巫婆若为人老实，便因此撤了坛，依然恢复她原有的职业，或做奶妈，或做小生意，或带孩子。为人世故，就成为三姑六婆之一，利用身分，串当地有身分人家的门子，陪老太太念经，或如《红楼梦》中与赵姨娘合作同谋马道婆之流妇女，行使点小法术，埋在地下，放在枕边，使“仇人”吃亏。或更作媒作中，弄一点酬劳脚步钱。小孩子多病，命大，就拜寄她作干儿子。小孩子夜惊，就为“收黑”，用个鸡蛋，咒过一番后，黄昏时拿到街上去，一路喊小孩名字：“八宝回来了吗？”另一个就答“八宝回来了”，一直喊到家。到家后抱着孩子手蘸唾沫抹抹孩子头部，事情就算办好了。行巫的本地人称为“仙娘”。她的职务是“人鬼之间的媒介”，她的群众是妇人和孩子，她的工作真正意义是她得到社会承认是神的代理人后，狂病即不再发。当地妇女实为生活所困苦，感情无所归宿，将希望与梦想寄在她的法术上，靠她得到安慰。这种人自然间或也会点小丹方，可以治小儿夜惊、膈食。用通常眼光看来，殊不可解，用现代心理学来分析，它的产生同它在社会上的意义，都有它必然的原因。一知半

左图：

当地妇女实为生活所困苦，感情无所归宿，将希望与梦想寄在她的法术上，靠她得到安慰。

右图：

小孩子夜惊，就为“收黑”，用个鸡蛋，咒过一番后，黄昏时拿到街上去，一路喊小孩名字：“八宝回来了吗？”

解的读书人，想破除迷信，要打倒它，否认这种“先知”，正说明另一种人的“无知”。

至于落洞，实在是一种人神错综的悲剧，比上述两种妇女病更多悲剧性。地方习惯是女子在性行为方面的极端压制，成为最高的道德。这种道德观念的形成，由于军人成为地方整个的统治者。军人因职务关系，必时常离开家庭外出，在外面取得对于妇女的经验，必使这种道德观增强，方能维持他的性的独占情绪与事实。因此本地认为最丑的事无过于女子不贞，男子听妇女有外遇。妇女若无家庭任何拘束，自愿解放，毫无关系的旁人亦可把女子捉来光身游街，表示与众共弃。下面故事是另外一个最好的例。

旅长刘俊卿，夫人是一个女子学校毕业生，平时感情极好。有同学某女士，因同学时要好，在通信中不免常有些女孩子的感情的话。信被这位军官见到后，便引起疑心。后因信中有句话语近于男子说的“嫁了人你就把我忘了”，这位军官疑心转增。独自驻防某地，有一天，忽然要马弁去接太太，并告马弁：“你把太太接来，到离这里十里，一枪给我把她打死，我要死的不要活的。我要看看她还有一点热气，不同她说话。你事办得好，一切有我；事办不好，不必回来见我。”马弁当然一切照办。当真把旅长太太接来防地，到要下手时，太太一看情形不对，问马弁是什么意思。马弁就告她这是旅长的意思。太太说：“我不能这样冤枉死去，你让我见他去说个明白！”马弁说：“旅长命令要这么办，不然我就得死。”末了两人都哭了。太太让马弁把枪口按在心子上一枪打死了。（打心子好让血往腔子里流！）轿夫快快地把这位太太抬到旅部去见旅长，旅长看看后，摸摸脸和手，看看气已绝了，不由自主淌了两滴英雄泪，要马弁看一副五百块钱的棺木，把死者装殓埋了。人一埋，事情也就完结了。

这悲剧多数人就只觉得死者可悯，因误会得到这样结果，可不觉得军官行为成为问题。倘若女的当真过去一时还有一个情人，那这

一个结过婚的妇人，因家事儿女勤劳，终日织布、绩麻、做腌菜，家境好的还玩骨牌，尚可转移她的情绪……

大树、洞穴、岩石，无处无神。狐、虎、蛇、龟，无物不怪。神或怪在传说中美丑善恶不一，无不赋以人性。

种处置，在当地人看来，简直是英雄行为了。

女子在性行为所受的压制既如此严酷，一个结过婚的妇人，因家事儿女勤劳，终日织布、绩麻、做腌菜，家境好的还玩骨牌，尚可转移她的情绪，不至于成为精神病。一个未出嫁的女子，尤其是一个爱美好洁、知书识字、富于情感的聪明女子，或因早熟，或因晚婚，这方面情绪上所受的压抑自然更大，容易转成病态。地方既在边区苗乡，苗族半原人的神怪观影响到一切人，形成一种绝大力量。大树、洞穴、岩石，无处无神。狐、虎、蛇、龟，无物不怪。神或怪在传说中美丑善恶不一，无不赋以人性。因人与人相互爱悦和当前道德观念极端冲突，便产生人和神怪爱悦的传说，女性在性方面的压抑情绪，方借此得到一条出路。落洞即人神错综之一种形式。背面所隐藏的悲惨，正与表面所见出的美丽成分相等。

凡属落洞的女子，必眼睛光亮，性情纯和，聪明而美丽。必未婚，必爱好，善修饰。平时贞静自处，情感热烈不外露，转多幻想。间或出门，即自以为某一时无意中从某处洞穴旁经过，为洞神一瞥见到，欢喜了她。因此更加爱独处，爱静坐，爱清洁，有时且会自言自语，常以为那个洞神已驾云乘虹前来看她，这个抽象的神或为传说中的相貌，或为记忆中庙宇里的偶像样子，或为常见的又为女子所畏惧的蛇虎形状。总之这个抽象对手到女人心中时，虽引起女子一点羞怯和恐惧，却必然也感到热烈而兴奋。事实上也就是一种变形的自渎。等待到家中人注意这件事情深为忧虑时，或正是病人在变态情绪中恋爱最满足时。

通常男巫的职务重在和天地，悦人神，对落洞事即付之于职权以外，不能过问。辰州符重在治大伤，对这件事也无可如何。女巫虽可请本家亡灵对于这件事表示意见，或阴魂入洞探询消息，然而结末总似乎凡属爱情，即无罪过。洞神所欲，一切人力都近于白费。虽天王佛菩萨权力广大，人鬼同尊，亦无从为力。（迷信与实际社会互相映照，可谓相反相成。）事到末了，即是听其慢慢死去。死的迟早，都认为一切由洞神做主。事实上有一半近于女子自己做主。死时女子必觉得洞神已派人前来迎接她，或觉得洞神亲自换了新衣骑了白马来接她，耳中有箫鼓竞奏，眼睛发光，脸色发红，间或在肉体上放散一种奇异香味，含笑死去。死时且显得神气清明，美艳照人。真如诗人所说："她在恋爱之中，含笑死去。"家中人多泪眼莹然相向，无可奈何。只以为女儿被神所眷爱致死。料不到女儿因在人间无可爱悦，却爱上了神，在人神恋与自我恋情形中消耗其如花生命，终于衰弱死去。

女子落洞致死的年龄，迟早不等，大致在十六到二十四五左

右。病的久暂也不一，大致由两年到五年。落洞女子最正当的治疗是结婚，一种正常美满的婚姻，必然可以把女子从这种可怜的生活中救出。可是照习惯这种为神眷顾的女子，是无人愿意接回家中做媳妇的。家中人更想不到结婚是一种最好的法术和药物。因此末了终是一死。

湘西女性在三种阶段的年龄中，产生蛊婆、女巫和落洞女子。三种女性的歇斯底里，就形成湘西的神秘之一部分。这神秘背后隐藏了动人的悲剧，同时也隐藏了动人的诗。至如辰州符，在伤科方面用催眠术和当地效力强不知名草药相辅为治，男巫用广大的戏剧场

三种女性的歇斯底里，就形成湘西的神秘之一部分。这神秘背后隐藏了动人的悲剧，同时也隐藏了动人的诗。

所有弟兄哥子都全副戎装到场，当时流行的装束是：青绉绸巾裹头，视耳边下垂巾角长短表示身分。

面，在一年将尽的十冬腊月，杀猪宰羊，击鼓鸣锣，来做人神和乐的工作，集收人民的宗教情绪和浪漫情绪，比较起来，就见得事很平常，不足为异了。

浪漫情绪和宗教情绪两者混而为一，在女子方面，它的排泄方式，有如上所述说的种种。在男子方面，则自然而然成为游侠者精神。这从游侠者的道德规律所表现的宗教性和戏剧性也可看出。妇女道德的形成，与游侠者的道德规律大有关系。游侠者对同性同道称哥唤弟，彼此不分。故对于同道眷属亦视为家中人，呼为嫂子。子弟儿郎们照规矩与嫂子一床同宿，亦无所忌。但条款必遵守，即“只许开弓，不许放箭”。条款意思就是同住无妨，然不能发生关系。若发生关系，即为犯条款，必受严重处分。这种处分仪式，实充满宗教性和戏剧性。下面一件记载，是一个好例。这故事是一个参加过这种仪式的朋友说的。

在野地排三十六张方桌（象征梁山三十六天罡），用八张方桌重叠为一个高台，桌前掘一见方一丈八尺的土坑，用三十六把尖刀竖立坑中，刀锋向上，疏密不一。预先用浮土掩着，刀尖不外露。所有弟兄哥子都全副戎装到场，当时流行的装束是：青绉绸巾裹头，视耳边下垂巾角长短表示身分。穿纸甲，用棉纸捶炼而成，中夹头发，做成背心式样，轻而柔韧，可以避刀刃。外穿密纽打衣，袖小而紧。佩平时所长武器，多单刀双刀，小牛皮刀鞘上绘有绿云红云，刀环上系彩绸，作为装饰。着青裤，裹腿，腿部必插两把黄鳝尾小尖刀。赤脚，穿麻练鞋。桌上排定酒盏，燃好香烛，发言的必先吃血酒盟心（或咬一公鸡头，将鸡血滴入酒中，或咬破手指，将本人血滴入酒中）。“管事”将事由说明，请众议处。事情是一个做大哥的嫂子有被某“老幺”调戏嫌疑，老幺犯了某条某款。女子年青而貌美，长眉弱肩，身材窈窕，眼光如星子流转。男的不过二十岁左右，黑脸长身，眉目英悍。管事把事由说完后，女子继即陈述经过，那青年男子在旁沉默不语。此后轮到青年开口时，就说一切都出于诬蔑。至于为什么诬蔑，他不便说，嫂子应当清清楚楚。那意思就是说嫂子对他有心，他无意。既经否认，各执一说，“执法”无从执行处分，因此照规矩决之于神。青年男子把麻鞋脱去，把衣甲脱去，光身赤脚爬上那八张方桌顶上去。毫无惧容，理直气壮，奋身向土坑跃下。出坑时，全身丝毫无伤。照规矩即已证实心地光明，一切出于受诬。其时女子头已低下，脸色惨白，知道自己命运不佳，业已失败，不能逃脱。那大哥揪着女的发髻，跪到神桌边去，问她：“还有什么话说？”女的说：

女子年青而貌美，长眉弱肩，身材窈窕，眼光如星子流转。

“没有什么说的。冤有头，债有主。凡事天知道。”引颈受戮，不求饶也不狡辩，一切沉默。这大哥看看四面八方，无一个人有所表示，于是拔出背上单刀，一刀结果了这个因爱那小兄弟不遂心，反诬他调戏的女子。头放在神桌前，眉目下垂如熟睡。一伙哥子弟兄见事已完，把尸身拖到原来那个土坑里去，用刀掘土，把尸身掩埋了。那个大哥和那个幺兄弟，在情绪上一定都需要流一点眼泪，但身分上的习惯，却不许一个男子为妇人显出弱点，都默默无言，各自走开。

类乎这种事情还很多。都是浪漫与严肃，美丽与残忍，爱与怨交缚不可分。

游侠者行径在当地也另成一种风格，与国内近代化的青红帮稍稍不同。重在为友报仇，扶弱锄强，挥金如土，有诺必践。尊重读书人，敬事同乡长老。换言之，就是还能保存一点古风。有些人虽能在川黔湘鄂数省边境号召数千人集会，在本乡却谦虚纯良，犹如一乡巴佬。有兵役的且依然按时入衙署当值，听候差遣做小事情，凡事照常。赌博时用小铜钱三枚跌地，名为“板三”，看反复、数目，决定胜负，一反手间即输黄牛一头、银元一百两百，输后不以为意，扬长而去，从无翻悔放赖情事。决斗时两人用分量相等武器，一人对付

二十年闻名于川黔鄂湘各边区凤凰人田三怒，可为这种游侠者一个典型。

一人，虽亲兄弟只能袖手旁观，不许帮忙。仇敌受伤倒下后，即不继续填刀，否则就被人笑话，失去英雄本色，虽胜不武。犯条款时自己处罚自己，割手截脚，脸不变色，口不出声。总之，游侠观念纯是古典的，行为是与太史公所述相去不远的。二十年闻名于川黔鄂湘各边区凤凰人田三怒，可为这种游侠者一个典型。年纪不到十岁，看木傀儡戏时，就携一血椆木短棒，在戏场中向屯垦军子弟不端重地横蛮地挑衅，或把人痛殴一顿，或反而被人打得头破血流，不以为意。十二岁就身怀黄鳝尾小刀，称“小老幺”，三江四海口诀背诵如流。家中老父开米粉馆，凡小朋友照顾的，一例招待，从不接钱。十五岁就为友报仇，走七百里路到常德府去杀一木客镖手，因听人说这个镖手在沅州有意调戏一个妇人，曾用手触过妇人的乳部，这少年就把镖手的双手砍下，带到沅州去送给那朋友。年纪二十岁，已称“龙头大哥”，名闻边境各处。然在本地每日抱大公鸡往米场斗鸡时，一见长辈或教学先生，必侧身在墙边让路，见女人必低头而过，见做小生意老妇人，必叫伯母，见人相争相吵，必心平气和劝解，且用笑话使大事化为小事。周济逢丧事的孤寡，从不出名露面。各庙宇和尚尼姑行为有不正当的，恐败坏当地风俗，必在短期中想方法把这种不守清规的法门弟子逐出境外。做“龙头”后身边子弟甚多，龙蛇不一，凡有调戏良家妇女，或赌博撒赖，或倚势强夺，经人告诉的，必招来把事情问明白，照条款处办。执法老幺，被派往六百里外杀人，随时动员，如期带回证据。结怨甚多，积德亦多。身体瘦黑而小，秀弱如一小学教员，不相识的绝不会相信这是湘西一霸。

光棍服软不服硬，白羊岭有一张姓汉子，出门远走云贵二十年，回家时与人谈天，问：“本地近来谁有名？”或人说：“田三怒。”姓张的稍露出轻视神气：“田三怒不是正街卖粉的田家小儿子？”当夜就有人去叫张家的门，在门外招呼说：“姓张的，你明天天亮以前走路，不要在这个地方住。不走路后天我们送你回老家。”姓张的不以为意，可是到后天大清早，有人发现他在一个桥头上斜坐着，走近身看看，原来两把刀插在心窝上，人已经死了。另外有个姓王的，卖牛肉讨生活，过节喝了点酒，酒后忘形，当街大骂田三怒不是东西，若有勇气，可以当街和他比比。正闹着，田三怒却从街上过身，一切听得清清楚楚。事后有人赶去告给那醉汉的母亲，老妇人听说吓慌了，赶忙去找他，哭哭啼啼，求他不要见怪。并说只有这个儿子，儿子一死，自己老命也完了。田三怒只是笑，说：“伯母，这是小事情，他

老妇人听说吓慌了，赶忙去找他，哭哭啼啼，求他不要见怪。

喝了酒，乱说玩的。我不会生他的气。谁也不敢挨他，你放心。”事后果然不再追究。还送了老妇人一笔钱，要那儿子开个面馆。

田三怒四十岁后，已豪气稍衰，厌倦了风云，把兄弟遣散，洗了手，在家里养马种花过日子。间或骑了马下乡去赶场，买几只斗鸡，或携细尾狗，带长网去草泽地打野鸡，逐鹌鹑，猎猎野猪，人料不到这就是十年前在川黔边境增加了凤凰人光荣的英雄田三怒。本人也似乎忘记自己做了些什么事。一天下午，牵了他那两匹骏健白马出城下河去洗马。城头上有两个懦夫居高临下，用两支匣子炮由他身背后打了约十三发子弹，有两粒子弹打在后颈上，五粒打在腰背上。两匹白马受惊，脱了缰沿城根狂奔而去。老英雄受暗算后，伏在水边石头上，勉强翻过身来，从怀中掏出小勃朗宁拿在手上，默默无声。他知道等等就会有人出城来的。不一会，懦夫之一果然提着匣子炮出城来了，到离身三丈左右时，老英雄手一扬起，枪声响处那懦夫倒下，子弹从左眼进去，即刻死了。城头上那个懦夫在隐蔽处重新打了五枪。田三怒教训他：“狗杂种，你做的事丢了镇筸人的丑。在暗中射冷箭，不像个男子。你怎不下来？”懦夫不作声。原来城上来了另外的人，这行刺的就跑了。田三怒知道自己不济事了，在自己太阳穴上打了一枪，便如此完结了自己，也完结了当地最后一个游侠者。

派人做这件事情的，到后才知道是一个姓唐的。这个人也可称为苗乡一霸。辛亥革命领率苗民万人攻城，牺牲苗民将近六千人，北伐时随军下长江，曾任徐海警备司令。卸职还乡后称“司令官”，在离城十里长宁哨新房子中居家纳福。事有凑巧，做了这件事后，过后数年，这人居然被一个驻军团长，不知天高地厚，把他捉来放在牢里，到知道这事不妥时，人已病死狱中了。

田三怒子弟极多，十年来或因年事渐长，血气已衰，改业为正经规矩商人。或带剑从军，参加各种内战，牺牲死去。或因犯案离山高水急，地苦雾多，为本地人性格形成之另一面。游侠者精神的浸润，产生过去，且将形成未来。

乡，漂流无踪。在日月交替中，地方人物新陈代谢，风俗习惯日有不同。因此到近年来，游侠者精神虽未绝，所有方式已大大有了变化。在那万山环绕的小小石头城中，田三怒的姓名，已逐渐为人忘却，少年子弟中有从图书杂志上知道“飞将军”“小黑炭”“美人鱼”等人的，却不知道田三怒是谁。

当年田三怒得力助手之一，到如今还好好存在，为人依然豪侠好客，待友以义，在苗民中称领袖，这人就是去年使湘西发生问题，迫何键去职，使湖南政治得一转机的龙云飞。二十年前眼目精悍，手脚麻利，勇敢如豹子，轻捷如猿猴，身体由城墙头倒掷而下，落地时尚能作矮马桩姿势。在街头与人决斗，杀人后下河边去洗手时，从从容容如毫不在意。现在虽尚精神矍铄，面目光润，但已白发临头，谦和宽厚如一长者。回首昔日，不免有英雄老去之慨！

这种游侠者精神既浸透了三厅子弟的脑子，所以在本地读书人观念上也发生影响。军人政治家，当前负责收拾湘西的陈老先生，年过六十，体气精神，犹如三十许青年壮健，平时律己之严、驭下之宽，以及处世接物、带兵从政，就大有游侠者风度。少壮军官中，如师长顾家齐、戴季韬辈，虽受近代化训练，面目文弱和易如大学生，精神上多因游侠者的遗风，勇鸷慓悍，好客喜弄，如太史公传记中人。诗人田星六，诗中就充满游侠者霸气。山高水急，地苦雾多，为本地人性格形成之另一面。游侠者精神的浸润，产生过去，且将形成未来。

湘西苗民集中在三个县分内，就是白河上游和保靖毗连的永绥县、洞河上游的乾城县、麻阳河上游与麻阳接壤的凤凰县。

苗民问题

湘西苗民集中在三个县分内，就是白河上游和保靖毗连的永绥县、洞河上游的乾城县、麻阳河上游与麻阳接壤的凤凰县。就地图看，这三个县分又是相互连接的。对于苗民问题的研讨，应当作一度历史的追溯。它的沿革、变化与屯田问题如何不可分，过去国家对于它的政策的得失，民国以来它随内战的变化所受的种种影响。他们生计过去和当前在如何情形下支持，未来可能有些什么不同。他们如何得到武器，由良民而成为土匪，又由土匪经如何改造，就可望成为当前最需要的保卫国家土地一分子。这问题如其他湘西别的问题一样，讨论到它时，可说的话实在太多。可是本文不拟作这种讨论。大多数人关心它处，恐不是苗民如何改造，倒是这些被逼迫到边地的可怜同胞，他们是不是当真逢货即抢，见人必杀？他们是不是野蛮到无可理喻？他们是不是将来还会……这一串疑问都是必然的。正因为某一时当地的确有上述种种问题。

这种旧账算来，令人实在痛苦。我们应当知道，湘西在过去某一时，是一例被人当作蛮族看待的。虽愿意成为附庸，终不免视同化外。被歧视也极自然，它有两种原因。一是政治的策略，统治一省的负责者，在习惯上的错误，照例认为必抑此扬彼，方能控制这个汉苗混处的区域。一是缺少认识，负责者对于湘西茫然无知，既从不做过当前社会各方面的调查，也从不做过历史上民族性的分析，只凭一群毫无知识诈伪贪污的小官小吏来到湘西所得的印象，决定所谓应付湘西的政治策略。认识既差，结果是政策一时小有成功，地方几乎整个糜烂。这件事现在说来，业已成为过去了。未来呢，湘西必重新交给湘西人负责，领导者又乐于将责任与湘西优秀分子共同担负，且更希望外来知识分子帮忙，把这个地方弄得更好一点，方能够有个转机。对整个问题，虽千头万绪，无从谈起；对苗民问题，应当有一根本原则，即一律平等，教育、经济以及人事上的位置，原则上应力求平等。去歧视，去成见，去因习惯而发生的一切苛扰。在可能情形下，且应奖励客苗互通婚姻。能够这样，湘西苗民是不成为

凡是来到湘西的，只要肯用一点时间先认识湘西，了解湘西，对于湘西的一切，就会作另外看法，不至于先入为主感觉可怕了。

问题的。至于当前的安定，一个想到湘西来的人，除了做汉奸，贩毒品，以及还怀着荒唐妄想，预备来湘西搜刮剥削的无赖汉，这三种人不受欢迎，此外战区逃来的临时寄居者，拟来投资的任何正当商人，分发到后方的一切公务人员和知识分子，以及无家可归的难民妇孺，来到湘西，都必然得到应有的照顾和帮助，不至于发生不应当有的困难。湘西人欢喜朋友，知道尊重知识，需要人来开发地面，征服地面，与组织大众，教育群众。凡是来到湘西的，只要肯用一点时间先认识湘西，了解湘西，对于湘西的一切，就会作另外看法，不至于先入为主感觉可怕了。一般隔靴搔痒者惟以湘西为匪区，做匪又认为苗人最多，最残忍，这即或不是一种有意诬蔑，还是一种误解。殊不知一省政治领导得人，当权者稍有知识和良心，不至于过分

他们大多数在现在中国人中，实在还是一种最勤苦、俭朴，能生产而又奉公守法，极其可爱的善良公民。

勒索苛刻这类山中平民，他们大多数在现在中国人中，实在还是一种最勤苦、俭朴，能生产而又奉公守法，极其可爱的善良公民。

湘西人充过兵役的，被贪官污吏坏保甲逼到无可奈何时，容易入山做匪，并非乐于为匪。一种开明的贤人政治，正人君子政治，专家政治，如能实现，治理湘西，应当比治理任何地方还容易。

湘西地方固然另外还有一种以匪为职业的，这种分子不尽是湘西人，尤其不是善良的苗民，大多数是边境上的四川人、贵州人、湖北人，以及少数湘西人。这可说是几十年来中国内战的产物。这些土匪寄身四省边界上，来去无定。这种土匪使湘西既受糜烂，且更负一个“匪区”名分。解决这问题，还是应当从根本上着手，使湘西成为中国的湘西，来开发，来教育。

后记

湘西自古以来都是令诗人失魂落魄的地方。生于斯长于斯的沈从文先生一直深深地眷恋着这片土地。他说："我的作品稍稍异于同时代作家处，在一开始写作时，取材的侧重在写我的家乡"，"我虽离开了那条河流，我所写的故事，却多数是水边的故事。故事中我所满意的文章，常用船上水上作为背景。我故事中人物的性格，全为我在水边船上所见到的人物性格。"……先生给我们留下了一个谜一样的湘西世界，这世界是美的典范和极致。

可以说，湘西世界就是沈从文先生心灵的世界。他把他的思想与情感，他的爱憎和忧伤，都糅进了湘西的那几条河流中。他所呈现的湘西世界，深深地震撼着我们，感动着一代又一代，并将继续感动和震撼下去。

20 世纪 80 年代的一天，我脑子里迸出一个想法——用摄影的形式来展现沈从文先生笔底的湘西。从那时开始，我便争取各种机会，无数次走进湘西的山山水水，感受着湘西的风土人情，与翻天覆地的时代变迁抢速度，与日新月异的居民生存方式抢时间，将一幅幅正在消逝的地理人文图景定格在底片上。

时光倏忽，二十余年过去。行囊中除了沉甸甸的胶卷，还装满了许许多多的故事。这些故事就像撷自千里长河中的一粒粒珍珠，时时温润我心。

2001年，我与珠海一女记者去了酉水河，这是沈从文先生最爱、着墨最多的河流之一。我们从保靖县城上船，沿途风景奇秀，青山如黛，绝壁如削，长水如玉，篙桨下处，水草青青，历历可数。一路上，同伴的惊诧赞叹声落满一河，连连惊起蓬刺中的水鸟，我得意极了："没骗你吧？"傍晚，我们在迷人的隆头镇上岸，住进河边五元钱一天的旅店。待我收拾好房间，整理完相机，上厕所的同伴却仍未出来。糟糕！该不是掉厕所里了吧？这里的"厕所"是搭块跳板伸到水中间的，城里人哪能习惯？我冲过去把门一推，却见她痴痴地贴在"水上茅厕"窗前，早已忘了身在何处，被这河岸风景惊呆了。原来，这里是酉水与一条小支流汇合之地，三面青山夹着两线河水，晚霞中的山水、村落、渡船、炊烟，构成了一幅难以言说的绝美画图，不发呆倒怪了！摄人魂魄的美是让凡人发不出声音来的，耳边恍若沈从文先生轻声在说："早晚相对，令人想象其中必有帝子天神，驾螭乘蜺，驰骤其间……"

里耶的黄昏是那么温柔美丽。清清的酉水河顺着山势蜿蜒，这一边，满河的汉子们在洗澡游泳；转过水湾，则是姑娘媳妇们沐浴的天地。褐色的大石头上，这里那里摊满了各色衣裳，夕阳将一具具古铜色的身体镀上金光，水波撩起处串串碎银撒落……满河灿烂。多么生动，多么醉人，这不正是沈从文先生笔下的场景吗？谁能相信这与他当年所经历的已相隔八十余年了呢？

仍是那位女记者："我想靠近去拍，他们会打人不？""湘西人是不会那么做的，你倒是别吓着他们了。"我回答。她像是领到特别通行证般，兴奋地边走边拍起来，一时竟收不住脚步，忘情的快门声惊动了水里赤条条的汉子。有女人闯入"禁区"！还举着相机！这或许是他们从不曾遇到过的事。岸上的赶紧跃入水里，水中的急忙蹲下身子。她仍在步步逼近。见无处藏身，汉子们笑着嚷着只得往大礁石那边躲。更大的动静飞起来了，想想看，一群赤裸的汉子突然闯入岩石后面女人们的天地，那喧哗与骚动真是非凡……一个小女子竟搅乱了一条河，真“伟大”得让你没法去责怪。

在这片乡土上，恍若隔世的感觉你常常会有，一不经心就会掉进沈从文先生描绘的岁月中去。

2002 年，我和我先生又来到酉水，在河边却再也找不到上行的船。一位在小船上补渔网的老艄公张着缺牙的嘴笑着说：“没船了，哪个还坐船？中巴车每个弯角都到，一两个小时几块钱，你想哪个还会去坐一天的船？耽误工夫。”

面对汤汤流水，我不由得回想起 1997 年的那次旅程。时值秋日水枯，船只上滩仍需背纤。到滩头时，老人小孩逐一下船上岸，沿着河滩小路走去，弯弯的队伍拉得长长。年轻人则不声不响背起纤绳，该蹚水时就蹚水，该爬岩时就伏在石头上爬去，协力齐心将船拉上滩。没人要求，没人指挥，甚至连大声说话的人都没有，那么自然，那么默契，过滩后将老人小孩接上船，又行至下一个滩口，周而复始。我先生也背起纤绳，默默走进拉纤的行列；我则前前后后追赶着拍摄。那一份感动，至今回想起来都温暖得很。我知道，那份美丽永远不会回来了。

“你们是来耍的吧？想坐船就租一条去呀！”老艄公为我们出了个主意。好办法！谁知道这条古老的河上会不会有再也见不到船的那一天呢？我与先生赶紧租船而上，留住这最后的“孤帆远影”。

2003 年，碗米坡水电站快要蓄水了，我和朋友们想看看最后的风景，仍是租条船顺流而下，没想到这么快，沿途景致已荡然无存，梦绕魂牵的吊脚楼只剩几根木桩，白墙黛瓦的村居空留断垣残壁，嵌入水中的巨石被炸成碎块，碧玉般的河水成了黄汤……我不敢取出相机，痴痴地站在桥头，不用眼泪哭！再见了，里耶。再见了，隆头。再见了，拔茅……

真要用一条河的美丽去换取那“电”吗？还有没有别的办法？我不懂。几年前，听黄永玉先生讲过一个故事：在森林里伐木，锯一棵大松树时，不单这棵松树会发抖，周围的松树都在发抖——没人注意而已……我相信，万物有灵啊！将一条条河流腰斩、改道、拦截，河流们又会怎样呢？大概不会一路欢歌吧？

人非山川草木，孰知山川草木无情？

我尽力而为的是，也只能是，将不可复制、不能再生的原貌，呈现在今人以及后人面前，让人们去感受、思考、掂量、判断，以此为沈从文先生的文字作证。

长长的码头，湿湿的河街，湍急的青浪滩，美丽的酉水河，满江浮动的橹歌和白帆，两岸去水三十丈的吊脚楼，无数的水手柏子和水手柏子的情妇们，都永远逝去了。这一切，不会再来。但湘西的很多地方，天还是蓝，水仍是绿，在一些乡僻边城，寻寻觅觅，你或许会见到一座长满荒草的碾坊、一架不再转动的水车、一泓清澈见底的溪水。倾斜了的吊脚楼依然风情万种，废弃了的油榨房仍充满庄严……

泪眼迷蒙中，我仿佛看见沈从文先生笔底的人物正一个个向我走来。感谢为此辛勤付出的“群众演员”们。这一刻，没有惊喜，没有叹息，只有一种声音在心底：让天证明地久，让地证明天长！

卓雅

2009 年 8 月 18 日